穏やか貴族の
休暇のすすめ。

A MILD NOBLE'S VACATION SUGGESTION

11

TOブックス

もくじ

穏やか貴族の休暇のすすめ。 11
A MILD NOBLE'S VACATION SUGGESTION

CONTENTS

イラスト：さんど
デザイン：TOブックスデザイン室

A Mild Noble's
Vacation Suggestion

CHARACTERS

人物紹介

リゼル

とある国王に仕える貴族だったが、何故かよく似た世界に迷い込んだ。全力で休暇を満喫中。冒険者になってみたが大抵二度見される。

ジル

冒険者最強と噂される冒険者。恐らく実際に最強。趣味は迷宮攻略。

イレヴン

元、国を脅かすレベルの盗賊団の頭。蛇の獣人。リゼルに懐いてこれでも落ち着いた。

ジャッジ

店舗持ちの商人。鑑定が得意。気弱に見えて割と押す。

スタッド

冒険者ギルドの職員。無表情がデフォルト。通称“絶対零度”。

ナハス

アスタルニア魔鳥騎兵団の副隊長。世話焼かれ力の高いリゼルと出会って世話焼き力がカンストした。

クァト

奴隷扱いされていたが戦士として覚醒した戦奴隷。今はリゼルのもの(仮)。

宿主

リゼルたちが泊まる宿の主人。ただそれだけの男。“やどぬし”と読む。

125.

深い青が何処《どこ》までも広がる快晴。

真白い雲とのコントラストが眩《まぶ》しい絶好の冒険者活動日和。

そんな日の冒険者ギルドは早朝が酷《ひど》く混み合う。響き渡るのは怒鳴り声と喧騒《けんそう》、喧嘩《けんか》とヤジ、つまり威勢《いせい》が良くて滅茶苦茶に煩《うるさ》い。だがそんな賑《にぎ》わいも、少し時間をずらせばトンと聞こえなくなる。

リゼル達がギルドを訪れたのはそんな、職員達が人心地つく時間帯だった。

常ならばやってくる冒険者などいちいち気にも留めない職員達が、彼らにだけは視線を送る。更に今日は動かしていた手も止めるという関心の大きさを見せていた。

何故《なぜ》なら彼らは知っている。微笑みを浮かべて扉を潜ったリゼルに続き、ギルドへと足を踏《ふ》み入《い》れるジル。欠伸《あくび》交じりのイレヴン。そして、その後ろに続いた見知らぬ男こそ先日リゼルによって宣言された新顔なのだと。

何やら期待に胸を膨《ふく》らませた様子で姿を現したクァトに、ギルド中の視線が集まった。

「……？」

それに対し、クァトはきょろりと周りを見渡した。

自身が見られている事に気付いて少しの疑問を覚えるも、然《さ》して気にする事なくギルドの観察に戻る。牢屋の中でリゼルが話してくれた冒険者ギルドが今、彼の目の前にはあった。

雑多に依頼用紙が貼りつけられた依頼ボード。冒険者がたむろするテーブル。環境の変化を注意喚起《かんき》する為《ため》の警告ボード。厳《いか》めしい相貌《そうぼう》のギルド職員。聞いたとおりの光景に浮足立《うきあしだ》つ程であった。

更に歩を進めると、真っ二つに割れたのを修繕《しゅうぜん》したかのような有様のテーブルを見つける。不思議そうに眺めながら、彼はリゼル達の後へと続いた。

「こっちですよ」

ふいに、ちょいちょいと手招かれる。

クァトは数歩の距離を速足で詰めて、受付カウンターの前に立つリゼルの傍《かたわ》らへと立った。リゼルの隣《となり》にはイレヴンが居り、ジルは我関せずと依頼ボードのほうへ歩いていく。

「こりゃあまた、雰囲気あんの連れてきたなぁ」

受付に立つスキンヘッドの眩しい職員が、感心したように顎髭《あごひげ》をなぞった。

「そうですか？」

「まぁお前らに交ざっちまえば、違和感ねぇっちゃねぇけど」

その言葉に周囲の職員らも深く同意する。

これで連れてきたのが極々《ごくごく》一般的なFランク相当の新入りであったほうが驚く、とでも言いたげな様子だった。どういう意味だろうとクァトがリゼルを窺《うかが》うも、苦笑を返されただけで終わる。

「良し、じゃあ登録で良いんだな？」

「はい」

「じゃあ登録用紙と、何枚かに署名だ。そこら辺の説明はいらねぇな」

カウンターに何枚かの用紙が並べられる。

リゼルの後ろからちらりと覗《のぞ》き込んではみたがクァトは文字が読めない。絵と文字の区別がつくだけ上出来で、しかしそれはリゼルも知っている。

何せ牢屋での監禁中、本が読めないという彼に内容を読み聞かせたのはリゼルなのだ。

「俺が代わりに書きますね」

了承を得るようにかけられた声に、クァトはすぐに頷《うなず》いた。

「代筆でも大丈夫ですか？」

「おう。下にお前の署名も入れといてくれ」

ちなみに冒険者の中には文字が書けない者も少なくない。

最も多いのが読めても書くのは苦手なタイプだ。普段ペンを握《にぎ》る必要が全くないので、自分の名前だけなら辛《かろ》うじてという者が大半だろう。

依頼を選ぶ時や買い物など、その程度ならば全く支障がないので特に問題視する者もいない。迷《めい》宮《きゅう》内で難解な謎《なぞ》に出合った時は苦労するが、その時はいっそ読めてもどうにもならない事が多いので誰も気にしてはいなかった。

「は、自分の名前も書けねぇの？」

「書けない」

「彼の一族では口伝《くでん》が主流なので、文字自体に馴染《なじ》みがないんでしょうね」

ふぅん、と納得したようにイレヴンがリゼルの手元を覗き込んだ。

紙面を滑るペン先が、少しだけ斜めだが整った字でクァトとリゼル自身の名を書き記していく。名前、年齢、そこまで埋《う》めたリゼルがふと手元から顔を上げる。

「出身地ってどう書けば良いんでしょう。群島《ぐんとう》の……集落の名前とかも分からないですよね？」

「谷の中。谷、たくさん。その、一つ。あと、知らない」

故郷の事を随分と思い出してきたクァトだが、その正確な場所までは覚えていない。

それは支配者からの何かしらの影響などではなく、ただ単に幼かった頃の記憶を忘れたというだけだ。むしろ集落で暮らしていた頃のクァトであっても説明できないだろう。

何せ地図など一度たりとも見た覚えがない。知っているのは谷中の集落と広がる荒野のみ。

「……駄目《だめ》？」

読めない癖に一緒に用紙を覗き込んだクァトが、肩を落としてリゼルを窺った。冒険者になれないのだろうかと不安そうな姿に、リゼルは安心させるように目元を緩《ゆる》めて微笑みかける。

「大丈夫ですよ、俺も書けなかったですし」

「つかそんだけ分かりゃ書けんじゃねッスか」

イレヴンが、コンコンと爪の先で出身地の項目を弾《はじ》く。

「俺もそんな詳しく書いてねぇし」

「なんて書いたんですか？」

「〝アスタルニア北東の森の中、蛇《へび》の調香師《ちょうこうし》の家〟」

調香師という言葉に、リゼルは成程《なるほど》と頷いた。魔物避けを自作するイレヴンの母を、もしかしたら薬士《くすりし》なのかもしれないと予想していたが外れていたようだ。

アスタルニアにも度々《たびたび》卸《おろ》しにきているという。ある程度は調香師である事を周知されているのだろうし、更には数少ない蛇の獣人《じゅうじん》ともなれば該当するのは恐らく彼女一人。出身地としての説得力は申し分ないだろう。

「まぁ分かりゃいいんだ、分かりゃ。大抵は地元に近いギルドで登録すんだろ、なら職員が場所に覚えがねぇってこたぁねぇからな」

つまり、その程度の証明もできない者は相当な訳有りだということ。

ならば推薦者《すいせんしゃ》の存在が必要となるのも納得だ。適当に近くの村の名前を書いてもバレる事など滅多にないが、それが露見《ろけん》した時のリスクが大きすぎるので誰もやろうとはしない。

それならば、そこら辺を歩いている冒険者に小銭を渡して推薦者になってもらったほうが確実だろう。

「リーダー、正真正銘《しょうしんしょうめい》の訳ありじゃん」

「そうなのかも」

内緒話《ないしょばなし》のように声を潜《ひそ》めたイレヴンがにやにやと笑う。

リゼルは全く否定できないなと可笑《おか》しそうに笑うと、ふと疑問を抱いたように問いかけた。

「そういえば、〝蛇の狩人《かりうど》の家〟じゃないんですか？」

「森族《もりぞく》って狩人みてぇな生活してるやつ多いんスよ。あんま父さん家いねぇし」

実のところ、イレヴンの父親のように狩猟《しゅりょう》のみで生活する狩人は希少だ。

色々な稼ぎの中に狩猟を含むという人々も多く、特に森暮らしの中には〝何かの職業を無理やり割り振るとしたら狩人〟という者も少なくない。それならば調香師のほうが該当者が少ない分、登録には向いていたのだろう。

「つまり、所在の証明と差別化が必要なんですね」

リゼルは考えるようにペン先を浮かせ、そして直《す》ぐに用紙に滑らせる。

覗き込んでいたクァトがそれに嬉しそうに目を煌《きら》めかせ、同じくイレヴンが面白そうに唇を歪《ゆが》めた。腕を組んで見下ろしていた職員だけが訝《いぶか》しげに眉を寄せる。

【群島に広がる荒野、その中にある渓谷《けいこく》の一つ。戦奴隷《いくさどれい》の集落】

書き込まれた一文に、職員が思わず声を上げた。

「何だオイ、随分物騒《ぶっそう》な名前じゃねぇか」

「そういう民族名なんですよ」

「つってても聞いた事もねぇしな……」

「大丈夫、ちゃんと証拠もあります」

じゃん、とは言わないがリゼルが少し得意げに取り出したのは一冊の本。古びた紙のページはすっかりと変色しており、随分と歴史を感じさせた。

このパターン好きだよなと慣れたように眺めるのは、依頼ボードの前からたまたま様子を窺っていたジル。そして隣で拍手してみせたイレヴンだ。

「ほら、載ってるでしょう？」

開いた本が職員へと差し出される。

そこにははっきりと〝戦奴隷〟の文字がある。群島の荒野の何処かに存在する民族であり、詳しい場所は伏せられているが著者と彼らとの出会いが綴《つづ》られ、特徴である入れ墨《いずみ》や鈍色《にびいろ》の瞳についても触れられていた。

「お、おぉ……まさか本で出身地証明される日が来るたぁな……」

遠い目をする職員に、それほど意外でもないだろうとリゼルは不思議そうだ。

「本、俺の？」

「そう、君達の本ですよ。姿を隠してる訳じゃないんですよね？」

「ない」

存在が知られていないのは純粋に記録が少ないからだろう。

彼らが残す知識は口伝、恐らく対外的な記録などもリゼルが持つ本以外に何冊もない。群島の外にも出ないようだし、そもそも群島でも〝腕の立つ人が多い集落〟としか認識されていないのかもしれない。

エルフのように変に伝説化しているのならば別だが、普通に暮らす分には必要以上に隠す必要もない。人々が「唯人《ただびと》の」「獣人の」と自分を紹介する事などないように、彼らも「戦奴隷の」とわざわざ口にしないというだけだ。

「回りくどい真似《まね》しねぇで推薦者になりゃ良いだろうが」

「でも折角《せっかく》ですし」

目ぼしい依頼がなかったのだろう。

近くの椅子《いす》に座りながら呆れたように告げるジルに、リゼルは本で証明という貴重な機会を逃す気はないとばかりに楽しそうに返す。寄越《よこ》されたのは、分かっていたがとばかりに零《こぼ》された溜息《ためいき》。

「じゃあこれで登録するぞ」

「お願いします」

「お願い、します」

登録用紙を回収した職員が、素直にリゼルの言葉に従うクァトを複雑そうに眺める。

その脳裏《のうり》に〝躾済《しつけず》み〟という言葉がよぎるも、一癖も二癖もありそうな新人相手にじきじきに礼儀を叩《たた》き込んでくれたのならば有難いと思うべきなのだろう。彼は現実逃避をするように「他の冒険者達も躾けてくれないだろうか」なんて考えながら、一日受付を離れていった。

「この本も、そろそろ殿下に返さないと駄目ですね」

その背を見送り、リゼルは本をポーチへと仕舞《しま》う。

その手元が随分と気を遣っているように見えて、カウンターに後ろ手をついたイレヴンが天板《てんばん》に凭《もた》れかかりながらも口を開いた。

「借りモン？」

「はい。欲しいですけど、流石《さすが》に貴重すぎますね」

「ねだりゃくれそうな気ィすっけど」

「ねだりませんよ」

リゼルは可笑しそうに笑った。

アリムも本には並々ならぬこだわりがある。それを試すような真似は避けたほうが無難だろうと、同じく本好きである身としては思わずにはいられない。

「俺、話す。教える」

「住んでた場所もまともに覚えてねぇ奴が何話すんだよ」

その本の代わりに、と張り切るクァトもイレヴンに一笑《いっしょう》に付《ふ》された。

彼は相変わらずイレヴンに勝てない。眉を下げて申し訳なさそうに口を噤《つぐ》む姿に、リゼルは気にしていないと慰《なぐさ》めるように手を伸ばす。

指の背で鈍色を宿す目元を撫《な》でれば、無機質《むきしつ》な瞳が心地よさそうに蕩《とろ》けた。

「大丈夫です。色々話してくれて、俺は凄《すご》く助かってますよ」

「ん」

「入れ墨の話とか、とても面白かったです」

穏《おだ》やかな声に、クァトの引き結ばれていた口元が緩む。

褒《ほ》められてはにかんだ笑みは、何も考えずに過ごしていた奴隷時代には一度も浮かべられなかったものだ。安楽も苦痛もない、可もなく不可もない不変的な日々を送ってきた彼が自身の変化に気付いているかは分からないが。

良い傾向だ、とリゼルは触れていた手を下ろす。丁度、職員が魔道具《まどうぐ》を持って戻ってきた。

「あ、懐かしいですね」

「これ俺ん時から変わんねぇなァ」

職員の手にあったのは、ギルドへの入会時に必ず必要となる魔道具。

所々に金属の細工が施された木製の骨組みの中に、表面に幾《いく》つもの魔法陣が刻まれているガラス玉がある。光の加減で薄《う》っすらと虹色《にじいろ》に光るそれは、置物としての価値も素晴らしいだろうと思わせた。

その頂点には、真っすぐに天井《てんじょう》へと伸びる針が一つ。

「リーダーも刺した？」

「勿論《もちろん》です」

「ぶっ刺しすぎて流血してたぞ」

「マジで？」

そういうとこ潔《いさぎよ》いよな、と何とも言えない顔をするイレヴンの隣。

リゼルはそれを気にする事なくクァトを魔道具の前に立たせ、魔道具の使い方を教えてやっている。

「ここに指を刺すんですよ、ちょっと血が出るくらいで大丈夫です」

何気にリゼルにとってはクァトが初めての後輩冒険者。

楽しそうに説明をしている姿に、説明したいのならばと職員も口を挟まず見守った。新入り冒険者に先輩風を吹かせたがる輩《やから》は何処にでもいるものだ。

ただリゼルに関しては「立派になりやがって」という感慨《かんがい》深さよりも、「何故そうなった」という疑問のほうが勝るのだが。まぁそれでも微笑ましくはあるよなと、職員は新品のギルドカードを魔道具にセットしながら片頬《かたほお》を吊《つ》り上《あ》げる。

「血液を媒体《ばいたい》に魔力が流れ込むので、それがこの魔法陣に届くと個人の識別を」

「？」

「機密!!」

そうして浮かべた笑みもすぐに引《ひ》き攣《つ》ったが。

興《きょう》が乗ったのか、流れるように行われるリゼルの説明は細部にも及ぼうとしていた。魔道具の仕組みは立派な冒険者ギルド機密である。

ちなみにクァトは仕組みを説明されてもよく分からない。リゼルが楽しそうに話しているから聞いてはいたが全く理解はできていない。魔法使いの権威《けんい》と名高い支配者の元にいた経験は一切生かされていなかった。

「おいおい、どっかの職員が喋《しゃべ》ったんじゃやねぇだろうな」

「ただの予想ですよ。スタッド君、そういうところはしっかりしてるので」

リゼルは今日も王都の冒険者ギルドで淡々と働いているだろう姿を想う。

時々やり取りしている手紙では元気そうだが、同時に素直に寂しいとも伝えてくれていた。それを思い出して目元を緩めていれば、ふいに職員が溜息をつく。

「ったく、他の魔法使いの奴らはこんなもん気にしねぇってのに……まぁあいつら勘で魔法使うしな」

「そっちのほうが凄いと思いますけど」

「興味ねぇだけじゃん？」

「それな。ほら、刺せ」

職員がちょいちょいと針を指す。

クァトはまじまじとそれを見下ろし、促《うなが》されるままに手を持ち上げた。

「自分から刺すって少し勇気がいりますよね」

「まぁ冒険者の第一関門だな」

ほのほの微笑むリゼルに、職員も冗談交じりに笑い声をあげる。

冒険者によっては嫌だ嫌だと唱えながら青白い顔で挑む者もいるらしい。そういう奴に限って戦闘でついた傷にはケロッとしているものだと笑う職員に、リゼルも「色々な冒険者がいるなぁ」なんて考えていた時だ。

「そいつ刺さんの？」

「え？」

まさか、とリゼルはクァトを見た。

彼は向けられた視線にきょとりと目を瞬《またた》かせ、自分でもよく分からないとばかりに魔道具に翳《かざ》していた手を下ろしていく。そのまま親指を針に乗せ、ゆっくりと力を込めた。

鋭い先端が力仕事で硬くなった皮膚《ひふ》を押し、そして。

「痛い」

「我慢《がまん》です」

しっかりと刺さった事を教えてくれたクァトに、リゼルも横から魔道具を覗き込む。

身をかがめ、目に入りそうな髪を耳にかけながら針と指の境目を確認した。イレヴンの剣にも傷一つなかった肌に、確かに微《かす》かに針が潜り込んでいる。

「あ、大丈夫そうですね」

針の表面に刻まれている微かな溝《みぞ》を赤い血液が伝う。

それはそのままガラス玉へと吸い込まれ、同時に薄っすらと見えていた魔法陣が赤い光を宿した。

ただ今登録中だ。

「もう良いぞ」

「良い？」

「良いですよ」

職員に促され、クァトはリゼルに確認をとってから親指を上げた。

彼は傷口からぷくりと血が滲《にじ》むのに気付き、なんて事なさそうに指先を唇へと運ぶ。そのまま垂れそうになった血液を厚い舌で舐《な》めとり、傷口を唇で塞《ふさ》ぐようにして残った血液を吸い上げた。

それを見て、リゼルは何故自分にこれが許されないのかとジルへと目で訴えてみる。鼻で笑われた。

「パルテダでは布とか貰《もら》えたんですけど、此処《ここ》はないんですね」

「そんなもん舐めときゃ治……いや、お前にやれとは言わねぇけどよ」

解《げ》せない。

釈然《しゃくぜん》としないものを感じているリゼルの隣ではイレヴンが笑いを堪《こら》えて震えている。

「おら、できたぞ」

「有難《ありがと》うございます」

リゼルはまぁ良いかと、職員から真新しいギルドカードを受け取った。

相変わらず所属ギルドの国名、名前、ランクだけのシンプルなカード。冒険者駆《か》け出《だ》しであるFランクを示す色を懐かしみながら、そわそわとしているクァトへと手渡してやる。

「はい、君のですよ」

「ん」

クァトは手にしたカードを矯《た》めつ眇《すが》めつ、透かしで入っているギルドの紋章を角度を変えながら見たり裏返してみたりと忙《せわ》しない。

何処となく嬉しそうなのは、牢屋で聴いた冒険譚《ぼうけんたん》が忘れられなかったからか。もしそうならば話した甲斐《かい》があるものだとリゼルは微笑ましげにその姿を眺めた。

「依頼受けんならこのまま受け付けちまうぞ」

「いえ、今日は」

職員の声にジルを見れば、まるで追い払うかのように手を振られる。

今日行く予定の迷宮関連の依頼がなかったのだろう。依頼を受けなければ迷宮に潜れない訳でもないので、リゼルは職員の申し出を丁寧に断った。

「今日は依頼なしで迷宮に行こうと思います。彼も、初めての迷宮ですし」

まじまじと眺めていたギルドカードを大切そうに仕舞ったクァトが、自分の話かと顔を上げる。

「〝草原遺跡〟の続きを、と思ってるんですけど」

ね、と小さく首を傾けたリゼルに、クァトもつられるように首を傾げて頷いた。

昨日の夕食時の話し合いで、迷宮に潜る事は既に全員一致で決まっている。クァトにしても初めてのまともな魔物戦が楽しみだし、更には迷宮という不思議な場所にも行けるというのだから一も二もなく同意した。

「……あそこは結構、難易度高めの迷宮だぞ」

「そういえば、羽トカゲとかは他の迷宮だと中層で見ますね」

「飛んでる系はランク高めなんスよ」

どの迷宮も先に進むにつれ難度が上がる。

浅い階層ならば、迷宮のノウハウさえ知っていれば死屍累々《ししるいるい》で逃げ帰る羽目《はめ》にはならない所が大半だ。とはいえ迷宮別に多少の難易度の違いはあるもので、駆け出しのFランクパーティでも一階層ぐらいは突破できる迷宮もあれば、ある程度の迷宮攻略経験がないと厳しい迷宮も少なからず存在する。

「初心者連れてくような所じゃねぇんだが……まぁ良いか、お前らだし」

何故だか心から納得された。

そして今、リゼル達は森の中で馬車に揺られている。

「やっぱりこの時間だと空いてますね」

「遅《おせ》ぇしな」

ぎりぎり早朝と呼べる時間ではあるのだろうが、冒険者が依頼を受けて迷宮へ向かおうとするにはやや遅い。タイミングが悪く座れなかったものの、いつもの無理矢理詰め込まれるような満員状態よりは随分と楽だ。

同乗している冒険者達も、迷宮の本格的な攻略が必要な依頼は受けていないだろう。森族か採取か、森自体に用があって乗っているだけかもしれない。

「昨日は四階に入ってすぐ切り上げたので、そこからですね」

「あそこ階層広《ひれ》ぇよなァ。仕掛け多くて時間食うし」

「流石のジルも三日で攻略、とは行かなそうです」

「だから未攻略だろ」

そんな同乗者達の視線は、盛大な疑問を孕《はら》んでクァトへと向けられている。

まず第一にリゼル達と共に居ること。そしてギルドで一度も見た事がないこと。無機質な雰囲気が三人同様どこか浮世離《うきよばな》れしていること。そして何より、冒険者らしい装備を一切身に着けていないということ。

依頼人にはとても見えず、何故乗っているのかとすら思われている。

「雰囲気で騙《だま》されるけど恰好《かっこう》だけ見りゃ場違い感ハンパない」

「でも場違い感だけでいや装備込みでも穏やかさんのほうが有るっていう」

「それな」

リゼルが聞けば落ち込みそうな事をひそひそされた。

聞こえていたジルは噴き出しそうになったのを外を眺める事で誤魔化《ごまか》し、イレヴンは咄嗟《とっさ》に口を覆《おお》って顔を背《そむ》けたが堪えきれずに噎《む》せる。クァトはそんなイレヴンにビクリと肩を震わせた。

「イレヴン？　大丈夫ですか」

「だ、だいじょぶ……ッ」

背中をさすってくれるリゼルの優しさが辛い。

「えーと、で、四階から？　攻略進めてきゃいい？」

イレヴンは震えそうになる腹筋を根性で抑《おさ》え込《こ》み、無理やり話題を逸《そ》らす。

こういう時は相手が誰であっても爆笑してみせるのがイレヴンだが、ここで堪えきれず噴き出す訳にはいかない。リゼルを悲しませる訳にはいかないのだ、たとえ堪えすぎて腹筋が筋肉痛になろうとも。

「今日は攻略っていうより、彼の練習が目的ですね」

大丈夫なら良いけれど、とリゼルは話を逸らしたがっている事に気付いて応える。

「俺、練習」

「そう、迷宮で練習ですよ」

「冒険者？」

「冒険者の、というより戦いの、でしょうか」

クァトは今、生まれ持った身体能力と戦奴隷としての本能で戦っている状態だ。

圧倒的な経験不足、恐らくそれがイレヴンに手も足も出ない理由だろう。過去の栄光を顧《かえり》みるに、今の実力が彼らが持つ本来の力である筈《はず》がない。

勝負勘を取り戻す、と言ってしまうとリゼルには感覚的すぎてよく分からないのだが、ジル達曰《いわ》く「戦っていればマシになる」とのこと。だからこその練習だ。

「だから今日は頑張《がんば》って、君が中心で戦うんですよ」

「頑張る」

「装備ないのに？」と同乗している冒険者らの内心が一致した。

これは新人苛《いじ》めでは、とあらぬ疑惑が浮上している。武器すら持たせず魔物の前に立たせる、何という鬼畜《きちく》の所業《しょぎょう》。衝撃的すぎて彼らの一部は馬車が目的地を過ぎた事にも気付かなかった。

「大丈夫、分からない事があれば何でも聞いてください。ジルも何だかんだで聞けば教えてくれますし」

「聞かれりゃな」

「イレヴンでも良いですけど、たぶん半分適当です」

「リーダー」

いや、やはりリゼル達なりに面倒は見ているのかもしれないと冒険者達は思い直す。

装備を揃えないというのは全く分からないが、もしや買うのを忘れてるんじゃないかと冒険者としてあり得ない考えに思考が飛ぶあたりに彼らのリゼルに対するイメージが現れていた。

「おい、そろそろだぞ」

「あ、じゃあ止めてもらいましょうか」

そして冒険者達は、御者に声をかけて馬車から降りていくリゼル達を「まぁ何とかなるだろう」と結論付けて見送った。ついでに乗り過ごした面々も慌てて降りた。

空も見えぬほど葉や蔓《つる》の生い茂る森から、高い青空の下に広がる高原へ。

扉を一歩潜っただけで変わる景色は酷くクァトを驚かせたらしい。彼は暫《しばら》くぽかりと口を開けて立ち尽くしていたが、やがて「ずっと走ってくと透明な壁にぶちあたって進めなくなる」と適当な事を言ったイレヴンの言葉を信じて地平線の彼方《かなた》へ走り去っていった。

「あ」

「あれ戻ってくんのか」

「知らね」

止める間もなく見送ったリゼル達が待つ事暫く。

真っすぐに遠ざかっていく姿が見えなくなった頃、クァトは何故か反対の方向から戻ってきた。そういう仕様だったのか迷宮の同情だったのかは分からない。

とはいえ帰ってきたなら問題はない。四人は何事もなかったかのように遺跡へと足を踏み入れる。

「階段、いっぱい」

「いっぱいですね。ほら、これを見てください」

「模様？」

「魔法陣です。これに乗ると、他の階層の魔法陣まで一瞬で移動できます」

「何で？」

「迷宮なので」

その一言で全てが解決する。それが冒険者であり迷宮だ。

「ここは広いので一階層ごとに魔法陣があるんです。じゃあ、移動しましょうか」

既に魔法陣の上に立つジルに、リゼル、イレヴンと続く。

薄っすらと光を放つ魔法陣をじっと見つめ、クァトもそろそろと足を踏み入れた。無意識の内にリゼルの服の裾《すそ》へと伸びかけた手はイレヴンの手刀によって叩き落とされる。

魔法陣はすぐに発動した。光に包まれたと思った瞬間、足元を濡らす水の感覚にクァトは肩を撥《は》ねさせる。

「ここ、長靴があると便利そうですよね」

「逆に動きづれぇだろ」

「次の階で靴ガッポガッポ言いそう」

先程までの広い空間から一転、上下左右を石に囲まれた通路は少しの息苦しさがある。

壁に貼りついた苔《こけ》が青白く照らす空間は、床が浅い水に覆われていた。足首を沈めるくらいのそれは、所々に見える壁の亀裂《きれつ》から流れ落ちる地下水が原因か。底にある石畳《いしだたみ》がはっきりと見える程に透明度が高い。

「この階層は俺達も初めてなので、慎重に進みましょうね」

そう言いながらも普通に歩き出したリゼル達にクァトは不思議そうだ。

草原で聞こえた風の音も、一階層で聞こえた魔物の声もない静かな空間。壁を伝って滴《したた》り落《お》ちる水の音と、リゼル達の脚が水を掻《か》き分《わ》ける音だけが唯一《ゆいいつ》通路に反響している。

「微妙に冷てぇんスよね」

「動き悪くなりそうだよな」

「冷たい」

前衛陣に酷く不評な水温も、リゼルにしてみれば感覚がなくなる程ではない。

水寄りのぬるい、くらいか。余程うろつく事がなければ凍《こご》える事もなさそうだ。少しの不調が動きに影響の出るジル達とは違い、戦闘中は特に動かないリゼルは他人事のようにそう考える。

「冷たい、ない？」

「大丈夫ですよ」

気遣うようにざぶざぶと近付いてきたクァトに、礼を伝えるように微笑んだ。

むしろ最上級装備に身を包んでいない彼のほうが冷たいだろう。幾ら過去に最強と呼ばれようと万能ではない、気をつけて見ておかなければと思いながら歩く。

「リーダー分かれ道ぃー」

「ヒントもないし、好きなほうに行きましょう」

そのやり取りを遮《さえぎ》るように、先を歩いていたイレヴンが足を止めた。

彼は自然体のままに左右に分かれている通路を比べ、何かを考えるようにその唇へと舌を這《は》わせる。

「ニィサンどっち？　俺、左。右側ちょいトカゲ臭《くせ》ぇし」

「右。左だとバサバサ煩《うるせ》ぇ群れがいる」

「どっちにしろ何かはいるんですね」

どうする、と問うように振り返った二人にリゼルはどうしようかと首を傾けた。

こういう時に判断を任されるのがパーティリーダーだ。パーティの命を預かる、と言ってしまうと仰々《ぎょうぎょう》しいが決して間違いではない。ジル達の実力のお陰で大した危機感もないのだが。

とはいえ、生まれも育ちも他者の進退を左右しかねない立場。そんなリゼルにとっては大した重圧でもなく、あっさりと片方を指さした。

「右にしましょうか。もし蝙蝠《こうもり》系だったら避けたいですし」

「んぁ？　リーダー苦手だっけ」

「顔が怖いので」

顔。まさかの顔。蝙蝠の顔。

ジル達は思わず無言でリゼルを見る。確かに時々、ここまでする必要があったのかと突っ込みたくなるくらいの凶悪な顔をしている魔物がいるが、まさか得意不得意を顔で決める冒険者が存在するとは。

「武器的には相性良いだろ」

「剣に比べれば、ですけど。大きいのが正面からバッと来ると驚くんですよね」

まぁ気持ちは分からなくもない。

イレヴンは曖昧《あいまい》に頷きながら右に伸びる通路へと歩みを再開させる。それに続いたリゼル達の後ろ、

話の最中にはきょとんとしていたクァトだが、すぐにそういうものかと素直に頷いて後を追った。彼の中に間違った冒険者観が根付き始めている。勿論誰も気付かない。

「お、近いかも」

ふいに、先頭を歩くイレヴンが歩調を緩めた。

どうやら彼曰く〝トカゲ臭い〟魔物が近付いてきたのだろう。足元の水音をなるべく潜め、四人はぼんやりと明るい通路の先へと目を凝らす。

「角の向こう」

ジルも気付いたのか小さな声で告げる。

目前には一本道の曲がり角、他に道はなく戦闘は回避できそうにない。曲がり角へと近付くにつれ、見えない向こう側から何かが動いている鈍い水音が聞こえてきた。

「冒険者としての初陣《ういじん》ですね、頑張りましょう」

「ん」

囁《ささや》くように会話を交わしながら、四人は角から音の原因を覗き込む。

目に入ったのは重厚感のある巨体。骨格はトカゲに似ているが、黒光りする鱗《うろこ》に覆われた姿はまるでワニのようだった。水に沈んだ太い脚がゆっくりと動き、時折水面から凶悪な爪を覗かせる。鼻先を持ち上げるように反らした頭は大きく、薄っすらと開かれた口腔《こうくう》内には鋭い牙《きば》が幾本も並んでいた。

縦に裂かれた瞳孔《どうこう》が静かに動いて周囲を窺っている。

頭から尻尾の先まで、およそ男二人分の長さがあるだろうか。通路を塞がんばかりの巨体は、相応の重量を感じさせる動きで大きく尾を揺らした。

「四階からこんなん出んスね。ちょうど難易度上がる境目っぽい」

「お前は草原ネズミから入ったのにな」

「基礎《きそ》って大事だと思います」

リゼルは堂々と頷いた。何事も分相応が大事なのだ。

「行けそうですか？」

「行く」

足元でしゃがんで同じく覗き込んでいるクァトを見下ろし、リゼルは問いかける。心配ゆえの問いではない。ただの確認だ。それに気付いていたクァトが高揚《こうよう》を隠しきれない様子で頷く。薄暗い空間の所為《せい》だろうか、鈍色の瞳が鈍く光るのが夜露《よつゆ》に濡れた刃《やいば》のように美しかった。

前のめるように力の籠《こ》もった体に、随分と楽しみなようだと微笑みかける。

「じゃあ、遊んでおいで」

瞬間、クァトは此方に尾を向ける魔物へと飛び掛かった。

腕から伸びた刃が音もなく空を裂く。気付いた魔物が鈍重《どんじゅう》なイメージを覆《くつがえ》す俊敏《しゅんびん》さで尾を振り回した。当たれば骨の一本や二本は容易に粉砕されるだろう。

それを体をひねるように躱《かわ》し、魔物の横腹に潜り込む。そして彼は拳を叩き込むように、硬質な鱗へと刃を振り下ろした。

「初めから飛ばしてますね。緊張もしてなさそうです」

魔物の唸《うな》り声にも似た悲鳴が水面をビリビリと震わせる。

まるで獣の狩りを見ているかのような野性的でしなやかな動き。角から覗き込んだままの体勢で、リゼルは感心したようにそう呟《つぶや》いた。

苦戦するようなら惜《お》しみなく手を貸そうと思っていたが、今のところ必要はなさそうだ。

「今受けるか避けるか迷ったな」

「あーいうトコ素人臭ぇよなァ」

それで避けられるのだから身体能力は高いのだろう。

評価が辛《から》い事だ、と同じく覗き込んでいる二人に苦笑する。リゼルにはその一瞬の躊躇《ちゅうちょ》すら分からなかったというのに。

「狩猟を生業《なりわい》にするからには、真っ先に首を狙うと思ったんですけど」

「あー、あれ初っ端《しょぱな》で首は難しいんスよ。ノドからじゃねぇと入んねぇし」

言われてみれば成程、首は動きを阻害しないよう特に細かい鱗が重なっている。

先程クァトが斬《き》りつけたのは脚の付け根、動く度に鱗と鱗の間に皮膚が見えるような部分だ。誰に言われずとも狙うあたり、戦闘経験がほとんどないとは思えなかった。

流石は戦闘民族だと、今まさに後ろ脚の根元を斬りつけているのを見て思う。

「まぁニィサンはいきなり首飛ばすけど」

「そういえば見た事ありますね」

顎を蹴《け》り上《あ》げて無理矢理に喉《のど》をさらけ出させ、剣を突き立てるのがジルだ。

宝箱なども蹴って開けるし、あまり足癖が良くないんだよなとリゼルは横目で隣を窺う。

「ジルだったら鱗ごと斬れそうです」

「剣が悪くなんだろうが」

できないと否定しないあたりが彼らしい。

微笑んだリゼルが視線をクァトへと戻せば、今まさに食らいつかんと魔物に牙を剥《む》かれていた。人など容易に食いちぎれるような牙を前に、彼は避ける事なく片腕を突き出す。

バキン、と閉じられた顎から弾けた衝撃音。クァトが苦痛に顔を顰《しか》める事はない。

「離せ……ッ」

唸るように告げた獰猛《どうもう》なまでの声は、絶対的な蹂躙者による命令のようだった。

敵対者どころか戦場を隷属《れいぞく》させ支配する戦奴隷《ソードダンサー》の片鱗《へんりん》。それを垣間見《かいまみ》せる姿に、リゼルは満足げに目を細める。

「生き生きしてますね」

「理性ぶっとばして暴れてりゃ気持ち良くもなんだろ」

直後、無数の刃が魔物の顎を内側から突き破った。

鋭い刃は鱗すら粉砕し、魔物の顎をこじ開ける。クァトが咄嗟に刃を仕舞って腕を引けば、魔物は血と呼気《こき》を吐くように声もなく吠《ほ》えた。

追い詰められた強者の威嚇《いかく》。魔物が痛みを振り払うように頭を振り回し、その巨体を大きくぐらつかせた。斬りつけられた手足がその体重を支えきれないのだ。のたうち、水沫《すいまつ》を跳ね上げながら崩れ落ちる。

「――……ッ」

倒れざま、肉を抉《えぐ》らんと振るわれた腕をクァトは飛び退くように避けた。

獣のようにその身をかがめる。魔物の太い脚が起き上がろうと水面に叩きつけられる。水に濡れて淡い光に艶《つや》を揺らす鱗、それに覆われた頭が持ち上がった瞬間、クァトは晒《さら》された喉をなぞるように真横に腕を薙《な》いだ。

持ち上がりかけていた重厚な巨体が、二度、三度と痙攣《けいれん》してゆっくりと倒れる。

「！」

クァトの息が疲れからでなく高揚から上がる。

彼はパッと三人のほうを見て、戦いを見届けて角から出てきたリゼルの元へと足早に近付いた。

「終わった」

「楽しかったみたいですね」

褒めるように微笑まれ、クァトはこくこくと嬉しそうに頷く。

戦闘中の獰猛さは既に消え失せ、まるで狩りの成果を誇る犬のようだったとは後のイレヴンの談。

「まだ行けそうですか？」

「行ける」

「リーダー俺にそんなん聞いた事ねぇじゃん！」

「流石に先輩冒険者には聞けませんよ」

たとえ冒険者としての初めての戦闘で、たとえCランクがパーティ一丸となって必死に狩るような魔物を相手にソロで勝利を収めようとリゼル達は驚かない。本人でさえ達成感にほっこりするだけなのだから、至って普通に新人冒険者の初勝利を祝って労《ねぎら》うのみだ。

同じく単独で容易に魔物を狩れる筈のイレヴンが今更ながらに気遣いを要求してくるのを可笑しそうに笑い、ふとリゼルは隣を歩くクァトの腕を見た。

「腕、痛くないですか？」

「ない」

歩きながら手を伸ばす。

指先で撫でるように触れたのは魔物に齧《かじ》られていた腕。にもかかわらず傷一つないそれは、硬くも冷たくもない普通の皮膚に覆われた普通の腕にしか見えない。

何とも不思議な事だが、意識して硬質化している訳でもないという。今度詳しく確かめてみようか、なんて思いながらリゼルは不思議そうなクァトから手を離した。

時折魔物に遭遇《そうぐう》しつつ、それなりに順調に迷宮を進む。

「おい、これ」

「はい」

ふいに先行していたジルに呼ばれ、リゼルは足を止めた彼の元へと歩み寄る。

場所を譲るように一歩隣へとずれたジルが、「ん」と見つけたものを指先でノックしてみせた。

立方体の上部を見やすいように斜めにカットし、その面に幾何学的《きかがくてき》な文様《もんよう》を刻んだような石板。刻まれた文様以外は最初の階層で見つけたものとそっくりだ。

今までも一階層に一つは似たようなものがあった。恐らくこれも地図か何かなのだろう。

「地図の様式も毎回一緒にしてくれれば良いのに」

「分かりゃ良いだろ、別に」

暗に分からない筈がないと告げてくる相手に、信頼は嬉しいけれどとリゼルは苦笑する。

そんな二人の後ろ、バシャバシャと水音を立てながらイレヴンとクァトも石板へと近寄る。とはいえイレヴンは自分では無理だと最初から諦《あきら》めているので一瞥《いちべつ》するのみ、周囲をそれなりに警戒しながら暇《ひま》そうにしている。

「あれ、この階って平面構造じゃないかもしれません」

「あ？」

「なんだか上下に交差してる所が……」

一方のクァトは好奇心のままに石板を覗き込んでいた。

石板の上を滑る指先を目で追ってはいるものの、やはり全く分からない。

「こうで、この道がこっちに伸びてて、でもこっちのほうが近道みたいで……どうでしょう、罠《わな》とかありそうですか？」

「あー……この造りならあるかもな」

とても地図には見えない変な記号を相手に相談している二人の話を聞きながら、彼はふと首を傾げた。罠、という単語は今までも度々耳にしていたが一体どういったものなのか。

戦奴隷が魔物を狩る際、罠には頼らないというのもあるだろう。牢屋でリゼルから聞いた巨大な岩が転がってくる罠くらいしか想像ができない。

「罠、何？」

「は？」

話し合っているリゼル達に聞くのは憚《はばか》られ、一歩引いたところで双剣《そうけん》の手入れをしているイレヴンへと近付いて聞いてみる。

「罠、俺、知らない」

「あー……」

納得したような、あるいは何かを考えるような声。

そして剣を拭《ぬぐ》っている手を止めたイレヴンが、ふいっと水に覆われた床の一部を指さした。クァトは不思議そうに何もない筈の指の先をじっと眺める。

「そこ踏んで」

「ここ？」

「そこ。ちょい色違うトコ」

よくよく見ると、水に揺れる石畳の中で一か所だけ他より色の明るい石がある。

クァトはゆっくりと近付き、イレヴンと床を見比べながら確認をとり、そして言われるままにその石へと足を乗せた。恐る恐るとは決して呼べない至って普通の踏み込みに、ガコンと石が一センチ程沈む。

直後、天井から降ってきた石壁の一部がクァトの頭を直撃した。彼は呆気《あっけ》にとられたように水飛沫《みずしぶき》を上げて床に落ちた石塊《せっかい》を見て、そして棒立ちのまま目を瞬かせてイレヴンを見る。

「それ」

「分かった」

剣を拭いながら平然と告げられ、クァトは粛々《しゅくしゅく》と頷いた。凄くよく分かった。

「イレヴンもちゃんと教えてあげてますね」

「教えてんのか、あれ」

物音に振り返ったリゼルは微笑ましそうに再び地図へと向き直る。

同意を求めるように囁かれたジルは全く同意できそうもなかったが。完全に否定しきれないところが何とも言えない。

「ん、決まりました」

道順を話し合っていた二人は背筋を伸ばしながら、待っていた二人を振り返る。

「あ、リーダー終わった？」

「はい。お待たせしました」

「全然」

イレヴンが腰に剣を収め、目を細めるように笑う。クァトも好奇心から床に落ちた石塊をつついていた爪先を止めてリゼルへと歩み寄った。

「近道ルートにしましょう。罠はあるでしょうけど、距離的には半分ぐらいなので」

「さんせーい」

「ん」

反論がないようで何より、とリゼルは脳裏に地図を思い描く。

難解であっても地図があるというのは有難い。曲がり角の度に迷う事も、行き止まりに当たって戻る必要もないのでストレスなく進む事ができる。あんまりグルグルと行き来するような事があると、ジルやイレヴンが非常に面倒臭がるのだ。

一人で迷宮に潜る時は一体どうしているのかとリゼルは常々思っている。

「行きましょうか」

迷いなく歩み出したリゼルに、ジルとイレヴンも何の疑問もなく続く。

クァトも三人と石板を数度見比べてから慌ててついていった。メモも何もしていないが良いのだろうかという疑問からの行動に、「まぁそうなるよな」と密かにイレヴンは出会った頃を懐かしんだ。ジルは何も気にしない。

誰も訂正も補足もしないので、クァトの冒険者観がどんどんと斜め上に突っ走っている。

近道には魔物も多かった。

道中、襲いかかってくるワニに似た魔物を手際よく倒し、突然突っ込んでくる蝙蝠系の魔物をビックリしながらも退け、狭い通路を所狭しと跳ね回る大量のスライムに「どうしろと……」と途方に暮れ、そして密かにリゼルの念願であるミノタウルスに会えないまま四人は進んでいく。

「おい、こっち」

「？」

途中、クァトがイレヴンに呼ばれてノコノコと近付き罠に嵌《はま》り。

「そこ跨《また》げよ」

「ん」

言われるがままに跨いでピンポイントで罠を食らい。

「馬鹿、下がれッ」

「！」

渾身《こんしん》の演技に騙されて下がった先で罠を浴びたりしながらもわりかし順調な行程だった。

しかし流石のクァトもノーガードで殴《なぐ》られ続けられる趣味はないのだろう。そもそも許されたくないのはリゼルだけなのだから、負い目につけ込んだ嫌がらせを黙って受け入れ続けるのは難しかった。

何度目かの罠でも相変わらずノコノコと騙されたクァトは、ついにぷんすこと不満を露《あらわ》に先を歩くリゼルへと詰め寄った。

「あいつ、何！　何！」

「だから言ったじゃないですか、言う事は半分適当ですよって」

引っ張らない程度に上着のケープを摑《つか》まれ、リゼルは少し背を反らすように振り返る。

憤《いきどお》るクァトにあっさりと告げて、頑張ってと応援して前へと向き直った。事前に警告はしてあったのだ、後は自力で抵抗してもらうしかないだろう。

それを聞きながら、ジルも呆れたようにイレヴンを振り返る。折角の近道だというのに罠に足をとらせてどうするのか。

「てめぇも全方位に喧嘩売んじゃねぇっつってんじゃねぇか」

「売ってねぇし。親切に教えてやってんじゃん？　感謝しろよ雑《ざ》ァ魚《こ》」

煽《あお》るような嘲笑《ちょうしょう》に、クァトは唸りながら威嚇を返す。

ここ数日、彼は隙あらばイレヴンに苛められていた。戦奴隷が何処かに好戦的な一面を持つ一族だというのを思えば随分と我慢しているほうだろう。フラストレーションは溜まっているようだが。

良い事だ、とリゼルは微笑む。

「ほら、迷宮内で喧嘩しちゃ駄目ですよ」

「はァーい」

「……はい」

にこりと愛想良く笑ってみせたイレヴンが、機嫌《きげん》をとるようにリゼルの隣へと並ぶ。

「怒った？」

「怒ってません」

愉《たの》しげに弧を描いた瞳が覗き込んでくるのに、リゼルは歩きながらも首を振った。

やりすぎなければ好きなように、と伝えたのは嘘でも何でもない。イレヴンも許されるラインを既に見極めているからこそ、こうして戯《たわむ》れるように憂《う》さ晴《ば》らしをするのだ。

そして少しばかり憤りの尾を引きながらもクァトが三人の後を歩き出した時だ。

「あ、そこ罠」

「！」

彼は咄嗟に避けた先にあった落とし穴に足だけ嵌ったうえにしこたま膝《ひざ》を打ち付けた。


「今日はよく頑張りましたね」

「冒険者、難しい」

今日は賑やかな迷宮だったと、リゼルはベッドに潜りながら一日を振り返る。

薄暗い部屋は既に備え付けの明かりが消され、残るのはリゼルがベッドに腰掛けながら本を読むのに使用していた魔力の光のみ。毛布を引き上げ、頭を枕に乗せながら隣を見る。

そこにはベッドに顎を乗せ、瞬きも少なく此方を覗くクァトの姿。徐々に弱まる光が鈍色の髪にちらちらと反射するのを暫く眺め、目元を緩めた。

「俺だってまだまだ勉強中です。難しいのが普通ですよ」

手を伸ばし、少し硬い鈍色を撫でる。

心地よさそうに目を細めたクァトも、既に寝る準備は済んでいた。胡坐《あぐら》をかいて毛布を被って、ベッドに預けた顔が欠伸を噛み殺すようにぎゅっと力を込める。

「……あいつ、嘘、いっぱい」

「イレヴンはあれがいつもどおりだし、気にしないほうが良いですよ」

閉じて開かれた鈍色の瞳には微かに不満の色がある。

それもそうだろう。基本的に素直な彼は今日、何度騙されたか分からない程に罠に嵌められた。なにせ訝しんでもイレヴン相手に意味はない。罠だと言われて避けては嵌り、逆に嵌りに行こうとすればやはり嵌り、慎重に罠を探してみては嵌ったのだから完全に読まれている。イレヴンはこういうのがとても上手い。

「それに君もたくさんの罠を体験して、凄く勉強になったでしょう？」

「……」

「経験した分は、身についていると思いますよ」

うぅ、と喉の奥で唸りながら頷いたクァトにリゼルは柔らかく微笑んだ。

イレヴンが鍛《きた》えてやろうという思いから罠を浴びせていたという事は断じてないのだが、それは取《と》り敢《あ》えず置いておく。結果良ければ全て良し。

リゼルは頬を枕にすり寄せ、さりさりと髪が布地を滑る音に耳を傾けた。

「（感情はこのままイレヴンに煽ってもらって……戦闘は、ジルに任せちゃおうかな）」

あの二人を相手にしていれば、自然と戦奴隷としての在り方を取り戻すだろう。

なら自分も準備を進めておこうか、などと内心呟いてリゼルはクァトの髪を梳《す》いていた手をベッドへ落とした。気付いたクァトが、リラックスするように伏せていた瞳をパチリと開ける。

「明日、ジルと手合わせしてみましょうか」

鈍色の瞳が見開かれたのに満足げに笑い、リゼルは眠気に逆らわず目を閉じた。

何かを聞きたそうに薄っすらと唇を開いたクァトも、それを見て何も言わずに床の上に丸まる。

然程《さほど》経たない内に、部屋には二人分の寝息が聞こえ始めた。

魔法の光も今や消え、窓の隙間《すきま》から差し込む月明かりが細く床に伸びるのみ。

こうしてクァトの冒険者デビューは、傍《はた》からみれば多大なる新人苛めを伴いながらも穏やかに幕を閉じた。

126.

クァトの寝起きはわりかし良い。

不意打ちで起こされると一瞬何があったか分からないといった反応をするが、自然に起きる分には健やかなものだ。朝日が昇ると同じくらいに目が覚め、少しだけぼうっとしながらも二度寝などには縁がないとばかりに動き出す。

今日も窓の外が明るくなってきた頃に目が覚め、床の上で丸まっていた体を起こした。

もはや一ミリも体にかかっていない毛布を引き寄せ、座り方の定まらない犬のようにもぞもぞと胡坐をかく。首を傾ければ、こきりと小さく音が鳴った気がした。

「～～……ッ」

金属が擦《こす》れ合《あ》うような不思議な音。

それを微かに孕んだ声なき声を零しながら、彼は後ろに仰け反った。眠気の名残《なごり》を払うように一度だけ強く目を瞑《つむ》り、片側だけ寝ぐせで跳ねている髪を掻き混ぜながら視線をすぐ隣にあるベッドへと向ける。

いつも足寄りの床に寝ているので、ベッドの住人の顔は窺えない。しかし膨らんだ毛布がゆっくりと上下しているのが見えた。

「……」

引き寄せて足に引っかけていた毛布を床に放り、クァトは敷かれた絨毯《じゅうたん》の上を四つん這いで移動する。枕元に近付いて覗き込めば、枕に沈んだミルクティー色の髪を見つけた。

顔は向こう側を向いてしまっている。無言で立ち上がり、反対側へと移動した。

「(……起きない)」

毛布に埋まり気味の顔を見下ろして、静かにしゃがむ。

予想に違わずスヤスヤと熟睡しているリゼルの寝顔。そう、意外と起きないのだ。クァトは初めて同室で寝起きした日、いつまでも目を覚まさないリゼルにどうすれば良いのか分からず、ひたすらベッドの周りをうろうろしていた覚えがある。

「(寝る、遅い？)」

クァトのほうが早く寝るので、いつまで起きているのかは正確には分からない。

しかしリゼルが動けば意識だけは起きるので、全く把握《はあく》できていない訳でもなかった。今のところ明け方まで起きているという事はない筈だ。

薄っすらと開いた唇が寝息を零すのを何となしに眺めながら、今日は冒険者をしないと言っていたし暫く起きないだろうなと考える。少し、残念だ。

「？」

その時、ふとドアノブに手をかける音がした。

寝ている者に配慮してか、扉は大した音を立てず静かに開かれる。クァトが顔だけ上げてそちらを見ると、そこにはドアノブに手をかけたジルが立っていた。

彼は一歩分だけ部屋に足を踏み入れ、ベッドに埋もれるリゼルを一瞥する。寝ているのを確認したのだろうと思っているクァトは、寝ていると知っているからこそノックがなかった事をまだ知らなかった。

そしてジルの視線が、しゃがむクァトへと向けられた。

「適当に準備して裏来い」

低く少し掠《かす》れた声が、囁くように部屋に滲んで落ちる。

自分宛《あ》ての伝言かとクァトは目を瞬かせ、一つこくりと頷いた。了承を確認するだけして外れた視線が、再びリゼルをなぞりながら部屋の外へと外れていくのを見送る。

閉じられた扉に、クァトは目にかかる前髪を散らすように頭を振って立ち上がった。

「（裏……）」

宿の裏の事だろうか、と着替えながら考える。

宿主《やどぬし》がよく洗濯物を干しているスペースだ。周りを家やら店やらに囲まれた、土の地面が剥き出しになっている場所。この宿だけの庭という訳ではなく、そこに面した家に住む人々が好きに使っているという。

そこで時々ジルとイレヴンが手合わせをしていると、クァトも某手伝いの日に宿主から聞いた事があった。何やら「何かもう凄すぎて現実味ないし人か疑わしいし冒険者って凄い」などとよく分からない事を言っていた。

「(手合わせ?)」

昨夜、リゼルも言っていた。

してくれるのだろうか、とクァトの瞳が部屋に微かに満ちる光を反射する。

彼のジルに対する印象は決して悪くない。変に関わってこないところは楽だし、何か聞けば大抵返事があるし、某蛇のように負い目を躊躇なく抉ってくるような真似もしないからだ。

そして迷宮で見た戦う姿に、最強と呼ばれる所以《ゆえん》を理解した。先日は本気など見られなかったが、それでも分かる。

「……行ってきます」

クァトは跳ねる髪を構わず一つに纏《まと》める。

真後ろで結ぶのは難しく、結び目が横にくるのはいつものこと。仕上げに腰にサッシュを巻いて支度を終えて、眠るリゼルへと起こさないように呟いて部屋を出た。

階段を下りて脱衣所の洗面台で顔を洗い、手ぶらのまま宿の裏口へ。扉を潜れば、まだ日が上ったばかりのやや薄暗い空が出迎える。

「何？」

正面には黒い立ち姿。ジルがグローブを咥《くわ》えて身に着けている最中だった。

此方を見据える姿に、クァトは潮風が頬を撫でるのを感じながら問いかける。

「あいつに言われてんだよ、てめぇの実力確かめろって」

片手に黒いグローブを嵌めたジルが、唇に挟んでいたもう片方をつまみながら告げた。

「今日は迷宮潜る予定がある。さっさと終わらせるぞ」

両手に身に着けたそれの感触を確かめるよう、掌《てのひら》を開閉させる姿にクァトはざわりと背筋に高揚が走るのを自覚した。その感覚に押されるように足を前に出し、一歩一歩ゆっくりと目の前の相手へと歩み寄る。

自然な仕草で間合いを詰めていく彼の両腕から、ズルリと刃が姿を現した。

「何、駄目？」

「周りに被害出さなきゃそれでいい」

それはつまり、全力で斬り結んで構わないという事だ。

ジルは戦いの前の感情の高まりなど一切宿さない声でそう告げながら、腰に下げていた剣を抜く。

その手を剣先を下向きに脇に下ろし、気負いなく立った。

クァトの瞳が戦意に見開かれる。相手の間合いまで残り五歩の距離、歩みを緩めた。

「……後」

それを見たジルの唇が薄っすらと笑みを描き、付け加えるように開かれた。

「あいつを起こさなきゃ、な」

その言葉を刻み込み、直後クァトは地を蹴った。

瞬きの間にジルへと迫る。体勢を低くしたまま横薙ぎに繰り出した刃は、相手を一歩も動かす事が叶わず打ち払われた。返される剣を後ろに飛び退る事で避け、一拍も置かず再び斬り結ぶ。

金属同士ぶつかる音が一瞬の内に幾度も重なり、幾度も繰り返す。しかし決定打は与えられない。与えさせてもらえない。

「……ッ」

積極的に攻撃を仕掛けてこないジルに焦《じ》れ、痺《しび》れを切らしたのはクァトだった。

唸るように喉を震わせ、摑んで押しのけられた腕の勢いをそのままに片足を浮かせた。そこに刃を顕現《けんげん》し、黒衣《こくい》に包まれた脚を刈《か》り取《と》らんと薙ぎ払う。

完全な死角からの攻撃。だがそれも地面を切り裂くように真下へと振るわれた切っ先に弾かれる。

キィンッと甲高《かんだか》い音をたてた脚がビリビリと痺れた。

クァトは顔を顰めながらも弾かれた足を軸に体を捻《ひね》り、地面に手をついて着地した。獣が獲物へと飛び掛かる寸前の無駄のない動き。それを以《もっ》てして剣を振り抜いた直後のジルへと襲い掛かり。

「ガッ‼」

瞬間、衝撃と共にクァトの体が吹き飛んだ。

地面に叩き付けられて視界が回る。その隅《すみ》に振り上げられたジルの脚を見つけて、ようやく自身が蹴り飛ばされたのだと悟った。同時に、仰向《あおむ》けで動きを止めた自らに振り下ろされようとする剣も。

咄嗟に両腕をクロスして防御態勢をとる。彼にとっては反射的な行動で、実際に斬り結んでいる間も幾度も剣を止めていたからこそ選んだ防御。

「耐えろよ」

だが、見上げた先で灰銀《かいぎん》の瞳が試すように細められる。

忠告のように告げられたそれに、何をと疑問に思ったのは一瞬だった。あまりにも洗練された太刀筋で振り下ろされた剣が、ガードしていたクァトの腕に食い込む。

一秒にも満たないだろう。だがクァトははっきりと肉を断つ感覚を、骨まで断ち切ろうという感覚を得て目を見開く。頬へと散った血の匂いに呆然とした。

その時に響き渡っていた悲鳴など、一切気付かないまま。


「――………ぁぁぁぁぁあああああああ!!!!!!」

徐々に近付いてくる半狂乱《はんきょうらん》の悲鳴に、リゼルはもぞもぞと毛布の中へと頭を埋《うず》める。

まだまだ眠たいのだ、邪魔をしないでほしい。だというのに途切れぬ悲鳴は確実に近付いてきていて、遂には部屋の扉を破壊せんばかりの勢いで叩き始める。

それでも気にせず二度寝に入ろうと目を閉じたままのリゼルに構わず、何かがひしゃげる酷い音と共に扉が開かれた。確実に何処かが壊れていそうだが良いのだろうかとぼんやり思う。

「き、きき、き、きぞ、おきゃ、お客さん‼」

「んー……」

「血！　血‼」

「（凄く舌打ちされてる……？）」

寝ぼけた頭で何故だと考えつつ、リゼルは更に毛布を引き上げた。

もはや頭の天辺《てっぺん》しか見えなくなったリゼルへと、飛び込んできた宿主は頭に洗濯する筈だったタオルを引っ掛けながら必死に呼びかける。洗濯籠《かご》を持って裏口を開けた途端に目の当たりにした流血現場に、籠の中身をぶちまけて此処まで走ってきたのだ。

「怖い、何アレ怖い、お客さん助けて、助けてくれないなら此処にいていいですか怖い」

「しずかにしてくれるなら、いいですよ」

「有難うございます‼」

宿主は全てを吐き出すように感謝を叫び、すみやかにベッドの隣で三角座りをした。

数秒の沈黙。すぅすぅとベッドから寝息が聞こえてくる。

「え、本当に寝ちゃうんですか何で⁉　ガチ寝⁉」

慌てて立ち上がり詰め寄るも、何ができる訳でもない。

いや、彼の心情としては目の前の膨らんだ毛布を力の限り揺らしたり叩いたりしたいところなのだが、リゼルにちょっと過保護な面々に首を刎《は》ねられてもおかしくないと信じて疑わないからだ。

結果、敷いてあるシーツを引っ張りながら精いっぱい主張する。

「起きてくださいってば宿主さんのお願い！　うちの裏であんな、腕、お客さんが止めてくれないと刃物なお客さん死ぬ！　死ぬ‼」

「はもの……」

ずりずりと徐々にシーツがずれていく感覚と必死すぎる訴えに、リゼルはようやく薄っすらと目を開けた。零した囁きは寝起きで少し掠れている。

刃物、と宿主が称しているのはクァト唯一人。彼が危機に陥《おちい》っていて、それを自分に止めろと言うならば相手は何処かの見知らぬ誰かではなく。

そこまで考え、リゼルは寝たまま宿主へと体の向きを変えた。頭まで被っていた毛布を肩まで下ろし、ウトウトと眠気を引《ひ》き摺《ず》りながら壮絶な形相《ぎょうそう》を晒している宿主を見る。

「イレヴンに、いじめちゃだめですよって、伝えてください」

「俺が⁉　それ俺死にませんかね⁉　じゃなくて一刀《いっとう》なお客さんなんですって‼」

とんでもない無茶ぶりだと嘆く宿主を尻目に、リゼルはそういえばと思い出す。

昨晩、ジルとクァトについて話していた時にそれとなく手合わせを頼んだのだった。いつでも良いと言ってあったのだが、早々に頼まれてくれたらしい。

これだけ朝が早いというなら、今日はこれから迷宮にでも行くつもりなのだろうか。なんて微笑みながら、リゼルは二度寝を諦めてゆったりと体を起こした。

眼前で腕から引き抜かれていく剣を、クァトは地に背をつけたまま見上げていた。

顔面寸前まで振り下ろされた剣は片腕の半ばまで断ち切っている。引き抜かれる瞬間に焼けつくような痛みが走ったが、彼は痛みに呻《うめ》く事さえ忘れて呆然と目を見開いていた。

だが溢《あふ》れる血が自らの鎖骨《さこつ》を濡《ぬ》らしていくのに気付いて、急いで上体を起こす。折角リゼルが買ってくれた服なのにと眉を下げた。

「足のは自分で抜いとけよ」

「?」

数歩離れて剣を拭っていたジルの声に、ようやく気付く。

いつの間にか、腿《もも》に一本のナイフが刺さっていた。細身で薄く、シンプルなナイフだ。一体いつ刺さったのかと腕の傷口を押さえながらジルを見上げれば、ぽいっと何かを放られる。

「これ、俺、使う?」

「使え」

血に濡れた手で受け取ったのは見覚えのあるガラス瓶《びん》。

回復薬、つまり以前に地下で片目を潰された際に浴びせられたものだ。正直、刺された時のほうが断然痛くなかったとはっきりと言い切れるほどの激痛は今でも覚えている。

使うのにかなり躊躇してしまう。全力で避けたい。

「地面汚す前にさっさとしろ」

剣を鞘《さや》に収めながら促され、クァトは覚悟を決めた。

腿に刺さるナイフも抜いて、腕ごと回復薬を流しかける。激痛に備えて噛みしめた奥歯は、しかし少しの痛みも感じないまま血が洗い流されていく感覚にふっと緩んだ。

まじまじと傷口を見るも、きちんと塞がっていっている。どういう事かと不思議に思いながら最後の一滴まで使いきれば、もはや傷など何処にも見えなかった。

ぐっぱっと掌を握ったり開いたりしてみる。問題なく動いた。

「痛い、ない」

「迷宮産だからな」

「？」

迷宮の宝箱から出た回復薬は、一般の回復薬と違って治療に痛みがない。

異常な早さで迷宮を攻略していくジルは宝箱を見つける機会が多く、たとえ中身はランダムとはいえ回復薬が手に入りやすい。そして手に入れた回復薬を使う機会も少ないので、手持ちは全て迷宮産だ。

それを知らないクァトは首を傾げるも、それ以上の説明はないと察して一つ頷いた。痛くないならそれで良い。

「実力、ダメ？」

「さぁな」

もぞりと地面に胡坐をかき、クァトはジルを見上げた。返事は素っ気ない。

実力を確かめると言っていた。リゼルの指示だとも言った。失望されてしまうだろうかと、清廉《せいれん》な顔を思い出して自然と背筋が丸まっていく。

実際のところ、ジルに敗北したという点では評価など下がりようがないのだが。クァトはそんなことは知らない。

「……斬れた、何で？」

「あ？」

「腕」

本人も無意識の、不貞腐《ふてくさ》れたような問いかけ。

だって、全力で止めたのだ。耐えろと言われ、構え、受け止めた筈が斬られていた。何より腕の半ばで剣先が止まったのも、自力で止めたのではなくジルが止めたからだ。

疑問にも思わなかった当たり前が覆された。それは反撃も考えられなくなった程に衝撃だった。

「何で？」

「知らねぇよ」

面倒そうに他所《よそ》へと投げられた視線が、つ、とクァトを射抜く。

ぞくりと肌が粟立《あわだ》った。空気が張り詰めるなか、ジルの唇がゆっくりと開く。

「ただ」

それは牽制《けんせい》だったのかもしれない。

脳裏に剣を突き立てるように、静かに告げられた。

「てめぇを斬れねぇと思った事は一度もねぇ」

体が斬り裂かれたと錯覚《さっかく》してしまう程の一瞬の殺気。

クァトは己《おのれ》でも気付かぬ内に座っていた地面から退いていた。両腕から伸びた刃は攻撃の為のものではなく、初めて自らの身を守る為の威嚇として顕現されたもの。それすら無意識であり、目を逸らせば命を絶たれそうな緊張感に身動きがとれずにいた時だ。

ふいにジルの視線が逸らされる。数秒眺め、クァトもそろそろと視線の先を追った。

二人が目にしたのは裏口の扉。それが至って平穏に開き、普段着のすっきりとした格好のリゼルが姿を現す。

「あれ、まだ終わってませんでした？」

「もう終わった」

穏やかで優しい声に、すとんとクァトの肩から力が抜けた。


テーブルの上に並ぶのは新鮮な野菜やチーズ、更に分厚いベーコンがたっぷりと挟まれたサンドイッチ。そして半熟卵ののったシーザーサラダとカットされたフルーツ、カボチャのスープがそれぞれ人数分。

更にそれらの真ん中では、足りないならこれで埋めろとばかりに大きなバスケットに華やかに盛られたバゲットが存在を主張していた。

「宿主さん、びっくりしてましたよ」

「お前が確かめろっつったんじゃねぇか」

「確かに方法は任せるって言いましたけど」

何とも物騒な方法をとったものだと、リゼルは苦笑しながらコーヒーを手に取った。

依頼を受ける日でもないのに珍しく四人揃っている朝食。その横では話題に出た宿主が、若干引け腰になりながらも給仕を行って去っていく。正直彼にしてみればあの半狂乱にもなった錯乱《さくらん》をびっくりで済ませるリゼルにびっくりだ。

並び順はリゼルの隣にイレヴン、向かいにクァト、イレヴンの前にジル。それぞれの前に置かれた飲み物は各自の好みに合わせられていた。

「確かめる……実力？」

「実力というか、君がどこまで体質を把握してるのかなってジルと話したんです」

昨晩、寝る前にリゼルはジルの部屋で色々と話し合った。

とはいえ目的はクァトに関する事ではなく、何となく一人飲んでるジルに付き合っていただけなのだが。話の流れでその話題になり、良い方法があったら確かめてみてくれないかと頼んでみたのだ。

「えー、俺も外飲みに行かなきゃよかった」

「出かけてたんですか？」

「そ。なんか港で祭りっぽいのあったんスよ。珍しい酒出てたしタダ酒してきた」

流石はアスタルニア、大小を問わなければイベント事には困らない。

夜の港での祭りとか少し気になる、と思いながらリゼルは今度はサラダに手を伸ばした。半熟卵を割るとトロリと黄身が溢れてきて、ドレッシングとそれを絡《から》めた野菜が朝から絶妙に美味しい。

「ニィサン、パプリカ」

「いらねぇ」

「食って」

「てめぇで食え」

折角の色鮮やかなサラダ、その彩り部分を拒否するイレヴンはいつもの事。

好き嫌いの激しい彼は相変わらず宿主泣かせだ。ここでクァトに「君は何でも食べれて偉いですね」なんて言えば割と洒落《しゃれ》にならない事になるんだろうな、なんて考えながら半分に切られたプチトマトをのんびりと味わう。

リゼルとて越えてはならない一線はしっかり把握済みだ。戯れでも試すような真似はしない。

「それで、君の体質なんですけど」

甘いトマトをこくりと飲み込み、話を戻す。

「普段は俺達と変わらないでしょう？　ジルとイレヴンが、攻撃を受ける瞬間だけ硬質化してるって言ってましたし」

「？」

クァトがサンドイッチを咥えながら、きょとんと目を瞬かせる。

それが答えなのだとリゼルは微笑んだ。無意識の防衛反応であり、意識して硬質化した事など一度もないのだろう。できるかできないかすら考えた事もない筈だ。

それなのに斬られれば致命傷となる剣を避けもせずに受け止め、握り、喰らいつく牙に躊躇なく差し出し、一切の後退なく自らの刃を叩き込むのだから、その血に刻み込まれた戦奴隷の本能というものは凄まじい。

「それが全くの自動《オート》なら良いんですけど、そうじゃないなら練習しておいたほうが良いかなって思ったんです」

「練習」

「そう、練習。此処にはジルもイレヴンもいるんだし、相手には事欠かないでしょう？」

使いこなせていないとは言わない。そうでないと危険だとも言わない。

足りないというのではなく、純粋にクァトの実力を今より底上げできないかという提案。戦奴隷のあるべき姿を見たいという、ある種のリゼルのエゴですらある。

クァトには、それがとても嬉しかった。期待されるのは求められているようで嬉しい。もし心配されては、自身が此処に相応《ふさわ》しくないのではないかと不安になってしまうだろう。

「それで、どうでしょう。自動《オート》でした？」

「や、違ぇッスね」

大きな一口でサンドイッチを食べているジルへの問いかけに答えたのはイレヴンだった。

彼はパプリカを空いたサンドイッチの皿に移す作業を終え、ようやくサラダにフォークを突き刺しながら言う。

「ニィサンが腕ぶった斬った時にナイフ投げたらフッツーに刺さったし」

「……」

お前か、と言わんばかりの視線がクァトから注がれる。

だがイレヴンは気にせず一気にサラダを完食し、空になった皿を端に寄せた。そのまま今度はバゲットへと手を伸ばしてバスケットごと引き寄せる。

「あんまり酷い事しないであげてくださいね」

「だーいじょぶ。出血少ねぇトコ狙ったし、そもそも急所じゃねぇし」

それは大丈夫の範囲に入るのだろうか。

イレヴンは決して狙いを外さないと知っているが、リゼルにとってはナイフが刺さるだけで結構な惨事《さんじ》だ。けれど、と申し訳なさそうにクァトを見る。

「正直、この情報はとても有効的で」

「俺、良い。気にする、ない」

そんなリゼルに、クァトは何でもないかのように首を振った。

脚を刺されようと、それが必要ならばそれで良い。それに抜く時は流石に痛かったが、正直なところ刺さった瞬間には全く気付かなかったのだから何も気にしていない。

「有難うございます」

「ん」

口元を綻《ほころ》ばせたリゼルに、クァトも嬉しそうにカボチャのスープを飲み干す。

「お前変なとこ正直だよな」

「俺はいつでも正直です」

呆れたようにグラスへと口をつけたジルへ、リゼルは失礼なと可笑しそうに返す。

そしてフルーツの皿をクァトへと差し出した。血を流したのだから栄養はしっかり取らなければ。

「お詫《わ》びにどうぞ」

「！」

パッと顔を輝かせたクァトは直後、イレヴンのフォークが中身を半分掻《か》っ攫《さら》っていったのに気付いて皿を抱え込んだ。これ以上とられない内に、と慌てて口の中に掻きこむ。

彼は自分からたくさん食べたがる訳ではないが、貰えれば貰えるだけ際限なく食べるのでイレヴンとは違ったタイプの大食らいだ。とはいえ普通の量でも全く構わないので、宿主としては大助かりだろう。

「美味しい」

「それは良かった」

果物を詰め込んだ口をもごもご動かすクァトに微笑み、リゼルもサンドイッチを食《は》みながら思考を再開させる。

クァトの硬質化、自動でないのに無意識だというのはどういう事なのか。

初戦でイレヴンに立ち向かって眼球以外は無傷で済んだのだ。無意識だろうがその精度が高いのは確実だろう。ジルは例外として、今回ナイフが刺さったのは。

「気付いてるか気付いてないかっていうだけでしょうか」

誰に向けるでもない問いかけに、答えたのは一足早く食事を終えたジルだった。

「だろうな」

「視界に入ってれば良さそうですか？」

「や、死角からのも止めてた。気付かなけりゃ刺せるって知ってりゃ楽だったのになァ」

クァトは自分自身の話題に何となくそわそわしていたが、向けられたイレヴンの言葉と視線にびくりと肩を揺らす。

刃が通らないと判断したからこそ目を狙ったイレヴンだが、言葉どおりガードしきれない攻撃もあると知っていたならば全く別の勝ち方ができたのだろう。つまり、勝ち方を選べる程度には力の差があるのだという忠告だ。

あの時のイレヴンの怒りは正当なもの。クァトは口を噤むしかない。

「気配ってやつですね」

「お前それ好きだよな」

「憧れます」

そしてリゼルはそれに気付きながらも気にしない。

「それで今まで全部止められてたっていうのは凄いですよね」

「目と勘が良いんだろ。気付けりゃ反射だろうな」

「ニィサン俺のこと褒めたことねぇのに！」

「煩ぇ」

「前に罠で頭ぶつけてましたけど、あれはまた違うんですか？」

「体がついて行くかは別問題じゃねぇの」

それもそうか、とリゼルはサンドイッチを食べ終えた手を拭いた。

咄嗟に身構えるくらいならば無意識にでもできるだろうが、咄嗟に動けるかどうかは結局のところ慣れだ。ジル達の言う〝素人臭い〟はこの辺りに繋がるのだろう。

ちなみにイレヴンがジルにぎゃんぎゃんと文句を言っているが、あれは半分面白がって遊んでいるだけだ。本気ではないのでフォローしなくとも問題はない。

「違う」

「ん？」

ふいに、クァトが完食した皿とバケットの積まれた籠を見比べながら言う。

「全部、違う」

しかし見ていた籠はイレヴンによって更に遠ざけられてしまった。

それを悲しそうに見送るクァトを、リゼルはカボチャのスープに口をつけながら眺める。ふと籠から此方を向いた丸い鈍色は少しも揺れず、一度だけ瞬きにより瞼《まぶた》に隠れた。

「斬られた。全部止める、違う」

再び現れた瞳は微かな自責《じせき》を孕んでいた。

声には少しの高揚と、逆に何かの感情を酷く押し殺したような色。金属が擦れ合うような音が僅《わず》かに強まった気がしたが実際のそれと比べて不快感はまるでない。

そんなクァトにリゼルは目を瞬かせ、音もなくスープのカップをテーブルに置いた。

「ジルは基本的に例外なので数に入れなくて大丈夫です」

「!?」

「基本的に人外の間違いじゃねッスか」

「!?」

「てめぇも後で裏来い」

「!?」


その後、混乱するクァトをそのままに続いた会話は「お願いだから勘弁してください」と裏庭にてトラウマを植えつけられた宿主の渾身の土下座によって幕を閉じた。


アスタルニアの見所の一つ、美しい青空と美しい海原《うなばら》が臨《のぞ》める港にリゼルはいた。

ジルは予定どおり迷宮に向かい、イレヴンも今日は何処かへ出かけるという。そしてクァトの事は一人で依頼を受けておいでとギルドへ送り出したので、一人のんびりと賑やかな港を歩いていた。

「(討伐《とうばつ》系の依頼、選んだかな)」

クァトのランクはF。戦闘自体はリゼルが心配するのもおこがましいというものだろう。

討伐系以外の依頼を受ければその限りではないが、先日あれだけ魔物との戦闘を楽しんでいたのだから今日も似たような依頼を探している筈だ。とはいえ目当ての魔物の探し方、必要ならば狩り方、素材箇所だったり剥ぎ取り方だったりを自分で調べる必要はある。

その辺りはリゼルも一応はひと通りの知識を仕入れ済み。なかなか実践《じっせん》で練習する機会も成果を披露《ひろう》する機会も与えられないのだが。

「よーし、縄ぁ張れ縄！」

「おいおいでけぇの獲ってきたじゃねぇか！」

早朝も過ぎた時間だ、港には少々喧《やかま》しい程に声が飛び交っている。

漁師もちょうど漁から帰ってきているようで、其処《そこ》かしこで競りの様相が見られた。巨大な魚が吊り下げられ、潮氷に沈んだ小魚が木箱で並べられ、その鱗に燦々《さんさん》とした太陽の光が反射して視界の何処かが何かしら眩しいのが少し面白い。

海風に混じる潮の香りと、そして時折鼻を掠める魚の匂いがいかにも漁港らしかった。

「お、冒険者殿じゃねぇか」

ふいに声をかけられ、リゼルはそちらを向いた。

人違いという事はないだろう。聞き覚えのある声の先に居たのは鎧王鮫《オリハルコンシャーク》の解体を担当してくれた漁師の一人で、いつかにリゼルと宿主へ釣り場を提供してくれた相手だった。

老いの見える顔に溌剌《はつらつ》とした笑みを浮かべ、節の目立つ手を上げて歩いてくるのを足を止めて迎える。

「こんにちは。漁帰りですか？」

「おう、五日ぶりにな」

「沖のほうにでも？」

「若《わけ》ぇの連れて魔物漁行ってきてな。ったく、最近ようやく銛《もり》の使い方も様になってきやがった」

厳しい言葉とは裏腹に嬉しそうな様子に、リゼルもそれは良かったと微笑んだ。鎧王鮫《オリハルコンシャーク》を持ち込んで以降、アスタルニア伝統である魔物漁に若い衆が積極的になったと以前にも聞いた事がある。

順調なようで何よりだ。遠いなかアスタルニアを訪れたインサイも安心するだろう。

「冒険者殿はどうした。また釣りか？」

「いえ、ちょっと貿易港まで」

「へぇ、そりゃ珍しい。まさか荷運びの依頼でも受けたんじゃねぇだろうな」

「違いますよ」

アスタルニアの冒険者ギルドでは荷運びというのは割と一般的な依頼なのだが、ここまで露骨に〝あり得ない止めておけ何故だ〟というような目で見られるのは悲しいものがある。

リゼルは少しばかり複雑に思いながら苦笑し、否定してみせた。心底安堵《あんど》した反応を返されるのがまたやるせない。

「なら良いけどよ。貿易港っつうなら王宮寄りだな、場所は分かんのか？」

「ん、港沿いに真っすぐ行くだけですよね」

「まぁそうだけどなぁ。相手国によっちゃ向こう側だぞ」

向こう側、とリゼルはアスタルニアの地理を思い浮かべた。

海沿いに港はあるのだが、王宮を挟んで東側・西側と呼ばれる地域に分かれている。東側と西側を分けるのは王宮が所有する軍港で、その両隣に貿易港、その更に外側に今リゼル達がいるような漁港が続いていた。

とはいえ明確な線引きがされている訳でもなければ、それこそ軍港であっても誰でも通り抜けられるので不便はない。船の大きさや港の機能で自然と分かれているだけのようだ。

「そうですね、群島との貿易船が良いんですけど……」

「群島な、あー……おい、群島行きの船って何処だった！」

漁師は思い出そうにもピンと来なかったのか、顎をさすりながら数秒唸って通りがかった他の漁師へと声を張り上げる。巻き取った網を肩に担《かつ》いでいた相手がリゼルを二度見しながらも足を止めた。

彼はずり落ちる網を担ぎ直しながら大きく口を開く。

「群島だぁ？　軍港の向こう側だろ！」

「悪ぃな！」

至近距離で張り上げられる覇気のある声に密かに驚いたリゼルだが、此処では普通の事なのだろう。数歩離れた相手に対してさえ、多少は声を張らないと賑やかな漁港では掻き消されてしまう。

怒鳴り合うようなやり取りで一言二言交わし、通りがかりの漁師は何事もなかったかのように網を担いで去っていった。リゼルは色々と豪快だなと感心しきりだ。

「どうだ、分かったか？」

「はい、有難うございます」

「おう、礼はまた鎧鮫《よろいざめ》持ち込んでくれりゃぁ良いぜ！」

「それはジル達次第です」

漁師は年齢を感じさせない鍛えられた体を揺らしながら笑った。

そして「気を付けろよ」と送り出され、再びリゼルは港を進み始めた。しかし漁師が港を歩く冒険者にかける言葉としてはどうなのかと思わないでもない。

まぁ良いかと流して、リゼルは時折漁師達からかけられる声に手を振り返しながら歩く。鎧王鮫《オリハルコンシャーク》の解体に関わった漁師たちはベテランばかりなので、リゼル相手でも物怖《ものお》じせず声をかけてくれる。

「(この辺りから、貿易港かな)」

暫く歩くと、港の風景も変化してきた。

木製の桟橋《さんばし》が、石造りの埠頭《ふとう》へ。停留している船も見るからに頑強で、見上げれば太陽を背負った船首《せんしゅ》が遠くに影を落としている。

それらの船によってできた日陰を歩きながら周りを見渡せば、縄を引っ張り船を寄せていたり荷の積み下ろしをしている男達の姿。その中に見知った姿はない。

「(流石に軍港は分かりやすいな)」

盛大に二度見されながらも歩くこと少し、がらりと雰囲気の変わった軍港へと到着する。

目の前に立ちはだかるような急な石階段を靴音を鳴らしながら登っていく。隣を一段飛ばしで駆けていく子供達は競争でもしているのだろう、上りきった彼らの喜んだり悔しがったりする声が上から聞こえてきた。

リゼルも最後の段へ。吹き抜けた風と共に景色が変わる。

軍用だろう巨大船と、マストの合間を縫《ぬ》うように飛行する魔鳥。際まで歩み寄って見下ろせば、先程まで近かった筈の海が随分と遠く見えた。

「(あ、騎兵団《きへいだん》)」

覗き込んでいた上体を起こし、揺れる髪を押さえながら軍港を見渡した。

すると最近は随分と見慣れた姿を見つけられた。厳めしいイメージのある軍港に、色鮮やかな魔鳥《まちょう》が三匹とパートナーが三人。海上訓練か船の護衛か、石畳に足をついて何かを話し合っている。

ギュウ、クウ、と喉を震わせる魔鳥の声が不思議とよく届いた。何となくそれらを眺め、何となしにふっと他所を向いた時だ。

「………」

「?」

ふいに警備をしていただろう若い兵と目が合う。

巡回兵か船兵か。それとも軍の中でもエリートと名高い王宮守備兵だろうかと考えながら、通らせてもらう挨拶《あいさつ》のつもりでゆるりと微笑んでみせた。

直後、こちらを凝視《ぎょうし》していた男の顔面が崩壊した。物凄い衝撃を受けたかのように崩壊した。リゼルはちょっとビクッとした。

「少々お待ちを!!」

直後、凄い勢いで何処かに走り去られる。

一体どうしたのだろうとその背を見送ると、遠ざかっていく声が此処まで聞こえてきた。

「要人が来るなんて聞いてないぞ俺は！　客人だ、出迎えはどうなってる！」

明らかに何かを誤解された。

リゼルはどうしようかと周りを見渡す。待てと言われたからには待っていたほうが良いのだろうか。それとも人違いなのだし行っても良いのだろうか。

ふいに先程の騎兵達が此方を見ているのに気付いて視線を止める。「あー……」と言わんばかりの視線が向けられた。誠に遺憾《いかん》だ。

「ん？」

その時だ、一人の騎兵が「気にせず行け」と言うように軍港の先を指さした。

きっと彼から説明してくれるのだろう。有難い事だと口元を綻ばせ、リゼルもひらりと手を振って歩みを再開させる。

この後、客人とやらの特徴を聞いたナハスが「今度は何をした!!」と駆けつけるのだが、そんな事など知る由《よし》もないリゼルはのんびりと軍用船を眺めながら軍港を通り抜けていった。


少し急な石階段をゆっくりと降りていく。

「(港のこっち側に来るのは初めてだなぁ……)」

擦れ違い、追い抜き、前を歩く人々は漁師であったり荷運びの作業員であったり、はたまた兵であったりと様々だ。軍港を通り道にしているのもそうだが、この国は色々な意味で区切りがない。よく手を取り合い過ごしているのだろう。逆に区切りの大切さも理解しているリゼルだが、その自由な思考を以てどちらが正しいなどと断じる事はない。

こういうものは一長一短、正解などないのだから人々が笑顔ならばそれで良い。

「群島への船は……」

最後の一段を下りて、ぐるりと港を見渡した。

群島へは船で二週間はかかるというし、途中で魔物の出る海域を通るので騎兵団の護衛も必須だという。それだけの航海ができそうな船舶《せんぱく》は、見える範囲に二隻《せき》。

どちらも品を仕入れて帰ってきた貿易船のようで、屈強な肉体を持つ男らが次々と荷を運び出している。だが、見るだけでは何処と取引してきたのかは分からない。

「(多分、此処に居ると思うんだけど)」

人や荷物を避けながら、邪魔にならないように港を歩く。

リゼルは今日、ただ港を散歩に来た訳ではない。知りたい事が幾つかあった為に、それを聞ける相手を求めて訪れたのだ。

「ん⁉」

「あ」

不意に後ろから聞こえた声に振り返る。

そこには目的の相手が、幼い子供の背丈程もある木箱を肩に担いで此方を見ていた。唖然《あぜん》とした顔に可笑しそうに笑い、仕事中だが大丈夫だろうかと思いながら歩み寄る。

「こんにちは、作業員さん」

「お、おぉ……珍しいとこで会うなぁ」

彼はリゼルが酒場でよく顔を合わせる作業員グループの一人だ。

船上祭の事を教えてくれたり、某復讐者《ぼうふくしゅうしゃ》に絡まれた時に反撃に転じてくれたりと大変お世話になっている。それでいて、礼はリゼルの話を聞かせてくれれば良いと言ってくれる気の良い男達だった。

リゼルはそれに対して謙虚《けんきょ》だなと思っているが、男達はリゼルの冒険者話を他の追随《ついずい》を許さない最高の娯楽《ごらく》だと思っている。何せ自国の王族の名前が普通に出るのだ。驚きを通り越していっそ面白い。

「聞きたい事があって来たんですけど、時間、空きそうですか？」

「あ？　俺に？　あー……そうだな、後三十分もすりゃ休憩入っけど」

「少しだけお時間いただけないでしょうか」

「そりゃまぁ別に、いつもは寝てるだけだしな……いや、つうか俺に話ぃ？」

全く見当がつかない様子で混乱している作業員の男に、なら良かったとリゼルは微笑んだ。

「じゃあ待ってますね」

「ん？……んん⁉」

「あの辺りで待ってても怒られませんか？」

「いや、うん、んっ⁉　ああ、怒られはしねぇけど……あんたなら何してても怒られねぇ気ぃすっけど……ッは⁉」

「仕事中にすみませんでした。頑張ってください」

そうして大混乱のまま放置された男は暫く固まっていたが、サボるなと一喝《いっかつ》を受けて慌てて荷運びに戻るのだった。

作業員である男は、おおかた予定どおりに作業が一段落した事に力強く息を吐いた。

酒場で出会った最近アスタルニアで話題の男は、どこぞの貴族か王族かと聞きたくなるような空気を纏っている。酒の席で変に遠慮することはないものの、自分を待つと言われてしまえば待たせてしまうのは何となく居《い》た堪《たま》れなかった。

「おーう、お疲れ」

「てめぇすっげぇ見られてたな、冒険者殿と話してんの」

ゲラゲラと笑いながら近付いてきたのは、いつも例の酒場で席を共にしている同じ作業員たちだった。他人事のように笑われ、喧しいと返しながら額に滲んだ汗を肩にかけた布で乱暴に拭う。

実際に誰かしらと顔を突き合わせる度にリゼルについて聞かれたので、面倒だったのは確かだ。曰《いわ》く、あんな相手と何処で知り合ったのかと。気持ちは分かる。

「つうかあの人ぁ何しに来てんだ、こんなとこ」

「聞きてぇ事があんだと。てめぇらでも良いんじゃねぇのか」

「俺らに何聞きてぇんだか。まぁ顔は見せとこうと思ってたし行くけどよ」

何だかんだでいつもの面子《めんつ》でリゼルの元へと向かう。

近付いていくごとに、周囲の視線が一点に集まっているのが分かった。その視線の先に何があるのかなど予想するまでもなく分かりきっていて、しかし外で会う事など今までなかった為に奇妙な感覚を覚える。

普段過ごす仕事場が馴染みのない空間になったかのようだ。その視線の先に自らが加わりに行くのかと思うと、覚える非日常感に少しばかり高揚してしまう。

「お忍びかなぁ」

「それにしてはリラックスしてない？」

ふいに聞こえた声に、作業員らは流石だと思わず納得してしまった。

お忍びもそうだが、リラックスも容易に想像がつく。リゼルは基本的に、誰が見てもマイペースでのんびりとしたイメージを持たれがちだ。

「冒険者殿は何処いても浮くなぁ……こういう言い方すっとあの人〝えっ〟みてぇな顔すっけど」

「何を思って〝えっ〟とか思ってんだろうな」

「お、居た」

待っていると告げられた場所に行けば、その姿はすぐに見つかった。

港には何か所か日除けの布が張られた場所がある。別に誰がどう利用しても良いし、作業員とて日差しの下に放置しておく気は微塵《みじん》もないので、リゼルに使って良いか尋ねられた時に頷いた場所だ。

普段は荷物置き場にされたり、働く者達が休憩したりする雑多な場所。リゼルはそこで、幾つか並べられたタルの一つに腰掛けながら本へと視線を落としている。

「何であの人ぁ視線集めて気になんねぇんだ」

「慣れてんじゃやねぇの……凄《すげ》ぇ、港とは思えねぇ光景になってんな」

「これがまた似合うんだよ、本」

タルに浅く腰掛けた姿勢は美しく、日を遮って影の落ちた空間はそこだけ静寂を感じられるかのようだった。潮風に微かに揺れる髪が頬をくすぐるのか、持ち上げられた細い指が慣れた仕草でそれを耳にかける。

そして、伏せられた瞳がふっと三人を向いた。

「あ、お疲れ様です」

声をかけられ、作業員らは口々に返事をしながら同じく日陰へと足を踏み入れる。

気後れしないと言えば嘘になるが、酒の席を共にするような相手を遠巻きにするほど薄情なつもりなどさらさらない。変わっているが付き合いにくい男ではないのだと、彼らはとっくに知っているのだから。

「よう、冒険者殿。どうしたこんなとこまで」

「群島の貿易船について聞きたくて。漁師さんにこっちだって教えてもらえたんです」

「はぁん、成程な」

タルに座るリゼルの前で、彼らも木箱や丸められた布の上に適当に腰掛ける。

多少尻に敷いたところでガタガタ言う者など此処にはいない。ちなみにリゼルも最初は座っちゃ悪いかなと立って待っていたが、通りがかった誰かに座ってくれと勧められた。

「今ここにゃあないぜ、ちょうど出てんだよ」

「そうなんですか？」

「何だ、欲しいもんでもあんのか？　あそこの管轄《かんかつ》は国だしな、個人で欲しいっつうのは難しいぞ」

「そういえば前、インサイさんからも聞きましたね」

魔鳥の護衛が必須である群島への行き来は個人の商船では難しい。

だからこそアスタルニアが独占して群島の品を扱えるし、それが莫大《ばくだい》な利益をもたらしている。

コストを考えれば容易に行き来できるものではなく、同時に何隻も動かせないだろう。

結果、群島までの航海に耐え得る船は一隻のみ。余程タイミングが良くなければ、帰港も出港も見られはしない。

「船が帰ってくる日って分かりますか？」

「あー……前がだいたい一か月前ぐらいだったからな、もうすぐじゃねぇか」

「もう何日か後だろ、船乗りの奴がそんなこと言ってた」

「そうですか……」

何かを考えるように視線を流し、すぐ横を運ばれていく荷物を目で追うリゼル。

その姿を眺めながら、作業員の男は広げて座っている脚に肘《ひじ》をついた。横目で働き続けている同僚たちを見てみれば、誰かしら好奇の視線を向けてきているのが分かる。

さっさと働けとしっしっと手を振れば、後で詳しい話を聞かせろとばかりに軽く睨《にら》まれた。

「その船に乗せてもらう事ってできますか？」

「あ？　群島行きたいのか、冒険者殿」

「俺じゃなくて、群島出身の子を帰してあげたくて」

そんな同僚らを鼻で笑ってやりながらリゼルを見れば、穏やかな笑みを向けられる。

今まで全く縁がなかったような清廉な笑みに、お見事と拍手を送りたい気分だった。これが何度見ても見慣れずに感心してしまうのだから凄い。

「まぁそこぁ交渉次第だなぁ」

「交渉？」

「難しいこたぁねぇ。乗ってく船員捕まえて頼みゃ、まぁ何とかなる」

「あんま人数は乗せらんねぇし、時々早いモン勝ちだけどな」

自力で船を用意できるようなお偉方は、魔鳥騎兵団だけを国から借りて渡る事もある。

とはいえ滅多にある事ではない。群島に行きたければ、此処で貿易船に乗せていってもらうのが一般的だ。商人や探検家、学者や里帰りなど、何だかんだで毎回誰かしらは乗っていく。特に必要な手続きなどもなく、船員に怪しまれなければそれで良い。

「里帰りっつうなら問題ねぇだろ」

「お金なんかも要《い》らないんですか？」

「荷物のついでだからなぁ、碌《ろく》な部屋もねぇし」

「暇な時に手伝っときゃ充分だろ」

そんなものかと感心しているリゼルを、作業員らは何か反応ずれてんだよなと眺める。

普段の彼らならばお上品だと鼻で笑ってみせるだろうが、リゼルはあまりにも素で貴族すぎるのでそんな考えすら浮かばない。平和で何よりだ。

「なら船員の方……となるとツテがないですし、ナハスさんにお願いしたら何とかならないでしょうか」

「あ？　誰だ？」

「魔鳥騎兵団の副隊長です」

「あー、あの真面目そうな人か」

「いつ見ても魔鳥といるよなぁ。騎兵団なんざ全員そうだけど」

魔鳥騎兵団は少数精鋭《せいえい》。

更には国中の至る所に顔を出すものだから、作業員らも交流はなくとも顔ぐらいは覚えている。

それが更に副隊長ともなれば特定は難しくなかった。

知り合いだったのかと、特に驚きもせず受け入れる彼らはリゼルが冒険者である事を完全に忘れている。

「騎兵団じゃ難しいな。どっかで船員に話通さねぇと」

「やっぱりですか？」

「そいつが船のどっかにツテあるってんなら良いんだけどよ」

「今度聞いてみます」

頷いたリゼルに、そんな事するよりはと作業員は頬杖《ほおづえ》から顔を上げた。

「俺が頼んどいてやるよ」

「良いんですか？」

「話のついでにでも言っときゃ良いだろ」

「おう、それが良い。早めのが安心だしな」

同意を示す作業員らに、リゼルが嬉しそうに破顔《はがん》する。

彼らにしてみれば本当に大した手間でもない。船員となんて日々顔を合わせているのだ。なんなら今その辺を歩いているのを捕まえても良いのだが、生憎《あいにく》船員らの予定など把握していないので次の群島行きの船に誰が乗るのかは分からない。

今日にでも仕事終わりに飲みにいった時、店にいる誰かを捕まえて聞けば良いだろう。

「有難うございます、助かります」

「良い良い。何人だ？　一人？」

「はい」

「なら、どうすっかな……船が帰ってきた日に、いつもんトコで良いか。そん時に出港日とか教えるからよ」

宿主に頼んでおけば帰港日も分かるだろう。

リゼルが了承すると、ふいに何処からかカーンッとよく響く鐘の音が聞こえた。何の音かと音の方角を向いた姿に、作業員は気にするなと言うように手を振ってやる。

「休憩が半分過ぎた合図だよ。あと半分ある」

「あ、成程。なら、そろそろ行きますね」

折角の休憩時間に申し訳ないし、と立ち上がるリゼルを作業員らは腰を下ろしたまま見上げた。

別に迷惑とも何とも思っていないが、わざわざ引き留める理由もない。

とはいえリゼルが去った途端に好奇心旺盛《おうせい》な奴らに集られるだろう事を思えば、休憩時間いっぱいいてくれと思わないでもないのだが。そうなっても何だかんだで満更《まんざら》でもないのだから、三人は気にするなと笑った。

「今度酒場でご一緒する時、お礼にジル一推しのお酒を持っていきます」

「はぁー、贅沢《ぜいたく》なこった！」

「楽しみにしてんぜ」

最後にもう一度礼を告げて去っていくリゼルを、作業員らは手を上げて送り出す。

そして改めて休憩時間を満喫《まんきつ》しようとだらしなく姿勢を崩し、あるいは腰につけた革袋から水を飲んでは寝転がる。流石にリゼルの前でダラダラごろごろしようとは思えなかった。

「しっかし場違いな人だよなぁ」

「あの人が荷運びの依頼とか受けたらどうよ」

「馬鹿野郎、そこらへん座らせとくわ」

「荷数集計とかさせてな」

そうのんびりと話している彼らが、予想と違わぬ展開に休憩時間を潰されるまで後少し。

その日の夕方、部屋で読書をするリゼルの元にクァトが依頼から帰ってきた。

「ただいま」

「おかえりなさい。どんな依頼を受けたんですか？」

「森ネズミ、狩った」

「ああ、森ネズミの討伐依頼だったんですね。ちゃんとできましたか？」

「できた。後、怒られた」

「ん？」

「ネズミ、十匹。持つ、帰った、怒られた」

狩った獲物はギルドカードに反映される。そんな基礎中の基礎を教え忘れていた事を思い出しながら、リゼルはひとまず読んでいた本を閉じて初依頼達成を祝うのだった。

後日ギルドを訪れた際、職員から新人教育について懇々《こんこん》と苦言を貰う事となる。

127.

王宮を訪れたリゼルは書庫でアリムと共に読書を楽しんでいた。

無数の本棚に囲まれた空間、そこにあるテーブルが本来の役割を担《にな》う事は今ではほとんどない。古代言語の教授《きょうじゅ》に必要だからと置かれたものだが、ギルドを通しての情報提供が一区切りついてからはアリムもリゼルも上手く意識を切り替えた。

勿論、雑談の範囲でアリムが古代言語についてリゼルに質問する事はあるし、リゼルもそれに応えたりもする。それが惰性《だせい》にならないあたり、切り替え上手な二人なのだろう。

「今日は、集中して読んでる、ね。先生」

抑揚《よくよう》の少ない低く蠱惑的《こわくてき》な声が、リゼルの向かいに座る布の塊《かたまり》から零される。

中からはサラリ、サラリと紙の擦れる音が聞こえていた。彼もまた、リゼルが此処を訪れた時から絶えず読書を続けている。

「今日中に気になってる本を読みきれたら、と思って」

ページを捲《めく》る音が止む。

頬杖をついていたイレヴンも閉じていた目を開き、隣に座るリゼルを見た。

「いつ、かな」

国一番の学者と称されるアリムが言葉の意味に気付かぬ筈がない。

ただそれだけを問いかけたアリムに、リゼルは本へと伏せた瞳を持ち上げた。考えるように立ち並ぶ本棚を視線でなぞる姿は、彼自身まだ決めかねているのだと告げている。

「後十日くらいかな、と」

「へぇ」

イレヴンは世間話でも聞いているかのように相槌《あいづち》を打った。

頬杖をついていた頭を起こし、そのまま椅子の背凭れに体重をかける。片腕を背凭れの向こう側に放り出すように体ごとリゼルを向いた。何せ初耳だ、驚きはしないが。

ジルは知っているのだろうか、なんて思いながら話の続きを待つ。

「それまでに、何かあるのかな」

「群島行きの船が出るみたいなんです」

「リーダー群島行きてぇの？」

「いえ、俺じゃなくて。里帰りをさせようと思って」

群島に里帰り、と聞けば思い浮かぶのは一人しかいない。

短期間での叩き上げを目的に今はジルについて迷宮へと潜っているクァトだ。彼の場合、基礎は元から身に着いているので経験稼ぎと言ったほうが良いかもしれないが。

深層《しんそう》の魔物やボスならば相手にとって不足はない。ジルがついていれば万が一もないだろうしと、先日リゼルが頼んだのだ。

「ちょっと、意外、かな」

アリムが声に薄っすらと笑みを乗せながら告げる。

相変わらずぽつりぽつりと、雨垂《あまだ》れのように零される声は不思議と耳に心地良かった。

「手放すとは思わなかった、けど」

「手放す、というか」

言いかけたリゼルは言葉を切って苦笑する。

隣ではイレヴンが、にんまりとした笑みを湛《たた》えて此方を見ていた。

「行方不明だったんだし、ご両親は今でも心配していると思いますよ」

原因は幼いクァトの好奇心と盛大な船酔いだとしても、結果的には誘拐《ゆうかい》されたようなものだろう。

しかも独り立ちが早い事に定評のある獣人のイレヴンでさえ家を出たのは十一の頃、クァトが行方不明になったのはもっと幼い。両親の心配も一入《ひとしお》だ。

「あー、だから顔見せてこいってコト」

「ひとまず元気な姿は見せておかないと」

「それはそうだよ、ね」

うん、とアリムが布の中で頷いた。

それぞれが生来の気質に正直に育ったとはいえ、リゼル達も形は色々あれど親からの愛情を受けて育った身。イレヴンもアリムもリゼルの言い分は理解できる。

ちなみにリゼルは今のところ帰る手段の目処《めど》が立っていないうえ、できる範囲で無事を知らせてはいるのでセーフ。棚に上げても許されるだろう。

「それに、子供を誘拐された親は怖いですよ。びっくりして泣くほど怖いです」

「リーダー何かトラウマでもあんの？」

「ちょっとあります」

誘拐犯より助けに来た親に泣いたシュールな過去をリゼルは未《いま》だに覚えている。

「先生は、行かないん、だね」

「前に群島気になるみたいなコト言ってたのに」

「そうですね……往復だけで一月はやっぱり長くて」

更に天候によってはそれ以上かかる。

群島は遠く、その間はずっと船の上。ジャッジの店には保存庫という食材限定で劣化を防げる迷宮品があったが、船員の数を思えば食事は魚か味気ない保存食かに限られるだろう。

そして代わり映えしない景色と、いかな巨大船でも決して広くはない船内。魔物は全て魔鳥騎兵団が撃退すると来れば。

「君は絶対飽きるでしょう？」

「あ、俺ムリだ」

同じ想像をしたのだろう、イレヴンが今気付いたとばかりにそう告げる。

「ニィサンは黙々と乗ってれそう」

「群島には迷宮がないらしいですよ。ジルの趣味なのに」

「迷宮ないけど魔物はいんじゃねッスか。あー、でもわざわざ海渡ってまでっつうのはなァ」

要は、ジルやイレヴンにとって二週間かけて行くほどのメリットがなかった。

未開拓の地が広がる群島は、貿易船が行きつく港町以外には小さな集落がポツポツと存在するのみ。冒険者ギルドも存在しないので折角行ってもやる事がない。

「俺も戦奴隷の集落が何処にあるのか分からないし、向こうで探すなら彼一人のほうが都合も良いでしょう。他所者を連れてて変に疑われたら可哀想《かわいそう》ですし」

「群島に観光に行く人なんて、ほとんどいないから、ね」

笑うアリムに、やっぱりそうかとリゼルは少し残念そうに眉を落とす。

ああいう場所では他所者は酷く目立つ。ならいっそ見るからに戦奴隷であるクァトが一人で故郷を探したほうが良い。まぁ近ければ遠慮なく一緒に行っただろうが。

「一刀と迷宮に行かせてるのも、それ、かな」

「はい。せっかくの故郷で浮いても可哀想なので」

「戦闘民族っていうし、ね」

クァトを見ていれば分かる。

たとえ戦火から遠ざかろうと、彼らは戦奴隷としての生き方を変えない。刃を振るう事は生活そのものであり、狩りには心が躍《おど》って仕方がないのだ。そんな集団の元へと帰るのだから、ブランクはできる限り埋めていったほうが良いだろう。

しかしそれは、顔を見せに帰らせるだけにしては過ぎた配慮。

アリムは布の中からじっとリゼルを見つめる。手放す訳ではないと言うが、これは。

「何だ、結局捨てんの？」

そんなアリムの思考を遮るように、静かな書庫に愉悦《ゆえつ》を湛えた声が響いた。

再びテーブルへと頬杖をついたイレヴンが、唇の端を吊り上げながら瞳で弧を描く。

元々帰してやりたいとはリゼルの口から聞いていた。しかし、それにしては手厚く冒険者指導をしている。できるだろうに本人から帰りたいと言い出させるような事もしない。

好きなように懐かせて、突き放さずに置いている。

「なーんかリーダーにしちゃ効率悪いっつうか、中途半端？」

「確かにそう、かな。目的が見えない、かも」

非難ではなく、純粋な疑問として。

注がれる二人の視線にリゼルは苦笑し、もはや読んではいない開きっぱなしの本を閉じた。

「心を砕いてお世話して、親切心で帰してあげようとしてるとは思ってもらえないんですか？」

「それ、本当ならすっげぇ悪趣味じゃん」

ケラケラと笑うイレヴンの言葉にはアリムも同意する。

本人がそれを望まないと知りながら帰してやろうなどと、口先だけでも綺麗事《きれいごと》を言うような趣味の悪い真似をリゼルは決してしない。だから余計に気になるのだ。

煽るように言葉を重ねるイレヴンと、疑問を解決したい研究者気質なアリムを相手に誤魔化すのは難しい。そう結論付けたリゼルも元々誤魔化すつもりもなく、素直に口を開く。

「んー、何て言えば良いんでしょう……」

何から話そうかと本の表紙に指を滑らせ、ゆるりと首を傾けた。

「折角の故郷なんだし、居心地よく過ごせるようにっていうのは本当です。大切なものは多いほうが良いし、安らげる場所も一つじゃないほうが良い」

「ふぅん」

故郷というのはやはり特別だ。

特に悪い思い出がないのなら家族の存在は大きく、居心地が良いものだろう。それは何年も引き離されていたクァトにとっても変わらない。たとえ本人がリゼルと離れたくないと訴えようが、それは帰りたくないのとイコールではないのだから。

「それに、彼は俺の〝奴隷になって〟っていう願いで一緒にいるんです。あの時と今とじゃ状況が違いますし、そういった価値観から自由になってほしいっていうのもあります」

「へぇー」

そこでリゼルは言葉を切り、隣を向きながら苦笑を零した。

先程から気のない返事をくれるイレヴンは酷く楽しそうに瞳を細めている。にやにやと歪む口元が如何《いか》にも何かを言いたげだが、何も口にしない。

ただ、ひたすらに促してくるだけだ。期待に応えられるだろうかと穏やかな声で続きを紡《つむ》ぐ。

「それに、そうですね……堂々と言うような事じゃないんでしょうけど」

まるで秘密を打ち明けるかのように、しかし当たり前を語るかのように平然と。

「消去法で選ばれるの、あまり好きじゃなくて」

大切なものは大切にしたまま、どこまでも自由なまま自分を選べと。自分しかいないなんて理由で選んでくれるなと、優しい微笑みから告げられたそれは酷く自分本位で傲慢《ごうまん》な物言いだった。

しかし聞いていた二人が何かを思う事はない。欲しい物は余さず手に入れてきた元盗賊の頭領と、知識欲に忠実なあまり学者と呼ばれた王族はむしろ酷く納得すらしていた。

イメージとは裏腹に、リゼルが決して無欲ではない事をイレヴンもアリムも既に知っている。

「(欲っていうより、此処まで来るといっそ価値観、なのかな)」

布の中でうっそりと笑みを浮かべ、アリムはじゃれ合うリゼル達を眺めた。

「別に堂々と言や良いのに。俺嬉しいし」

「及第点《きゅうだいてん》はもらえましたか？」

「あいつの為じゃなくてリーダーの為なら許したげる」

自分もそれ程に欲しがられた末に此処にいるのだと、改めてそう宣言されたイレヴンは酷くご満悦だ。自身もパーティ入りの為に盗賊関係の清算をする際、リゼルの手を借りたのだからその程度は許してやろうという気にもなる。

リゼルの指先が感謝を伝えるように前髪を梳くるのに、彼は優越感に浸るように目を細めた。

「うふ、ふ。最良を求めるのは良い事だ、よ」

「そう言って頂けると嬉しいです」

「でも……そう、そろそろ、なんだ」

楽しげだったアリムの声が一瞬途切れた。

「アスタルニアを出るん、だね」

何かを考えるように俯《うつむ》いたのだろう。重ねられた布が揺れる。

リゼルはもっととばかりに押し付けられる額に応え、赤く指通りの良い髪に指先を差し込んだ。髪を乱さないよう優しく撫でれば、下敷きにした腕に脱力したように頬を押し付けたイレヴンが口を開く。

「次どこ？」

「パルテダに戻ろうかな、と思ってます。ジャッジ君達、随分寂しがってるみたいで」

王都とアスタルニアの距離を考えれば頻繁《ひんぱん》とも言える程、リゼルはジャッジやスタッドと手紙をやりとりしている。一所懸命に近況報告や此方の心配をしてくれる手紙も、最近ではジャッジはさりげなく、スタッドも露骨に寂しさを訴えてくるものが増えてきていた。

流石に可哀想だし、タイミング的にもちょうど良いだろう。

「良いですか？」

「ん。ニィサンは知ってんの？」

「いえ、まだです。決めたばかりなので」

冒険者にとって国から国への移動というのは珍しくない。

それでもパーティとしては結構な大イベントで、パーティ全員の同意が不可欠なのだがリゼルはそれを知らない。割と思い付きで決めた。

ジル達が嫌がらない事だけは確かなのでそれで十分だろう。何せジルも目ぼしい迷宮は全て踏破《とうは》したようだし、イレヴンは退屈でなければ何でも良いのだから。

「その出発って」

「はい」

アリムがぽつりと呟くのに答えながら、リゼルはイレヴンの髪から手を離す。

「奴隷だった彼を送り出してからって事だよ、ね」

「そうですね。もうすぐ船が帰ってくるって聞きましたし」

「群島の貿易船だと……うん、それくらい。それから二日おいて出港、かな」

群島との貿易は第三王子、つまりアリムのすぐ下の弟が管理している。

だがアリムも予定を把握しているらしい。正直アリムの事を周りとの関わり合いが一切ない書庫の引きこもりだと思っていたイレヴンが、意外そうに布の塊へと目を向ける。

あまりにも雄弁《ゆうべん》にそれを語る視線を、リゼルは諌《いさ》めるように名を呼んで止めさせた。

「何か不都合がありましたか？」

「不都合じゃない、よ」

アリムは小さく笑みを零し、するりと布の隙間から褐色《かっしょく》の腕を覗かせた。

手首を飾る金の装飾がシャラリとか細い音を立てる。長く骨ばった手が伸ばされ、リゼルの前に置かれた読みかけの本へと指先をかけた。

「先生、その出発って十日後に、できる？」

「たぶん大丈夫です」

クァトの出発がそれ以降になる事はないだろうと、リゼルはあっさりと頷いた。

元々、正確にいつ出るのかなど決めていない。いくらでも変更はきいた。

「それまでに何かあんの？」

「までにって言うより、その日に、かな。ようやくサルスに使者が送れる段階になったから、魔鳥騎兵団が出発する日」

「使者、という事は」

リゼルは数度頷いた。

間違いなく先の魔鳥一斉妊娠《にんしん》疑惑の騒動。もとい魔鳥への魔法攻撃の事だろう。

段階とはいうが、アスタルニアからは〝首を洗って待ってろ〟といった先触れしか出していないのではというのがリゼルの予想だ。この短い期間でそう何度も使者のやりとりはできない筈なので恐らく間違ってはいまい。

「猛抗議ですね」

「猛抗議、だね」

使者が誰かは知らないが、アスタルニアという国を体現する王族の誰かが行くのだろう。

もし先の襲撃が信者達の独断ならばサルスも可哀想に。相性悪そうだなぁと内心で零しながら、リゼルは机の上をなぞるように離れていく本を視線で追う。

「それで、どうせなら帰りも魔鳥でどうかな、と思って」

「俺は凄く嬉しいんですけど、良いんですか？」

「うん。どうせ近く通るし、ね」

「有難うございます。とても助かります」

嬉しいと隠さずに顔を綻ばせたリゼルに、アリムも布の下で笑みを浮かべて頷いた。

アリムも生まれながらの王族なので人を使う事に躊躇はない。具体的に言えば丸投げされたナハスが文句を言いながらも何とか手配してくれるだろうと思っている。公務に関係のない冒険者を、などと文句が出るような国でもないのだから。

ならば早くしたほうが良いだろうと、アリムは扉の前で待機していた兵を呼んだ。リゼル達の同行を知らせるように告げながら、その手は引き寄せた本を静かに布の中へと仕舞う。

「殿下。それ、まだ途中までしか読んでなくて」

書庫から兵の姿が消えた頃、リゼルは隠された本を惜しむように少し眉を下げる。

先程まで読んでいたそれはあまり出回らないような本で、しかも良いところで止まっていた。

「うふ、ふ」

重なり合う布の中から、相変わらず艶のある声が零された。

アリムの背を預けられた椅子の背凭れが小さく軋《きし》む。前面を覆っていた布が膝にかかり、そして重力に従って脇へと滑り落ちていった。

珍しくも露になった胸から下は、相変わらずアスタルニア王族らしい衣装に包まれている。彼は身長に見合った長い足の上に本を置いて、その表紙をゆっくりと撫でていた。

「だから、ね」

トン、と長く整った褐色の指が本を叩く。

それは微かで良いから未練を残せと、確かにそう告げていた。

「残念です」

「う、ふふ、ふ。ようやく先生から、一本取れた、かな」

僅かな愉悦の滲む声に、これは続きを読ませてはもらえなさそうだとリゼルは諦めた。

元々アリムの本だ。文句などないがやはり残念で、それこそ彼の狙いどおりなのだろう。

リゼルは可笑しそうに微笑んで、それならばと机に積んでいた他の本を手に取った。一番上に置いてあったものを選んで表紙を捲る。

向かいではアリムもリゼルから取り上げた本を開いていて、どちらともなく静かな読書タイムが再開された。イレヴンも頬杖から、組んだ腕へと顔を埋めた昼寝の体勢に。

そうして書庫に緩やかな時間が流れ始めた、その瞬間。

「どうして最後までそうなんだ、お前らは全く!!」

勢いよく書庫の扉を開いて登場したナハスによって、読書タイムは中断を余儀《よぎ》なくされた。


太陽の光が微かに残りながらも星明りが見え始める頃。

リゼルはようやくアスタルニア最後の読書ラッシュを終え、帰路《きろ》へとついていた。同じく家に帰るのだろう人々の騒めきが静寂に慣れた耳を擽《くすぐ》り、いつもより大きく響いているのだと錯覚してしまいそうだ。

集中のしすぎで熱が籠もったような頭が、閉め切った書庫にはなかった風の流れに冷めていく。温暖なアスタルニアとはいえ夜になれば気温も下がるので、通りすぎる潮風が少し冷たくて気持ちよかった。

「読みきった?」

「気になってたものは、取り敢えず」

いつになく読書に全身全霊を込めた為、いつになく放置してしまったイレヴンに揶揄《からか》うように問いかけられる。赤い髪を蛇のように撓《しな》らせながら隣を歩く彼へ、リゼルは申し訳なく思いながらも非常に満喫しきった顔で頷いた。

なら良いよ、とあっさりと頷かれる。

「すみません、退屈でしたね」

「や、別に寝てたし。夜出かけるしちょうど良かったっつうか」

イレヴンが欠伸を噛み殺しながら告げた。

どうやらこれから出掛けるようだ。夜に出掛けるのも朝まで帰ってこないのも珍しくはなく、リゼルはいつものように快く送り出そうとしてふと気付く。もしかしたら、とそれを口にした。

「ご両親へ挨拶に行くなら、俺からも何か用意させてください」

「は？　あー、ないない」

違った。

「君達は本当に、そういうところはあっさりしてますね」

「来た時行ったし、前も宿とか来てたし充分じゃねッスか」

「お父様は良いんですか？」

「父さんはアレ。会える時は家行かなくても会えるし」

要はタイミングの問題なのだという。

何だか不思議な物言いだが、本来ならば有り得ない筈の王宮で一度邂逅《かいこう》した身としては何となく理解できてしまった。そういうものなのかと一つ頷く。

「まぁ今回は縁がなかったっつうコトで」

特に惜しむでもなく言いながら、イレヴンは撓る髪を指で弾いた。

「獣人って皆そんな感じなんですか？　言葉どおりの親離れ、というか」

「えー、どうだろ。蛇はまぁ、他と比べても淡白っぽいかも？」

他人の家庭事情など知る由もなく、イレヴンも詳しくはないようだ。

とはいえ犬の獣人などは会えば喜ぶ程度の事はするらしいし、猫の獣人などは実家に帰ると非常に落ち着いてごろごろし始めるという。それを思えば、やはり蛇の獣人の反応は淡白なほうだろう。本人達からしてみれば決して仲は悪くないし、関係も円満なのだから気にする事でもないのだろうが。

「なら、恋人へは？」

ふいに悪戯《いたずら》っぽく問いかければ、イレヴンの瞳が愉快げに歪む。

「さァ？　そこらへんは個人の性分じゃねッスか」

「ちなみにイレヴンは」

「御想像にお任せしまァす」

軽い足取りにもその口調にも変化はない。

慣れたように躱《かわ》してケラケラ笑う姿は、もしかしたら本当にこの手の話題に慣れているのかもしれない。リゼルは可笑しそうに笑みを浮かべ、折角の申し出だからと言われたとおりに想像してみた。

少しばかり恰好つけたがるところがあるイレヴンなので、分かりやすく甘えるような事はしないかもしれない。また恋人であろうと本音を摑まれるのは嫌がりそうで、むしろ相手を翻弄《ほんろう》するのを楽しみそうだ。

つまり、自分の所為で相手のペースが崩れるのを喜ぶタイプ。

「ちょっと捻《ひね》くれてそうですね」

「リーダーどんな想像したの？」

そんな会話を楽しんでいる内に完全に日が落ちてしまった。

人通りは減ったが、代わりに通りに面した飲み屋や大衆食堂からは随分と賑やかな声が聞こえてくる。開け放たれた扉から目に入るのは大口を開けて笑う人々の姿で、まだまだ夜の静寂には遠いようだとリゼルは口元を緩ませた。

扉から漏れる光が前を通りがかるリゼル達の足元を照らす。

「君も飲みですか？」

「んーん、遊び」

後はここを曲がれば宿まですぐだという角に差し掛かり、リゼルは歩みを止めた。

「此処までで良いですよ」

「そ？」

いかにも「こっちに用があります」といった体《てい》で隣を歩いていたが、まさか本当に宿の前を通るルートが出かける先への最短ルートという訳ではないだろう。

礼を言うのはあまりに無粋《ぶすい》、というよりこういう時に礼を言われる事をイレヴン自身が好まないというのがあり、リゼルはただ褒めるように夜闇に色を深めるアメジストを融《と》かして微笑んだ。

満足そうに片眉を上げたイレヴンを見る限り、それで正解だったのだろう。

「明日ギルド行く？」

「そうですね、依頼を受けようと思ってます」

「ん、分かった」

常に受けたい時に依頼を受けるリゼル達。予定や気分が合わなければソロで受けるだけなのだが、どうやら付き合ってくれるようだ。

夜更かしして眠くないのかは純粋に疑問だが、リゼルとて読書が止まらずに気付けば深夜を回っている事もざらにある。口に出すような事はせずに送り出した。

「じゃあ、あまり無茶をしないように」

「アンタに手ぇ出させる事はねぇから安心して」

わざとらしくもにこりと笑い、答えになっていそうでなっていない事を堂々宣言しながらイレヴンは去っていった。夜闇の中、星明りを反射して艶めく赤い髪が何とも綺麗《きれい》だと少し眺め、リゼルも宿へと歩を進める。

恐らくジル達も帰っている頃だろう、クァトは無事に戻って来られただろうか。そんな事を考えながら数十歩の距離を歩き、宿の扉に手をかけた。

「あ」

「……お前今まで本読んでたのかよ」

タオルで髪を掻き混ぜている風呂上がりのジルに遭遇した。

とはいえジルはシャワー派なので、湯船に浸かった訳ではないだろうが。折角の宿の売りを満喫しているのは今のところリゼルだけだ。

「帰ったばかりですか？」

「ああ」

部屋へと向かうジルについてリゼルも階段へと足をかける。

見上げた先には何も纏っていない背中。ジルやイレヴンが風呂上がりに暑いからと半裸《はんら》でいるのは見慣れた光景だが、リゼルはどうにも真似してみようという気が起きない。

これだけ体を鍛えているとできるようになるのだろうか、なんて取るに足らない事を考えながら口を開いた。

「そういえば、そろそろこの国を離れようと思ってるんです」

「良いんじゃねぇの」

「十日後だと、来た時みたいに魔鳥車に乗せてもらえるそうですよ」

「へぇ」

適当な手付きで髪を拭う姿に嫌がっている様子はない。

ジルにしても楽ができるなら楽なほうが良いのだろう。そうだよな、と頷いて階段を上りきる。

「それ何処情報だよ」

「殿下です、アリム殿下」

「サルス?」

「いえ、王都に」

自室の扉を潜ったジルの後、当然のようにリゼルも続く。

タオルを放ってベッドに腰かけた部屋の主の隣を通り過ぎ、部屋に備えられている椅子へと腰掛けた。濡れる髪が鬱陶《うっとう》しいとばかりに掻き上げる姿を何ともなしに眺めていると、ふいにその瞳が此方を向く。

怪訝《けげん》なそれに、言いたい事を察して苦笑した。

「魔鳥騎兵団の目的はサルスですよ。でも彼らにしてみれば王都もサルスも変わらないみたいで、ついでに乗せていってもらえるみたいです」

とはいえサルスへの使者として王族の誰かが同行するだろう。

リゼル達の為だけに王都へ寄る事は恐らくないので、近くで降ろしてもらえるのか、あるいは破《は》格《かく》の待遇で一部の騎兵だけ別行動をしてもらえるのか。

その辺りは騎兵団らの予定に合わせる事になる。どちらにせよ有難い事だ。

「権力あんの上手く使うよな、お前」

「御厚意です」

呆れたように告げられ、リゼルは全く以て心外だと言うように返した。

「それまでに群島行きの船も出るみたいなので、里帰りさせたいなと思ってるんですけど」

「だからか」

誰とは言わないが、クァトの事だと分かったのだろう。

ジルから見ても最近やけに集中的に育てている印象があった。それも期限付きだというなら納得ができたらしく、彼は腑《ふ》に落ちたように水気の残る髪を掻き混ぜる。

「手放す気もねぇのにフリ気取んなよ、趣味悪ぃ」

「君たちは〝優しさから故郷に送り出す〟ってどうして思ってくれないんですか」

「ハッ」

鼻で笑われた。リゼルは少し落ち込んだ。

「為にならねぇ事しねぇトコは優しいんじゃねぇの」

「でしょう？」

「お前の我儘《わがまま》ってとこ抜かしゃぁな」

「上げて落とすほうが趣味が悪いと思いますよ」

拗《す》ねてみせれば、ジルは意地が悪そうに片頬を歪ませて喉で笑う。

ジルとてリゼルが我儘だけで動いているとは思っていない。クァトの為だというのは疑いようもなく本心で、それでいて自分の欲も満たせるような、そんな器用すぎる折り合いをつけられる男だと知っている。

ほんの戯れだ。リゼルもそれを分かっているので、すぐに仕方なさそうに微笑む。

「一度手放したほうが良いかなって思ってるのは、本当ですよ」

リゼルは背筋を曲げる事なく、膝の上で指を組む。

その視線は一度だけ窓の外を見て、ゆっくりとジルへと戻された。

「今のままじゃ、イレヴンは区切りをつけられないでしょう」

「あいつはもう許さねぇだろ。しつっけぇし」

「それでもストレスとか溜まったら可哀想じゃないですか」

リゼルを自身から奪った事をイレヴンは決して許さない。

今はリゼルから酷い事をしないようにと言い付けられ、日々鬱憤《うっぷん》を小出しにして解消しているようだが効果は薄い。彼の中にはまだ奪われた時と変わらぬ嫌悪がある。

今は大丈夫でも続けばストレスになるだろう。イレヴンも、それを向けられるクァトも。

「対象が暫く姿を消せば落ち着きそうです」

「そりゃな」

某復讐者のように、もはや復讐が生きる意味ともなればまた違うだろう。

しかしイレヴンに限ってそれはない。「他人に対して飽きっぽい」と彼の母が告げたように、居もしない相手を思い続ける事にそもそも向いていないのだ。

「許さなくても楽なところに落ち着けば良いなと」

「お前みてぇにか」

リゼルとてピアスを取られそうになった事は許していない。

けれど、二度としないと言うのなら別に良い。彼の意思での行いでもなかったうえ、本人も深く反省しているのだからリゼルにはこれ以上責める理由がない。

「どちらかと言えば、君とイレヴンでしょうか」

「あ？」

リゼルは悪戯っぽく笑い、今はいないパーティメンバーの言葉を借りる。

「〝恨んではねぇけどいつか手首は砕き返したい〟、だそうですよ」

「そこまですんならいっそ恨んでろよ……」

ジルは呆れたように溜息をつき、ベッドの上に放ってあった剣へと後ろ手を伸ばす。

夕食前に剣の手入れを終わらせておこうというのだろう。抜き身の大剣《だいけん》を膝の上に置いて、同じくシーツに転がっていたポーチから手入れ用の布を取り出す。

そんなジルを見ながら、リゼルは最後に一つだけ付け加えた。

「君の区切りも、ね」

小さく首を傾けながら告げたそれに、手入れを始めようとしたジルの手が止まる。

次いで零されたのは舌打ちで、リゼルはそれに可笑しそうに笑いながら立ち上がった。

「夕食、宿でとるでしょう？　今日の迷宮での話を聞かせてくださいね」

「……今頃部屋で死んでるかもな」

苦々しげな声と共に、投げやりに告げられたそれにどういう意味かと思ったのは一瞬のこと。自身の部屋で体力が尽きたのか死んだように床で眠るクァトの姿を見つけ、リゼルは酷く納得したように頷いた。

正の感情も負の感情も持たないような無機的《むきてき》なイメージを抱かせるクァトだが、その実表情はよく変わる。特にリゼルと相対している時は顕著《けんちょ》だ。

さりげなく邪魔をしてくるイレヴンは居らず、好きなものを好きなだけ食べられる本日の夕食に彼はニコニコだった。おかわりを頼んでも横取りされず、大皿に盛られた料理を何故か自分に近い部分だけごっそりと取られる事もなく、正面に座って微笑むリゼルから向けられた言葉を擽っ擽われる事もない。

そんなクァトは今、実に幸せな気分で頬いっぱいに美味しい食事を頬張っていた。

「そういう訳で船も一人分とれたので」

筈だった。

「今度、君の里帰りが決まりました」

泣いた。

「……、……、……」

頬を膨らませたまま瞬きもなく、ぼろぼろと涙を流すクァトの悲壮感《ひそうかん》たるや。

リゼルはちらりとジルへと視線を向けた。まさか泣くとは、と言いたげにジルの視線もリゼルを見た。

悲しむとは思っていたけれど、とリゼルは困ったように眉尻を落としながら持っていたフォークを置く。言わなければいけない事とはいえ、流石に泣かれると罪悪感があった。

「君にはご両親がいる事も、ご両親に愛されて育った事も分かりますね？」

「ん」

「ご両親が突然姿を消した君を、全く心配しないような人だとは？」

「……うぅ」

取り敢えず口に含んでいた分を咀嚼《そしゃく》し、飲み込みながらクァトは喉を鳴らすように小さく唸る。

そして一拍おいて、一度、二度と首を振った。

少しずつ思い出す故郷や家族の記憶は温かく、懐かしい。

「なら、無事な姿を見せてあげないと」

「分かる、でも、嫌……違う、嫌、違う」

嫌ではない。でもそれ以上に、離れたくない。

クァトにとって奴隷時代は特に不幸でも何でもなかったが、その代わり楽しみもなかった。それを教えてくれたのがリゼルで、自分のものにしてくれて、それは故郷を思い出した今でも変わらない。だが彼はリゼルの言っている事もきちんと理解している。だからこその混乱だ。

「俺、ぁ、でも」

「ん？」

「……俺、う、ぅ」

優しく促されるが、言葉は出てこない。

自身の考えを口に出すというのは、これ程に難しい事だっただろうかとクァトはとっ散らかった思考に為《な》す術《すべ》なく口を閉じる。そうしてようやく、普段はリゼルがクァト自身の思考の手助けをしてくれていたのだと気がついた。

甘えきっていた事に感じる羞恥《しゅうち》と、それでも求めてしまう不甲斐《ふがい》なさ。しかし求めても今、その手は伸ばされてはいない。

優しく向けられた微笑みを恐る恐る窺い、どうすることもできずに視線を落とす。

「俺は」

穏やかな声に、もはや反射的に俯いた顔を上げる。

「君が故郷に帰って、そこで生きる事を喜びます」

クァトは目を見開く。一瞬、呼吸が止まった気がした。

そして痛感する。従順だ従順だと、奴隷でいた時に褒められたのはそれだけだった。しかし何処が従順だというのか。従いたいと願った人に対して抗う術を、こんなにも必死に探しているというのに。

鈍色の瞳はただ揺れてリゼルを映している。

「でも、それでも君が俺の事を選んでくれるなら」

クァトの肩が跳ねた。

痛い程に跳ねる心臓は強い期待なのか、それとも恐怖なのか。瞳に映るリゼルの笑みが優しく甘く綻ぶ。クァトの揺れる瞳がぴたりと止まった。

「俺は喜んで君を迎え入れましょう」

そして、紡がれる。

「クァト」

ガタン、と椅子が倒れる音がした。

何故そんな音が聞こえるのか一瞬理解できなかった。だがクァトは自身が立ち上がっている事に遅れて気付き、そしてようやく自らがそれを倒したのだと理解する。

だが、そんなものはどうでも良くて。声も発せずに口を開閉させていた。

最初に望んだのは牢屋の前だった。どうしても呼んでほしくて、乞《こ》うて、でも呼んでもらえなくて、他の誰かの名が紡がれる度に微かに感じていたのは確かに寂しさで。

けれど、与えられた。本能へと叩き込まれた。それが意味するものが分からない程、クァトにとって簡単に諦められるような欲求ではなかった。

「あ、ぅ」

「はい」

「あ……ありがとう、ございます」

咄嗟に出た礼に、一度だけ目を瞬かせたリゼルが可笑しそうに笑う。

それを見て、クァトも弾けるように顔を輝かせた。

帰ってくれれば、与えてくれるのだと約束してくれた。ならばいっそ出発が楽しみになり、逸《はや》る気持ちを抑えきれずにそわそわとリゼル達やテーブルの上の料理を意味もなく見比べてしまう。

そもそも、故郷に帰る事自体は決して嫌ではない。むしろ嬉しいものだ。それなのに自分が何をそんなに悩んでいたのか、今や全く分からなくなっていた。

「ほら、食事の途中で立つのはマナー違反ですよ」

「ん」

促され、倒れていた椅子を起こして腰掛ける。

そしてクァトは幸せな食事タイムを再開させた。厨房《ちゅうぼう》に籠もっていたお陰で何も聞いていなかった宿主がタイミングよく追加の料理を持ってきて、何だかやけに嬉しそうな姿に気付いて満足げに頷く。

「刃物なお客さん機嫌良いですね良い事です。今日の夕食そんな上手くいきましたかね、肉料理とかそういえばいつもより煮込み時間増やしてみたんですけど」

「普通」

宿主は落ち込みながら帰っていった。

クァトの言う普通は〝いつもと同じくらい〟という意味なので、いつもどおり美味しいよと言ったつもりだったのだが宿主には伝わらなかったようだ。

普段より手をかけてくれたようだし後で伝えておこう、とリゼルはその背を見送る。

「お前な」

その時、ジルから声がかかった。

リゼルが隣を見れば、何か言いたげな目が此方を向いている。何を言われるか予想がついて、さて食事を再開しようとフォークを手にしながら苦笑を零した。

「わざわざ首輪つけて野生帰すとか、やっぱ趣味悪ぃじゃねぇか」

「欲しい癖に無関心を気取るよりは健全でしょう？」

イレヴンが不在なので意匠《いしょう》にもこだわる余裕があったのだろう。

海のさざ波を思わせるようなソースの流し方がされた肉料理、その一切れにフォークを差し込んで口に運ぶ。プロには届かないにしても、宿の料理としては非常に優れていると言って差し支えのない味は、やはりいつもどおりとても美味しい。

リゼルは丁寧にそれを味わって、そしてジルへとにこりと微笑んだ。

「自由に選んでもらいたいのは本当です。けど、選んでもらえるよう努力するのも俺の自由なので」

「手回しの間違いじゃねぇの」

「そうとも言います」

よく分からないので気にせず食事を進めているクァトの前。

呆れたようなジルに肉を一切れ奪われながら、リゼルは宿主渾身の夕食に舌鼓《したつづみ》を打つのだった。

128.

群島への里帰りの話を聞いてからクァトは頑張った。

基本的には日々依頼を受けて日銭《ひぜに》を稼ぐ。リゼル達と一緒に依頼を受けた時には等分された報酬を受け取る。そして隙あらばジルと共に迷宮に潜る。

この時も討伐系の依頼を受ける。そうなると迷宮内では獲物の奪い合いだった。

何故ならクァトが狩る前にジルが狩ってしまう。別に意地悪ではない。「練習なんだからジルも加減はいらないですよ」とリゼルから言われているからだ。わざとではないので意地悪ではない。

「さっさとしろ」

「うぅ……っ」

パーティ登録をしていないので、クァトが指定の魔物を規定数倒さなければならない。

しかしジルが先に倒してしまう。だがジルは自分のペースで倒しているだけなので邪魔をしてる訳ではない。クァトにもそれくらいは分かる。

「あと、五」

「飯の時間までには終われよ」

リゼルに頼まれているのか、ジルはクァトが依頼を達成するまでは行動を共にした。

それは決して保護者としてではなく、偏《ひとえ》にクァトの獲物への嗅覚を叩き起こす為だ。その癖なんの助言も一切の優しさもないまま「早く終われ」と言い放つのだからクァトは必死だった。

もはや敵は魔物なのかジルなのか。相手の動きを常に意識して隙あらば掻い潜り、自らの獲物を狩られる前に狩る。そこに連帯感など一切ない。

一度か二度、ジルに斬りかかったような気もする。気付いたら自分が吹き飛んでいた事もあった気もする。まぁ気のせいだろう、と戦闘ハイになっている間の記憶が曖昧なクァトは一人結論付けた。

ちなみにその状況を知ったリゼルだが。

「俺が思ったのはこう、誰かと組んで狩りをするような戦奴隷の……まぁ良いです」

最終的に何かを納得していた。何に納得したのかはクァトにも分からない。

余力を以て立ち向かえるような魔物にも常に全力で挑まなければ触れもしない。そんな戦闘をひたすらこなした日は死んだように眠った。

こうして依頼を受けていれば、少しずつ金も溜まってきていた。

リゼルはクァトに「冒険者になれ」とは一度も言った事がなかった。

ギルドカードも群島へ行く為の身分証明に、受けている依頼も里帰りの為の資金稼ぎに。聞けば大抵のことは教えてもらえたが、リゼル本人から冒険者として必要な知識を聞く事は少ないように思える。

それは、クァトが群島で生きることを選べば必要のない知識だからなのだろうか。

「罠、難しい」

「そもそも、君には向かないのかもしれないですね」

とある迷宮でそう零した時も、できるようになれとは言わなかった。

何度でもイレヴンに騙されて嵌り、騙されずとも嵌るクァトにリゼルは微笑む。

「そういうのも真正面から受けて、返す。戦奴隷の本能なのかもしれません」

そう言いながら壁の仕掛けを操作し、扉を開いてみせる。ああいうのも難しい。

だが、こういった罠ではない仕掛けではジルもイレヴンもリゼルに丸投げしている。よってクァトもできずに落ち込むような事はなかった。

やろうと思えばまぁまぁできるのと、やろうと思えば時々できるのと、やろうと思っても全くできないという違いはあるが結局やらないのだから同じだ。

「気になるなら、ちょっと練習してみますか？」

「練習」

「罠の対処に必要なのは、見つける為の洞察力《どうさつりょく》・解除する為の器用さ・万が一失敗した時の瞬発力だそうです」

伝聞形《でんぶんけい》の時点で説得力は半減していたが、素直なクァトは素直に頷いた。

その後ろではジルとイレヴンが一体何処から聞いてきたのかという目で見ている。失敗した時が想定されているあたり、そこらの冒険者である事に間違いはないのだが。

「君は瞬発力はあるし、洞察力は……」

「おい、そこ罠」

「！……!?」

「ちょっと道が長そうなので」

罠と言われて咄嗟に足を止めたら、真上から槍《やり》が降ってきた。避けた。

これで周囲を巻き込むような罠だったらイレヴンも嵌めようとはしない。クァトも散々遊ばれてきたのでイレヴンの言葉を警戒するようになっているのだが、それすら読まれるので意味はなかった。

悔しいがイレヴンに対しては「あいつ頭良いな」とクァトは思っている。

「じゃあ器用さの練習です。んー……得意分野と絡めてやってみましょうか」

そうして練習と称して引き合わされたのは、よく分からない魔物だった。

壁にベタリと張りつく毛玉、というのが第一印象。毛玉からは一房だけ長い尻尾のようなものが伸びていた。

「〝おしゃれ毛玉〟っていう魔物なんですけど、この長い部分を……」

壁に四匹くっついている魔物の内、一匹の毛玉の尻尾部分へリゼルが手を伸ばした。

襲われるんじゃないかと心配しているクァトの前で、彼は伸びた毛を梳くようにさらりと指を通す。

なんと尻尾ではなく毛だった。そう思って改めて見てみると、一房だけ長いのが微妙に気持ち悪い。

「こうして三つ編みしてあげるんです。纏めるのに紐《ひも》が必須なので、編んだら結んであげて」

「こいつら名前がまんま過ぎじゃねぇ？」

「分かりゃ良いだろ」

リゼルがポーチからフリルのついたリボンを取り出し、綺麗な蝶々《ちょうちょう》結びで三つ編みを纏める。

魔物相手に三つ編みという光景がクァトにはいまいち理解できず、混乱してひたすらリゼルと三つ編みを見比べた。

そんなクァトの前で、三つ編みをぶら下げた毛玉がぷるぷると震える。そしておもむろにポトリと地面に落ちると、凄い速さで何処かに転がっていってしまった。

「出来栄えが気に入ってもらえると色々貰えますよ。ほら」

リゼルが毛玉が落ちた床から何かを拾い上げた。宝石のような形だが魔石《ませき》らしい。

「あ、やっぱり女の子でしたね。男の子にフリルを使うと怒らせちゃうので」

「リーダーどうやって見分けてんの？」

「勘です。ほら、ジル達もお手本を見せてあげてください」

失敗したり、出来栄えが気に入らなかったりすると襲われるそうだ。

よってほとんどの冒険者がスルーする魔物。それに敢えて手を出そうとする事に疑問を持たない程度にはクァトも染まってきていた。

「前こいつでブレイズ作ったら宝石落としてったなァ」

「ブレイズ？」

「細かい三つ編み凄ぇ作るヤツ」

イレヴンは面白そうに話しながらも器用に四つ編みを作っていた。

リゼルから紐を受け取り、やはり綺麗な蝶々結びを作る。毛玉は再びポトリと落ちて、回復薬を残して何処かへと転がっていった。

「…………」

何故自分が、と言わんばかりのジルも眉間《みけん》に皺《しわ》を寄せながら編んでいく。

時折考えるように手を止めつつ完成したのは無難な三つ編み。リゼルから紐を受け取り、適当に巻きつけて解けない程度に片結びした。

毛玉は一瞬だけ間を空けた後、やはりポトリと落ちて何も残さずに転がっていった。

「及第点ギリギリじゃん」

「十分だろうが」

「やろうと思えばできるのに。サービス精神です、サービス精神」

「魔物相手にいらねぇだろ」

そしてクァトの番が来た。

「魔物退治ついでの器用さの特訓です。頑張ってくださいね」

リゼルに背を押され、クァトは恐る恐る毛玉へと手を伸ばした。

正直、三つ編みなど一度もやった事がない。見本は三回見せてもらったが全くできる気がしなかった。

それでもできる限り頑張ってみようと気合をいれ、わしっと毛の束を握り締めた直後だ。

「あ」

結果だけ言うなら爆発した。

そうしてクァトは今も罠を克服《こくふく》できないでいる。


リゼル曰く〝精鋭さん〟とも顔を合わせた。

迷宮帰りにリゼルと喫茶店で休憩していた時の事だ。和む空気に僅かな眠気を覚えながら果実水を飲んでいたら、ふいに世間話のように声をかけられた。

「そういえば君は精鋭さんに気付けるんですね」

「？」

「あれ、撒《ま》かれたって聞いたんですけど」

二人で顔を見合わせ、首を傾げる。

どうやらリゼルを攫った当時、自身の後を追った者がいたらしい。全く気付かなかった、とクァトは鈍色の瞳を瞬かせた。

クァトがやった事といえば、言われるがままにリゼルを攫い、言われた経路で森へと向かい、言われた手順を踏んで地下通路へと戻っただけだ。魔力的な隠蔽《いんぺい》をお膳立《ぜんだ》てしていた信者らによって、それが結果的に撒いたという事になったのだろう。

「なら、気付いてなかった？」

「ん」

「やっぱり彼らは隠れるのが上手なんですね」

ちなみに自分は全く分からない、と堂々と言われてクァトは成程と頷いた。

気配、と改めて言われるとピンと来ないが、向けられた攻撃には気付ける。魔物ならば離れすぎなければ大体どの辺りにいるのかも分かるし、何となくどう動くかも分かる。

しかし殺気もなく、ただ隠れられるとやはり気付けない。

「分からない、駄目？」

「いいえ、全く。君にはそれが必要ないって事でしょう？」

「？」

「向かってこない相手は眼中にない、っていうこと」

揶揄うように目を細められ、クァトは一度だけ瞬いた。

何やら凄い事を言われた気がする。しかしリゼルが言うのならそうなのだろう。そう思い至って、特に得意になる事もなく味の濃い果実水を飲んだ。

「でも、一度会ってみると良いかもしれませんね」

「何で？」

「世の中にはこういう人もいるんだなって勉強になるので」

えーっと、と周りを見回すリゼルを不思議に思いながら眺めていた時だ。

人々の往来《おうらい》が絶えない通り、時折来店する客の足音、いらっしゃいませと店員の声、意識せずそこにあったものから男は現れた。いや、現れたという以前の問題だったのかもしれない。

気付けば同席していた、意識としてはそれに近い。一切気配を消す事なく、極々自然にそこに座っていた男。しかし誰かを探しているリゼルを知りながら、席に着く彼を一切認識できなかった異常をクァトは一拍遅れて自覚した。

「……ッ」

「ああ、どうも。一応初めましてですかね」

「突然呼んじゃってすみません」

「いえ、全然。あっちの店で一服《いっぷく》してたんで」

日によっては人も変わるし、人によっては呼んでも出てきてくれない。そもそも、いつも居る訳じゃないようだから運が良かった。そう微笑んで語るリゼルと現れた男を、クァトは混乱のままに見比べた。

男は長い前髪で両目を隠しており、その目が何を見ているのかは窺えない。まるで旧知の仲と同席しているかのようにリラックスして座る姿からは何の脅威も感じない。

ただ、何となく。

「離れろ」

威嚇するように告げる。握っていたグラスが軋《きし》んだ音を立てる。

氷しか残っていないそれは、指の位置から飲み口まで亀裂が入って水滴を滲ませた。しかしクァトはそれに構わず、荒野を飛翔《ひしょう》する猛禽《もうきん》のように鋭く見開いた瞳で男の一挙一動を射抜く。

「………怖《こえ》ぇなァ」

その視線の先で、唯一露になった男の口元が笑みに歪んだ。

クァトの体に力が籠もる。毛を逆立てた獣を彷彿《ほうふつ》とさせるそれに、男も椅子に預けていた背を微かに浮かせた。酷く殺伐《さつばつ》とした一触即発《いっしょくそくはつ》な空気。

しかしそれも、次の瞬間消え失せる。

「駄目ですよ」

穏やかな声に場が凪《な》いだ。

クァトが困惑するようにリゼルを見る。男も肩を竦《すく》めて椅子に凭れた。

「彼らが精鋭さんです。仲良くしてくださいね」

「うぅ……」

「そんなに警戒しなくても大丈夫ですよ。こう見えて怖いっていうのは本心みたいですし」

「まぁ、普通に殺されそうでしたし。や、つかそれ言っちゃうんですね」

至って普通に話す二人を眺めながら、クァトはゆっくりと体から力を抜いた。

何となく居た堪れなくて、所在なさげに手に持つグラスを弄《いじ》る。いつの間にかヒビが入っている事に気付き、思わずビクリと肩が跳ねた。

どうしようとグラスを手放せないままそわそわとする事少し。こんなのが後七人いると聞かされた驚きで、結局グラスを完全に破壊してしまう事となる。弁償《べんしょう》した。

クァトはそれから暫く、何処かにいるらしい精鋭を密かに見つけようと思っていたが一度も見つける事ができなかった。これは特に気にしていない。

群島行きの船を手配してくれたという男達にも顔合わせをした。

リゼルに連れていかれたのは酒場で、外食など初めてだったものだから落ち着かない。今までは外で食べるにしろ、依頼をこなしている最中に宿主によって用意された弁当を食べるくらいだったからだ。

リゼルと二人で訪れた店では、もう既に作業員と呼ばれる男達が酒を飲み交わしていた。

「おう、冒険者殿」

「こんばんは」

「そいつか？」

「はい」

そいつ、という言葉と共に向けられた視線をクァトはじっと見返した。

そして勧められるままに席につき、まぁ食えと寄せられた料理にペコリと頭を下げて礼を告げ、遠慮なく手をつける。そのまま食事を堪能し始めたクァトの横では、リゼルも運ばれてきた茶に手をつけながら男達と話していた。

「ははッ、なかなか行儀良いのつれてんじゃやねぇか」

「素直な良い子です。それで、船は大丈夫でしたか？」

実はまだ乗る船が確定していなかったという事実は衝撃的だった。

クァトは思わずリゼルを見る。にこりと笑って流された。

「おう、後は出港日に声かけりゃ分かんだろ」

「船員さんに、ですよね。ギルドカードとか見せたほうが良いですか？」

「や、あんたが適当に声かけりゃ全部伝わる」

作業員の言葉にどういう事かと首を傾げつつ、大丈夫なら良いかとリゼルが頷く。

実のところ、「凄ぇ貴族っぽい品のある冒険者に見えない冒険者が一人連れてくるからそいつ乗せてってくれ」と作業員は船員に伝えてあった。どういう事かと訝しむ相手に対して「会えば分かる」と自信満々に言い張った事実をリゼルは知らない。

「お手数おかけしました。有難うございます」

「良い良い、本気で大した手間じゃねぇよ」

「そうですか？」

嬉しそうに微笑んだリゼルが、テーブルの上の皿から刺身《さしみ》を一切れつまむ。

それを咀嚼し、飲み込みながらメニューという名の紙きれを手に取った。クァトも食事の手を止め、横からそれを覗き込む。

「何か食べたいもの、ありますか？」

「これ、何？」

「これはホタテのグラタンです。ホクホクします」

「これ？」

「つくねの串焼《くしや》きです。コリコリします」

クァトは文字が読めないので、所々に描かれたイラストを指差す。

当然イラストのないメニューは選べないが、特に苦手なものもなければこれといった好物もない。何が出ても美味しく食べられるので特に気にしない。

空腹だったので最終的にグラタンと唐揚げを指させば、リゼルが店員を呼んでくれた。

「おー、お久しーッス。ご注文は？」

「ホタテのグラタンと、唐揚げ。後は……串の盛り合わせと、冷やしトマトを」

「あざーす」

「あ、此処って持ち込んだお酒を飲んでも大丈夫ですか？」

「うちの酒も頼んでくれんならオッケーっす」

快く頷いた店員に、安心したようにリゼルがポーチを漁った。

そして取り出したのは一つの酒瓶。角ばった背の高い瓶が気品すら感じるウイスキーの色を透かしていた。更に貼りつけられているのは金字を写した青いラベル、それが更に格を上げる。

作業員らが思わず口笛を鳴らし、歓声を上げた。

「約束のジルお勧めです」

「ブルーラベルたぁ太っ腹だなぁ！」

「一刀っつーのは意外とプレゼントは外さねぇタイプか！」

「俺はウイスキーってこと以外はよく分からないですけど」

作業員らが大興奮でリゼルから酒瓶を受け取る。

喜んでくれるなら良しと満足そうなリゼルの前に、頼んだ料理の幾つかが運ばれてきた。空いた皿が下げられ、作られたスペースに新しい料理が並べられていくのにクァトが目を輝かせる。

割と遠慮のないクァトは早速とばかりに手をつけた。

「君はお酒、飲めますか？」

「？　ない」

「あれ、飲んだことないですっけ」

「ん」

飯時だからアレだコレだと、店員に炭酸やら氷やらを持ってこさせている作業員らを尻目に頷く。

「飲んでみますか？」

「貴方《あなた》、飲む？」

「俺は飲めないんです」

心なしか残念そうにトマトを食べる姿に、クァトは唐揚げを摘《つま》みながら考えた。

よく夕食の時にジルやイレヴンが飲んでいるが、正直美味しいのだろうかと気にはなっていた。

遠い記憶の中で父親も飲んでいた気がするし、何となく飲めない事はないような気もする。

次いで運ばれてきた串盛りが続々と作業員らによって数を減らすのを眺めながら、クァトも好奇心のままに頷いてみた。

「お、兄ちゃんも飲むか」

「飲む」

「それ、強いお酒じゃなかったですっけ」

「ガキじゃねぇんだ、強い弱いで飲むもん決めてちゃ……いや、あんたは弱いのにしろよ」

謎の気遣いを受けているリゼルを見ていると、ふいに作業員の男からグラスを渡された。

氷でしっかりと冷やされたグラスは冷たく、注がれたウイスキーが倍以上の炭酸で割られる。それは瓶の中で宝石のようだった重厚な色を失い、グラスの中で透明に透き通っていた。

飲め飲めと促され、グラスを口元に近付ける。

「……？」

クァトはくん、と匂いを嗅《か》いでみた。

仄《ほの》かな酸味と甘さのあるドライフルーツのような、微かに苦さのある木のような。酒に詳しくもなければ香りを楽しむ事も知らない為、首を傾げながら無遠慮にグラスを傾ける。

「どうですか？」

飲み込んでからも酷く後を引く香りに目を瞬かせていると、リゼルが楽しそうに問いかけてきた。

もう一口飲んでみる。

「苦い。ちょっと、甘い」

「美味しい？」

「美味しい……」

数秒考え、よく分からないと少し眉を寄せながら口を開いた。

「飲める」

「そんなものですよね」

「勿体《もったい》ねぇなぁ兄ちゃん、こんな良い酒の美味さが分かんねぇなんてなぁ！」

「まぁ酒なんざ飲んでりゃその内美味くなるさ。おら、飲め飲め！　こりゃあ勿体ねぇから適当に他の頼んでやるよ！」

そうして取り敢えずもらった一杯を飲み干し、リゼルに酔っていないか確認されながらも次々と注文される酒を水代わりに傾けていく。とはいえ、食事がメインなのは変わらないが。

食べて、飲んで、食べて、食べて、飲んで、何となく気分が浮足立った事は覚えている。何となく頭が揺れているような感覚が心地よかった事も、何だかやけに酒の味を美味しく感じてきた事も。

しかし、それからの記憶が一切ない。

「……うぅ、何、これ、何」

「二日酔いですよ」

気付いたら宿のリゼルの部屋で、何故かベッドに寝かされていた。

心地良さが消え失せ、脳が揺さぶられる感覚だけが残った不快感にひたすら唸る。ベッドに腰掛けて本を読んでいたリゼルが持ってきてくれた水を飲んで、再び読書の体勢をとったその服の裾をふらふらと握った。

伸ばされた手が額にあてられたのが、酷く心地良かった。

「お酒、飲みすぎましたね。次からは自制するんですよ」

「はい。……俺、最後、酔った？」

「ん、覚えてないですか？」

どう帰ったかも覚えていないクァトに、リゼルは何かを考えるように視線を流した。

そんな姿を見上げること数秒、眠いのかもよく分からないまま自然と瞼が落ちていく。このまま眠れるかもしれないと、額に触れる掌の温度が馴染んでいくのを感じながら目を閉じた時だった。

「じゃあ、内緒にしちゃいましょうか」

内緒にするような何かがあったのだろうか。

意識が一瞬浮かびかけるも、結局穏やかで静かな笑い声を子守歌にクァトは意識を手放した。


他にも色々あった。

ジルと迷宮に潜った際に獲物を奪い取ろうとして、魔物へと振るわれている大剣を無理やり摑んで魔物を横取りしたりもした。流石にアウトだったのか直後に背中を蹴られた。

寝ていたところを、リゼルを訪ねて部屋を訪れたイレヴンに勢いよく踏まれたりもした。同じくイレヴンに迷宮での乱戦の最中に足を引っかけられて頭から魔物に突っ込んだりもした。同じくイレヴンに以下略。同じく以下略。略。

「宿主さんからお弁当は受け取りましたか？」

「貰った」

クァトは頷きながらしみじみと懐古《かいこ》した。

支配者により年単位で奴隷扱いをされてきたが、それと比べても明らかな圧倒的密度で様々な経験を積んだ気がする。むしろ奴隷中は何もなかったようなものなので比べようがない。

「忘れ物はないでしょうか。こういうの、苦手なんですよね」

「そりゃな」

三人は今、港を歩いていた。ついに群島への出航日だ。

考えるように呟くリゼルに、ジルが納得と共に同意する。あれが必要かも、これが必要かも、と色々なものに備えようとするリゼルは基本的に荷づくりに向かない人種なのだろう。元の世界では周りが全て準備してくれていたし、此方でも空間魔法があるので何とかなっているが。

「本持ち歩こうっつうのがおかしいんだよ」

「必需品じゃないですか」

「中毒者《ジャンキー》」

「そこまでじゃないです」

軽口を叩く二人の近くにイレヴンの姿はない。

特に見送りが嫌だとかも何もなく、普通に予定があって何処かへ出かけている。

「船、まだ?」

「もうすぐ見えてきますよ」

少し後ろを歩いていたクァトが、少し速足でリゼルに並びながら問いかける。

その背には一つのリュックがあった。いかにも丈夫そうな革製の鞄《かばん》で、主に食料が詰め込まれているお陰で見るからに膨らんでいる。

片方だけ腕を通したそれが、クァトの背で跳ねるように揺れていた。

「食料も一応、二週間分の木の実を持ちましたし」

「一回、一つ」

「そう。念のため、ですけどね」

働き賃代わりに食事を融通《ゆうずう》してくれるよう、作業員のほうで船員に頼んでもらっている。

最初はリゼルの連れだというから下手な事は言えないと考えていたようだが、酒場で一緒になった時に大丈夫だと判断されたのだろう。作業員から提案してくれたのだ。

リゼルもそうしてもらったほうが良いだろうと思ったし、他にやる事もないと聞いたクァトも素直に頷いたので、木の実に頼らずとも食事らしい食事が食べられる筈だ。

「船旅した事あんのか」

「ある」

「知ってる。てめぇじゃねぇよ」

「俺もありますよ。海を渡るっていうよりは、沿岸沿いに移動ってだけですけど」

陸路より海路のほうが早い、という時はリゼルも船を使っていた。

それも冒険者の船旅とは全く違ったものであるのは想像に難くなく、いつか船旅の護衛をやりたいと言い出しそうだとジルは危惧《きぐ》する。ジャッジが船を購入する日も近いかもしれない。

「軍港を越えれば、もうすぐです」

港を通りすぎ、軍港への急な石階段を上りきる。

潮風と羽音の聞こえる軍港を守備兵に二度見されながら歩き、反対側の階段へ。そこに立てば、眼下に広がる荘厳《そうごん》と並んだ巨大船の数々を一望できた。

見下ろせば人々が精力的に動き回り、目線の高さには今にも迫りくる船首が雄々しく、そして見上げればマストが太陽を背負って巻き付けた白い帆を煌かせている。

「流石にでけぇな」

「そうですね。同行する魔鳥用の設備とかあるんでしょうか」

「あそこじゃねぇの、船尾《せんび》」

「出っ張ってるところですか？」

ジルが指さした先を覗くリゼルの隣で、クァトはただ唖然と口を開けていた。

元々、彼が何故支配者に奴隷扱いされていたのか。その切っ掛けはというと、幼かった彼の溢れんばかりの船への好奇心だった。その時に見た船とは違う気もするが、巨大船に抱く感動は昔も今も変わらずクァトの胸に沸《わ》き起《お》こっている。

つまり、彼にとって船はロマンだった。

「船、見る。行く、一緒」

「はい、行きましょう」

「大興奮じゃねぇか」

微笑んで階段を下り始めたリゼルに、そわそわと落ち着かないクァトも笑みを輝かせながら続く。

急な階段をゆっくりと歩くリゼルを追い越しては止まって待ち、先に進んでは振り返りながら下りていく。

いいからさっさと先に降りろ、というのはジルの談。イレヴンがいたら蹴り落としていた。

「そういえば以前、ある女性が彼の事を〝クールな人〟って称してましたよ」

「あ？」

リゼルによって内緒話のように零された情報に、ジルは言っている意味が分からないとばかりに眉を寄せる。それもそうだろう、今の船に浮かれに浮かれたクァトを見てクールなどという印象は間違っても抱かない。

ちなみにリゼルも言われたときは思いきり疑問符を浮かべた。一瞬誰の事を言われたのか分からず、しかし話の流れ的にクァトだろうと当たりをつけて普通に会話を続けたが。

「ああ、まぁ見た目だけならな……」

「知らない人にはギャップがありますよねぇ」

可笑しそうなリゼルに、ジルも首元を広げて熱を逃がしながら同意してみせる。

何せリゼル達からしてみれば最初からあんな感じだった。しかし確かに言われてみれば、黙っていれば漂う無機質感は初見の相手に誤解を抱かせる事もあるだろう。

「凄ぇ今更感」

「俺も聞いた時は驚きました。今からそうやっては見れないですよね」

「お前が居ねぇとこだとそれっぽいかもな」

「そうなんですか？」

「ぼーっとしてりゃ見えねぇ事もねぇ」

何の話かと不思議そうに振り返るクァトに、リゼルは何でもないと手を振った。

そうして雑談を交わしながら最後の一段を下りれば、視界を埋め尽くすのは行き交う作業員や船員達。出航日なだけあって流石に人が多いなと、三人は船へと近付いていく。

群島の船は一番手前側だという。張り出した船首から落ちた影がくっきりと映る地面を踏んで、正面で足を止めた。

「船、乗る？」

「いえ、多分誰かに声をかけないと」

感動したように船を見上げるクァトの問いに、さてどうしようかとリゼルが周りを見渡した時だ。

「あっ!?　お、おぉ、成程……」

こちらを見て声を上げた男が、何かを酷く納得しながら歩み寄ってきた。

服装からして船員なのだろう。真っすぐ此方へと向かってくる姿に、もしや作業員が話をつけてくれた人物かとリゼル達も向き直る。

「こんにちは、この船の船員の方ですよね」

「ああ、そうだ……です」

取ってつけたような敬語に、ジルの視線が思わせぶりにリゼルを見た。不本意だ。

「えぇと、あいつらから話は聞いてるんで。乗るのはー……」

「俺」

「だよなぁ!!」

心からの安堵を浮かべた船員が、任せろとばかりに頷く。

一応の確認でギルドカードを提示し、それなりに持ち込む荷物をチェックし、簡単に乗船にあたっての注意事項が告げられる。魔法は使用禁止であること、火の気は厳禁であること、魔物が出た時の対処や部屋については実際に船に乗ってから詳しい説明があるようだ。

リゼル自身も興味深く聞いていたそれに、クァトは素直に頷いた。元々、余計な事はしない性分だ。特に気をつけるべき事もないだろう。

「じゃあもう乗れるけど、どうする?」

「え」

クァトがぱちりと目を瞬き、そしてリゼルを見た。

促すような微笑みだけを返されたのは、自分で選べという事なのだろう。

「あ……」

何かを言わなければと開きかけた口を、何も言わないままに閉じる。

そのまま目を伏せ、ぎゅうと噤まれた唇は何かを断ち切ろうとするかのようで。どうしたのかと、どうしたいのかと問うように首を傾けたリゼルに、彼は伏せていた瞳をゆっくりと持ち上げた。

「乗る」

「そうですか」

「ん」

伸ばされたリゼルの掌がクァトの頬を撫でる。

旅立つ相手を祝福するかのようなそれに擦り寄って、クァトは鈍色の瞳を細めた。

「ご家族に宜《よろ》しくお伝えください」

「ん」

「今の戦奴隷としての在り方を身につけて」

「つける」

「故郷を愛おしめるように」

「……」

クァトの眉が何かを耐えるように寄せられる。

ずるい、と思った。自分のものだと言った癖に、戻ってきていいと言った癖に、それを隠そうともしない癖に、まだ今になっても故郷に根付いてもいいと優しく告げるのを。

けれどどちらもリゼルの本心なのだろう。きっとそれは強制ではなくて、いつか直面するだろう何かを今済ませておけと言われているだけなのだと思う。

自分で選んだのだと、自分で納得する為に。それがきっとリゼルの願うもの。

「分かった」

クァトは強く頷いて、頬を覆う掌を握った。力を込めてしまいそうになるのを耐えながら、しかし自らの意思を伝えるようにしっかりと。

「だから」

泣きそうなのとは違う、強い想いを込めるあまりに震えそうになる声。

それを抑えこみ、祈るように身を屈めて握った手へと額を押し付けた。強く目を瞑る。

「――――許さないで」

ゆっくりと瞼を持ち上げれば、額同士が触れ合いそうな距離にある清廉なアメジスト。

それを瞬きもせずに見つめて背筋を伸ばす。握ったままの手を下ろして、離した。

「行く」

「はい、行ってらっしゃい」

それで十分だった。

確信が欲しかったのは一つだけ。帰ってくる事を許されている、それだけ分かれば良かった。

「行く。良い？」

「えっ、あ、あぁ……うん⁉」

惜しんだ割にはあっさりと別れを告げた二人に、船員は完全についていけていない。

先程まではいっそ住む世界が違うような、何処か儀式めいた清浄な空気すら感じたというのにこの変わり様は何なのか。それでもぎこちなく案内を始めた彼は船員の鑑《かがみ》だろう。

「じゃあ、気をつけて。変なものは食べちゃ駄目ですよ」

「食べない」

「ほら、ジルからも」

「あ？……海の魔物相手に水中戦はすんなよ」

「分かった」

こくりこくりと一つずつ頷いて、手を振るリゼルに手を振り返して、いざ出航だとクァトは船へのタラップを上っていった。とはいえ船の準備が終わるまでは出航しないが。

今度は一度も振り返らないその背を見送りながら、ふとリゼルが口を開く。

「大丈夫でしょうか」

「何がだよ」

「前に聞いたんです。彼がどうして群島からこっちに来たのか」

それがどうしたと訝しげなジルの視界から、完全にクァトの姿が船内へと消えた。

その直後だった。何か重いものが倒れる音と同時に船員の悲鳴が響き渡る。

「好奇心で支配者さんの船に乗ったら凄く船酔いして、気付いたら出港してたみたいですよ」

「馬鹿じゃねぇの、あいつ」

本人が何も心配していなかったので、すっかり治っているものだとリゼルも思っていたが駄目だったようだ。何故クァトは自分がもう酔わないのだと思い込んでいたのか。

用意しておいて良かったと、リゼルはポーチから一つの瓶を取り出した。中には色とりどりの大きな宝石、に見える小さな飴玉《あめだま》が詰め込まれており美しい。ただの酔い止めだが。

「あの爺《じじい》から貰ったやつか」

「同じものを買ってみたんです。インサイさんが勧めるなら効くでしょうし」

リゼルも魔鳥車に乗る前には必ず飲んでいた。

とはいえ魔鳥車で酔うのかどうかも分からないまま酔い対策として飲んでいたし、飲み忘れる事もなかったので実際にどれほどの効き目があるのかは分からないが、リゼルが一回も酔わなかったのは確かだ。

きっと効くだろうと瓶を片手に船へと上がったリゼルによって、クァトは効き目即効の恩恵《おんけい》を存分に受けて元気にアスタルニアを去っていった。

129.

リゼル達は三人、冒険者装備を身に着けて宿の前に立っていた。

ギルドへ向かうからではない。アスタルニアを発つ日が訪れたからだ。日が昇ると同時に出発となるので空はまだ暗いが、雲が少ないのできっと今日は快晴だろう。

良い旅立ち日和だった。

「おべんどうでず」

「有難うございます」

そして三人の目の前には涙で顔面が崩壊している宿主がいる。

本人的には懸命に耐えているらしく、力の込められた表情筋がとんでもない形相を作り出しているも出るもの全てが出ているので何の意味もない。しかしリゼルはそこには触れないようにして、何処までも優しく微笑んだ。

「宿の主人が客人の出発に泣いちゃ、面目《めんぼく》が立ちませんよ」

「だってごんなぢょうきでどまるひどなんでいながっだでずし」

大分聞き取り辛いが、別れを惜しんでくれているのは確かだろう。

リゼルは渡された弁当を両手で大切に受け取った。宿主が昨晩の夕食をいつもより豪華にしてくれたのも、その時からこの弁当を作り始めてくれていた事も知っている。

「大切に食べますね」

「いづもどおりだべでぐだざい……」

「そうですね、いつも美味しかったですから」

「ぞうやってぎぞぐなおきゃぐざんはいつもいってぐれてだぁぁぁっ」

もはや地面に突っ伏す勢いで泣き喚《わめ》く宿主を、リゼルは弁当を両手にどうしようと見下ろした。

気持ちはとても嬉しいが、正直まさかここまでという気持ちが強い。

リゼル達が去ってしまえば宿泊客ゼロという現実と戦わなければいけないというのもあるのかもしれない。リゼルが泊まっている間も入れ代わり立ち代わり客は入っていたのだが今はゼロであるし、宿側からすればコスパ最高の長期個室宿泊者など滅多に現れないだろう。

「なんか凄ぇ注目されてる」

「勘弁しろよ……」

ちなみに普通に往来だ。

日の出と共に働き出す人々の姿もチラホラ見える。男泣きする宿主によって注目度がダダ上がりだった。

「ほら、宿主さん。膝が汚れますよ」

「ずみまぜん……」
ズ、と鼻を啜《すす》りながら立ち上がった宿主は「あー……」とおっさん臭い声を吐きながら何とか落ち着いたようだ。充血した目がまだ若干怖いが、笑顔で送り出してもらえそうだとリゼルは別れを口にした。
「それじゃあ、お世話になりました」

「いくらでもお世話するので絶対にまた泊まりにきてくださいい切実に」

「それは分かりませんけど」

「もう貴族なお客さんはそういうとこ正直だから辛い……っ」

両手で顔を覆った宿主に、リゼルは弁当をジルに渡しながら申し訳なさそうに告げる。

なにせ、いつか世界ごと退去する可能性すらあるのだから断言はできない。気休めを口にしないリゼルに、随分とらしい事だとジルは弁当を片手に溜息をついた。

「でも、そうですね」

「はい……」

「またこの国に来る事があれば、ぜひここに」

「だからそうやって綺麗な微笑みを向けてぐれるどごろぉー!!」

宿主はもはや別れの雰囲気に呑《の》まれまくっていた。

再開した男泣きと共に息も絶え絶えに送り出してくれる彼に見送られ、リゼル達は宿の前から去っていく。向かう先は王宮で、そこから外交担当と共に魔鳥騎兵団につれられてアスタルニアを発つ事になっていた。

「ああやって、また会いたいって言ってもらえると嬉しいですね」

「どう見ても本音ッスもんね」

意外と年相応に社交辞令《しゃこうじれい》も嗜《たしな》む宿主だが、あの姿には欠片《かけら》もそんなものがなかった。

見るからに本心から別れを惜しんでくれたものだから、リゼルも素直に嬉しく思っている。人の機微《きび》に聡《さと》いリゼルだからこその喜び方だった。

勿論、ジルとイレヴンも別に悪い気はしない。ただ悪い気がしないだけで正直ちょっと引いたのは確かだ。別れを惜しむにしてももう少し自重してもらいたかった。

「時間、大丈夫ですよね」

「間に合うように起こしてやっただろ」

「ニィサンどうやって起きてんの？」

「目ぇ覚める」

三人は急ぐでもなく屋台の並ぶ大通りへと出る。

今はまだ、無人の屋台の骨組みばかりが並んでいた。いつも賑やかなアスタルニアだからか、少しのもの悲しさを感じてしまう。

リゼルは、ふと正面から歩いてくる一人の女に気付いた。ラフな格好で眠そうに荷車を押していた彼女は、寝起きで分け目を見失った髪が顔にかかってくるのを手癖のように掻き上げる。

そんな彼女も此方に気付いたのだろう。溶けた目尻をそのままに表情を緩め、ヒラヒラと手を振っていた。

「誰？」

「屋台の店主さんです。ほら、砂糖漬けの」

「あー」

花弁《かべん》の砂糖漬けを扱う屋台、その店主とは何度か話した仲だ。

これから開店準備なのだろう。荷車に詰め込まれた瓶詰めがぶつかり合って、カチカチと音を立てている。早朝でもあるし道の反対でもあったので、リゼルも手を振り返すだけで彼女に応えた。

「君達も誰かに挨拶は済ませましたか？」

「まぁな」

「挨拶するような相手いんの？」

「てめぇに言われたくねぇよ」

煽り目的ではなく素で問いかけるイレヴンに、ジルが特に不快に思うでもなく返す。

それもそうだろう、いちいち互いの交友関係を把握などしていない。リゼルもそれは初耳で、暇さえあれば迷宮に潜っている男がと不思議そうにジルを見た。

「ジルって此処、来た事なかったですよね」

「昔馴染みが酒場やってた」

「へぇ、偶然の再会ですね」

元冒険者か、あるいは故郷の知人だろうか。

どちらにせよアスタルニアという辺境で出会うなど思ってもみなかっただろう。その時のリアクションが気になる、と思いながらリゼルは微笑んだ。

昔馴染みと告げる声に他意はなく、良い再会だったのは間違いない。相手も恐らく一発でジルだと気付けただろうなとガラの悪さが主張する顔を眺める。

「何だよ」

「いえ、何も」

胡乱《うろん》な目を向けられたので誤魔化した。

「あ。そういや俺、父さんに会えたんスよ」

「あ、良かったですね。何処でですか?」

ふと思い出したかのように告げるイレヴンに、リゼルは意外そうに目を瞬かせた。

会えないだろうと以前言っていたし、何より彼の父親は究極の方向音痴。ここで「何処」と尋ねるリゼルもその性質は重々承知している。

「普通に道端」

イレヴンが前をゆっくりと進む荷車に積まれた果実を追い越しざまに一つ取り、齧《かぶ》りつきながら荷車を牽《ひ》いている翁《おきな》へと銅貨を投げる。銅貨は翁が首の後ろにぶら下げている麦藁《むぎわら》の帽子へと吸い込まれていった。まいどぉ、と背後から聞こえるしゃがれ声。

「魔力溜まり……スポット？　から避難してきてんだって」

「そういや言ってたな」

「御実家のほうに来ちゃったんですね」

森に発生する魔力溜まりはゆっくりと移動している。

その進路が家に被りそうな時は国内に避難していると以前イレヴンが言っていたが、今回もそのタイミングだったのだろう。両親共にアスタルニア国内に滞在しているようだ。

「どうでした？」

「どうっつっても……久しぶりっつって、飯時だったしそこら辺の飯屋入って、ちょい話したくらい」

もごもごと果物を頬張りながら思い出すように告げるイレヴンに、何にせよ会えたのなら良かったとリゼルは頷く。そういった事に淡白とはいえ嫌いではないのならば、会えないよりは会えたほうが良い。

アスタルニアを訪れる際、実家に寄ろうと言い出したのはイレヴンだ。たとえそれがただの思い付きでも、目的が両親ではなくパーティ自慢であったとしても、彼にしてみれば十分な特別扱いだろう。親子水入《みずい》らずの時間が過ごせたようで何よりだ。

「そういえば昨日、店の食料を空にして帰っていった親子の噂《うわさ》を聞きました」

「それ多分俺ら」

「てめぇ父親似か」

「そうだけど？」

納得を滲ませたジルに、イレヴンがにやにやと笑う。

顔は割と母親似だなとリゼルは思っていたが、大食らいは父親譲りのようだ。イレヴンの母親に会うたびに食べろ食べろと言われるのは、彼女の身近にいる男の食いっぷりから来ているのかもしれない。

「お母様は一緒じゃなかったんですか？」

「母さんはアレ、国入る度に知り合いんとこ行くから」

こういう機会でもないと会えない友人もいるのだろう。

魔力溜まりも良い口実のようだとリゼルは髪を耳にかけ、そして向かい側から近付いてきた荷車を道の端に寄るように避けた。すれ違いざまに何となく視線で追ってみれば、荷台には今にも転がり落ちそうな程たくさんのココヤシの実が積まれている。

「リーダーは？」

「俺は団長さん達や、後は会える範囲でお世話になった方ですね」

こういうところでマメさを発揮《はっき》するの職業病くさい、とジルは思ったが口には出さなかった。

「団長さんも、そろそろ出国を考えてるみたいですよ」

「へぇ、まぁ移動型の劇団ならこんなもんかァ」

「護衛とかつけるんでしょうか」

「あんだけ大所帯《おおじょたい》だと金かかるぞ」

アスタルニアは少し遠いが、劇団ファンタズムは王都近辺の国を行き来しているという。

また会いそうだなと胸を張った団長の言葉に根拠《こんきょ》などなかったが、何となく確かに会えそうな気もする。次の目的地は聞かなかったが、下手をすればすぐに王都で顔を合わせる事になるかもしれない。

「団員皆さんに万歳三唱で送り出されました」

「最悪じゃねぇか」

ジルはそういうのを心底嫌がる派だった。

ちなみにリゼルは普通に嬉しく受け取るし、イレヴンはネタだと分かった上でノリ良く受け取る。

こういうところに性格というのが出るだろう。

「そういやその団長サンに夢見る奴いたじゃん、冒険者」

「はい。あ、そういえば」

団長に、というよりは団長演じる魔王様にと言ったほうが正しいか。

ジルやイレヴンを以てして〝修羅《しゅら》の道〟と称される恋をした男の顔を思い出し、リゼルは挨拶に伺った際に聞いた話を思い出す。何処の劇団でも、花形というのは罪作りなものなのだろう。

「団長さん、言ってましたよ。今度お祭りに誘われたって」

「マジで？」

「つっても正体知らねぇんだろ」

「意地の悪い言い方ですね」

「事実だろうが」

鼻で笑うジルに、確かに正体と言っても過言ではないかとリゼルも苦笑する。

事実、当の冒険者が素の団長を見たのはギルドで言い合いをした時くらい。その時には恋心など微塵も抱かなかった彼が心を奪われたのは、気高く美しく、その威厳《いげん》と魅力を以て人を従わせる魔王なのだから。

素の姿を知ってもそれが失われる事はない、というのは少々夢物語が過ぎるだろう。実際リゼル達は、そして団長本人も間違いなく絶望するんだろうなと思っている。

「で、誘いに乗るんスか」

「乗るみたいですよ」

あっさりと答えたリゼルに、イレヴンが意外そうにパカリと口を開けた。

「〝随分と洒落た誘い方もされたし良い夢みさせてやる〟って不敵に笑ってました」

リゼルにとっては意外でも何でもなかった。

普段がどうであれ彼女も大人の女性だ、自らに向けられた好意に気付かないほどに鈍くはない。演技の実力を思えば今までに何度も魅力的な女性を演じてきただろうし、その度に恋焦《こ》がれられる事もあった筈だ。

きっと好意を躱す事にも慣れている。綺麗な別れを演じる事などお手の物だろう。

「夢壊しにいくタイプじゃねぇのか」

「そこは、ほら。随分と熱心に応援してもらえたみたいだし嬉しかったんだと思います」

信じがたいと告げるジルに、リゼルは何とも失礼な事だと笑う。

しつこく言い寄るような相手ならまだしも、純粋なファンの夢を壊すような真似を、それを与える側である劇団員がする筈がないだろうに。彼女は根っからのプロなのだから。

「じゃあ魔王サマのままキレーにフッてもらえんだ？」

「みたいですね」

「つまんねぇー。ぜってぇ絶望するって思ってたのに」

つまらないの部分は別にして、正直それはリゼルもジルも思っていた。

三人は大通りから路地へと進路を変える。何度も通った王宮だ、近道の一つや二つは見つけていた。

「あとそれを聞いた小説家さんが、何で自分には出会いがないんだって地面を叩いてました」

「出会った時点で事案が発生するからじゃねぇの？」

ジルが「それな」と言わんばかりに深い納得と共に頷いた。

リゼルは小説家の名誉に配慮して頷かなかった。否定もしないが。

ちなみに極々普通にリゼル達との別れを惜しんでくれた小説家だが、同時に徹夜《てつや》続きで荒《すさ》んだ眼だけは有力なネタ源を惜しむようにギラギラと光っていた。ファンタズムの出国という時間制限がついたお陰で、約束の台本執筆に追われているようだ。

「小説家さん、俺達の事をネタとしか見てませんでしたね」

「少なくとも出会いの範疇《はんちゅう》に一切入れてねぇのは確かだな」

「いかにも男苦手っぽいのにそこそこ喋ってくるあたりでお察しッスね」

三人は色々な意味であまり女に不自由した事がない。

よって、そこまで除外されるといっそ潔いなと感心していた。何故だという純粋な疑問はあるが。

「そういやリーダー、土産《みやげ》揃った？」

「はい、お陰様で」

「マメだよな」

「喜んでほしいじゃないですか」

朝の澄みきった空気と独特の静けさがある路地裏。

両手を広げれば両側の壁に触れる程に狭い道に、イレヴンが戯れるように指先で壁をなぞる音が微かに響く。それは壁の向こう側に暮らす住人に聞こえたりしないんだろうかと不思議に思いながら、リゼルは土産を渡す予定の王都の面々を思い浮かべた。

買い忘れはない筈だ。ジャッジやスタッド、後は。そんな風に頭の中で数えながら、薄っすらと明るくなってきた空を見上げる。

「アスタルニアは良いですよね。それらしい特徴があって、お土産も選ぶのが楽しいです」

「変なもんも多いけどな」

「あー、あるある。本当にこれ売れんのってヤツある」

アスタルニアを訪れたばかりの頃。どんな部屋にも馴染まないだろう奇妙な置物の前で、しげしげとそれを眺めていたリゼルの姿をジル達は思い出す。

流石のリゼルも用途不明な置物を買う事はなかったが、後日似たようなものを迷宮の宝箱から出していた。爆笑した。

「あ。あそこだっけ、曲がんの」

「はい」

三人はイレヴンが指さした路地を曲がった。

そして再び通りへと出れば、遠くに上る朝日を背負った白亜《はくあ》の宮殿が姿を現す。まだ上部しか見えないが、その頭上に数匹の魔鳥が円を描くように飛んでいるのが小さく見えた。


王宮が見え始めてからも暫く歩かなければならない。

にぎわい始めた街並みを通りすぎ、ようやく辿《たど》り着《つ》いた王宮の門ではやはり朝の挨拶だけで中へと通された。サルスへの使者に三人が同行するという話が通っているのだろう、別に普段でも止められる事はないのだが。

「ん、居ましたね」

「ああ」

門を潜ってすぐ、開けた庭園に魔鳥が集まっていた。

奥には二台の魔鳥車も見えるので、サルスへ向かう一団であるのは明白だ。騎兵団の面々が準備も大詰めだとばかりに動き回り、あるいはそれらを終わらせて自らの魔鳥をリラックスさせていたりする。

何かしらの配慮があるのだろう、魔鳥車同士は離れている。その片方に見知った姿を見つけ、リゼル達はそちらへと向かう事にした。

「ん、来たか」

「おはようございます、ナハスさん」

「ああ、おはよう」

此方を向いたナハスが笑いながら手を上げる。

その後ろでは彼の魔鳥がゆっくりと歩き、嘴《くちばし》を魔鳥車へと近付けていた。暇なのか半端に開いた扉へと嘴を突っ込んでは引き抜いて、羽を膨らませては震わせている。

「もうこれ乗ってていい？　俺まだ眠《ねみ》ィんだけど」

「そうだな……」

早々に魔鳥車を指さしたイレヴンに、何故かナハスが言《い》い淀《よど》んだ。

そういえば先程から何かを悩んでいる様子だったなと、リゼルは疑問に思いながらもう一つの魔鳥車へと顔を向けた。

「あっちに乗ったほうが良いですか？」

「いや、一応あっちが王族用なんだ」

「じゃあ良いんじゃねぇの？」

さっさと二度寝に入りたいのか、意味が分からないとばかりに顔を顰めるイレヴンの背を落ち着けるように撫でる。それに背筋を伸ばした彼は不貞腐れながら、リゼルへと肩を寄せるように凭れ掛かってきた。

「一応、っていうよりちゃんと王族用ですよね」

「見た目豪華だしな」

予想どおり王族の内の誰かが使者に立ったようだ。

そう考えながら装飾多めの魔鳥車を眺めるリゼルにジルも同意する。軽量化が必須である魔鳥車なので、装飾といっても豪華絢爛《ごうかけんらん》なものではない。だがそこかしこに施された細工や飾られた布が外観の格を上げている。

ならば何故悩む事があるのかとナハスを見れば、彼は難しい顔をしながら目の前にある魔鳥車の扉を開いた。

「あ」

「あーね」

「そういやな」

三人は目に入った車内にそれを思い出し、納得した。

「……こちらのほうが乗り心地が良さそうなんだ」

「ジャッジ君、頑張りましたからね」

ほのほの微笑むリゼルに、ナハスは眉間を揉《も》みながら溜息をついた。

アスタルニアだって王族用の魔鳥車には十分に気を遣っている。何ならジャッジの改良をつぶさに観察し、感心と共に他の魔鳥車にも生かせないかと検討《けんとう》した程だ。

だが先にも述べたように魔鳥車は軽量化が肝《きも》である。ジャッジが改良を施せたのは希少な素材をふんだんに利用したからで、実現させようと思うと予算も素材もまるで足りない。

結果、軽量化と乗り心地を見事に両立させたジャッジ特製の魔鳥車が王族の魔鳥車を超える事態となっていた。

「商人だったな？」

「商人です」

リゼルは誇らしげに微笑んで頷いた。

改めて確認される程に見事な改良だったのだろう。

「だがまぁ、外観はやはり向こうのが豪奢《ごうしゃ》だしな。お前らはこっちに乗ってくれ」

「外交だと、そういうところも気を遣いますよね」

「お前はもう少し冒険者らしい事を言え」

何故か理解を示すリゼルにナハスは突っ込んだ。

その横ではイレヴンとジルが早速とばかりに背を屈めながら魔鳥車へと乗り込んでいる。扉の傍に立っていた魔鳥は道を譲るように頭を引いたが、二人が乗り込むと再び中を覗き込み始めた。

「コレ、王族に使わせたっつったらジャッジどうなると思う？」

「泣くだろ」

「泣くよなァ」

外でナハスと話していたリゼルは、聞こえてきた笑い混じりの会話に苦笑する。

そしてバツが悪そうなナハスに気にするなと首を振った。兵として王族を立てなければいけない事も、しかし事情を知るからこそ悩み続けていた事も知っている。

ジル達にも特に他意はないので、本当に気にするような事ではない。

「すまんな」

「いえ、こちらこそ」

「リゼル殿ももう乗っていると良い」

周りを見渡しながらナハスが言う。そろそろ出発なのだろう。

「王子が来れば出発だからな」

「外交担当の方ですか？」

「ああ。国王を一番として、アリム殿下が二番目、今回同行するのが六番目の王子だ」

リゼルは少しばかり思案しながら成程と頷いた。

ここ近辺の外交を担当していること。フットワークが軽く、人との交流を好む為に外交担当に抜擢《ばってき》されたこと。その口振りを聞いていれば、慕《した》われている王族なのだろうと容易に想像がつく。

「向こうの魔鳥車には王子と、近衛《このえ》として守備兵が二人乗る」

「ご挨拶は良かったですか？」

「まぁ、いらんだろう。アリム殿下のほうから話は通ってるから」

そのほうが楽だろうと、いかにも当然そうに告げたナハスはリゼル達に慣れきったとしか言いようがない。何処の冒険者が王族に顔を覚えてもらえる機会を棒に振ろうと言うのか。

本来ならば挨拶をさせてやろうというのが好意だろうが、ナハスはそんな思考を早々に放棄《ほうき》していた。

「王子は人と距離を詰めるのが上手いが、まぁ……その分積極的に関わろうとするタイプだしな。

道中ずっと絡まれたくなければ、もう車内に入ってると良い」

「確かに、ジルとか嫌がりそうですしね」

イレヴンも基本的に愛想は良いが、相手によっては鬱陶しがる事もある。

ならば平穏な旅路を過ごす為にもナハスに従っておいたほうが良さそうだ。リゼルは魔鳥車の扉の前に立ち、すぐ隣に立っていた魔鳥の胸元をもふもふと撫でる。

「行きみたいに、時間があれば乗せてくださいね」

微笑みかければ、魔鳥がギュゥと喉を鳴らした。

了承か拒否かは分からないが、撫でている手は受け入れてくれている。ならば期待をしておこう、と胸元を撫でる手を分厚い嘴に移して先端を擽った。

掌に押し付けられた嘴が食むように動かされてくすぐったい。リゼルは可笑しそうに笑い、身を屈めて車内へと入る。

「良し、全員忘れ物はないな」

「はい」

「んー」

隣に座れとばかりに椅子を叩くイレヴンの誘いに乗り、そこへと腰掛けた。ジルも落ち着くように腕を組んで、クッションの挟まれた背凭れへと凭れ掛かっている。

扉の上に手をつき、問題がないかと最終確認をするように覗き込んでくるナハスに頷いた。遠くから近くから、何匹かの魔鳥の鳴き声が聞こえてくる。

「ちゃんと王都の知人に土産も買ったか？」

「はい、人数分」

「そういうのは多めに買っておけ。誰に必要になるか分からんからな」

ナハスはそう言って、仕方なさそうに懐を漁った。

そして差し出された手に握られていたのは、鮮やかな糸が編み込まれた美しい紐。その下にぶら下がるのは三体の微妙に大きい木彫《きぼ》りの人形。

その造形はまさに貰った誰が喜ぶのだろう置物そのままだった。いや、木彫りの技術自体はとても素晴らしいが。

「ほら、厄除《やくよ》けだ。土産に良いだろう」

「やくよけ」

「こういう事もあろうかと買っておいて良かった」

満足げに笑うナハスに差し出され、リゼルはやはりしげしげと眺めながらそれを受け取った。良い木が使われているのだろう、大きさに見合った重さがズッシリとくる。

ジルとイレヴンも思わず真顔でそれらを覗き込んでいた。

「何でコレ」

「しぃ」

思わず零しかけたイレヴンを制し、リゼルはナハスへと礼を告げた。

そういえば以前、魔鳥での空中散歩の際にヒスイにカジキを渡そうとして拒否されたという話を聞いた。気が利くのに贈り物のセンスがないなど何とも勿体ない。

「後は……ギルドでの手続きは終わってるな？　俺じゃ代わりにやってやれんぞ」

「手続き、いらないので大丈夫です」

「ん、そうなのか」

「拠点移動する場合は、移動先のギルドで手続きが」

色々と心配してくれるナハスに、有難い事だとリゼルが答えていた時だった。

不意に鳴き声を上げたパートナーにナハスが顔を上げ、どうしたのだろうかと言葉を切る。上体を起こした彼を見上げていると外が騒めいているのに気がついた。

ジルがあまり興味なさそうに扉を一瞥し、イレヴンが扉とは反対側にある窓に肘をかけながら外を見る。リゼルもナハスの体で塞がれている扉の隙間から、首を傾けるように外を覗き込んだ。

「うお、書庫から出てるとこ初めて見た……」

「いや、でも最近ときっどき廊下歩いてるって噂が」

「でも外でまさか」

魔鳥車の横を歩いていく騎兵達の会話に、もしやと思っていた時だ。

ナハスが扉の前から身を引くと同時に、差し込んでいた朝日が影に遮られる。長身を折り曲げて覗き込んできた布の塊は若干ホラーだったと、後にイレヴンは語った。

「先生」

「おはようございます、殿下」

「う、ふふ。おはよう」

布からゆっくりと差し出された褐色の手が、立ち上がり外へと出ようとしたリゼルを制する。その手首を飾る金の装飾が揺れ、車内に涼しげな音を響かせた。

「見送りにきた、よ」

「光栄です」

目元を緩めて微笑むリゼルに、アリムも布の下で柔らかく笑みを零す。

彼にしてみればリゼルは大切な本仲間であり、対等に知識を分け合える相手であり、そして古代言語を授けてくれた尊敬すべき師でもある。見送りなど考えるまでもなく当然の事だった。

「殿下の弟さんと一緒なんて、少し緊張しますね」

「放っておいてくれれば良い、よ。関わると煩いだろうし、あいつにも馴れ馴れしい真似をしないよう伝えてある、から」

アリムが弟に伝えたのは、一番分かりやすいだろう一刀の名前だった。

王宮の書庫に出入りする冒険者の噂を彼の弟達も知っているだろう。そして今回使者を出すに至った魔鳥騎兵団の襲撃において、表向きはアリムに一刀がついて事態の収拾にあたった事も。

その礼として王都行きを都合したのだ、としておいたほうが早い。

「孤高《ここう》のBランク相手なら、あんまり突っ込むこともないと思うし」

ね、と首を傾けたのだろう。布の塊がさらりさらりと音を立てて滑る。

ジルはそれを一瞥し、面倒そうに視線を何処ともなく投げた。アリムの言葉は「関わりたいならリゼルの判断で大丈夫だから」と伝えている。そして、面倒事はジルが引き受けろとも。

流石は王族というべきか。他者を犠牲に守るべきを守る手腕はお見事、とジルは唇を皮肉っぽい笑みに歪めた。

「殿下、そろそろです」

「そう」

使者である王族が姿を現したのを確認したナハスがアリムへと声をかける。

アリムは慣れたように答え、そして車内を覗き込んでいた体をゆっくりと起こした。真っすぐに姿勢を正すと際立つ長身、中で何かをしているのか一度だけ布が揺れる。

そして再び身をかがめた彼の布の隙間から片腕が伸びる。

「先生」

「はい」

リゼルは差し出された手、その指先に揺れるそれに目を瞬かせた。

淡く光を反射する金のブレスレット。普段アリムが身に着けているものの一つだ。

留め具のない滑らかな輪を象《かたど》ったそれは、一部分だけ押し込んだように幅が広くなっている。そこにはアスタルニア王族の紋章と〝Ⅱ〟という数字が刻まれていた。

「あげる、ね」

「これ、俺が持ってちゃ駄目だと思うんですけど」

「良いよ。役に立つこともあるだろう、し」

苦笑を零したリゼルに、低く艶のある声が機嫌良さそうに囁く。

それはつまり、何かがあれば使っても良いということ。自分の名を掲げることを許し、その恩恵を授ける事を望み、その責任を負う事を認めるという意味だった。

「殿下……ッ」

「うふ、ふ」

流石にそれは、と焦ったように声をかけたナハスだったが笑うだけで一蹴《いっしゅう》される。

アリムには確信があった。リゼルがそれを悪用する事なく有効に活用し、そして使う時は此方に不利益を齎《もたら》さず、齎すならばいっそ利益であるとすら考えていた。

もし使うならそうなるだろうというだけで、敢えて利益を求めている訳でもないが。

「ご期待に沿えるかは分かりませんが」

「好きに使ってくれれば良い、よ」

アリムは差し出された手にブレスレットを乗せてやることなく、指先に引っ掛けていたそれを指先で囲むように持ち直す。その意図に気付いて指先をすぼめたリゼルの手へと輪っかを通した。

リゼルの手首で金の装飾が揺れる。

「――・・――……√（私は再会を待ち望みます）」

腕を引く際、布の隙間から微かに覗いた唇は弧を描いていた。

そこから零された短い音色にリゼルは微笑む。何も返しはしなかった。

しかしそれで充分だったのだろう。すっかりと布に包まれてしまったアリムが扉の前から足を引く。

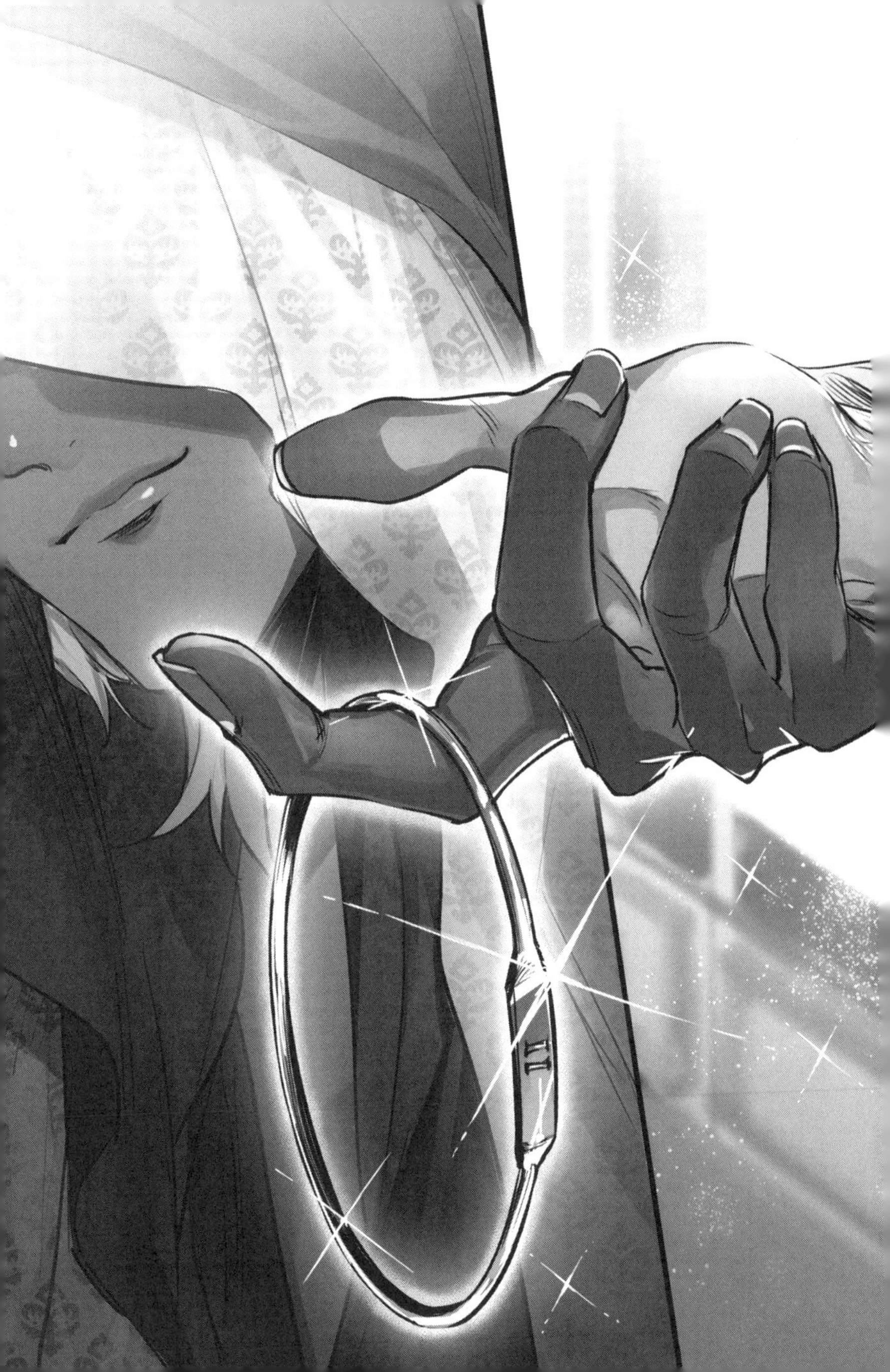

「有難うございます、殿下。色々とお世話になりました」

「こちらこそ。気をつけて、ね」

色鮮やかな布が翻《ひるがえ》り、遠ざかっていく。

その時、ちょうど同行する王子が姿を現したのだろう。驚きながらアリムを呼び止める声が車内へと聞こえてきた。

「アリム兄上⁉　何故外に、ハッ、まさか俺の見送りを」

「違う、けど」

「何だ、残念至極だ」

何だか声に聞き覚えがある気がする。

そうリゼルが内心で首を傾げている間に、ナハスによって扉が閉められた。王族が到着次第すぐに出発すると言っていたので、これで全ての準備が整ったのだろう。

アリムはどうやら本当に弟を見送る事はしないようだ。擦れ違うだけの彼に不平を零している声が薄っすらと聞こえてきたが、それもすぐに聞こえなくなる。どうやら魔鳥車に乗り込んだらしい。

「さっきの何つってたの？」

「ん？」

「古代言語」

リゼルは手首から腕輪を外し、丁寧にポーチへと仕舞った。

少し大きいので簡単に外れてしまいそうで怖い。あまり見せて回って良いものでもないだろうし、アリムも普段から着けさせるつもりで渡した訳ではない筈だ。

「そうですね」

イレヴンの問いに、耐えきれず笑みが零れる。

周囲からは次々と魔鳥が飛び立つ羽音が聞こえてきた。リゼル達が乗る魔鳥車も四方から引っ張られるように揺れている。

「〝また会えるのを、悲しみにしています〞」

ぐらり、と一度だけ大きく揺れた車体にリゼル達は各々窓やら壁やらに手をついた。

飛び立つ時には揺れるのだ。行きに何度も経験しているので驚きはしない。

「あ?」

「リーダー何て？」

「楽しみに、と間違えたんでしょうね」

一方へと感じる遠心力。腹の底が沈むような浮遊感。

前方へと進みながらも高度が徐々に上昇しているのだろう。リゼル達は窓から外を眺め、アスタルニアの街並みを見下ろした。

大きく弧を描くように国の上空を回るのは、国民に向けて出発を告げているのだろうか。アスタルニアの強い日差しを遮る魔鳥の影に、いつだって国民達は誰しもが手を止めて空を見上げる。

眺めていれば、何人も此方に向かって手を振っているのが分かった。

「締まんねぇー」

「殿下も文章だと完璧なんですけどね」

窓からはすぐ隣を飛ぶ魔鳥騎兵の姿もよく見える。

翼が風を切る音を鋭く響かせながら、彼らは眼下の守るべき国民に向かって嬉しそうに手を振り返していた。それを見て、リゼルも窓から顔を出しながら誰ともなしに手を振ってみる。

「お前そうしてるとガチの貴族だぞ」

「え？」

「あー、こう、視察に来ましたって感じ」

ただ手を振っただけなのに、とリゼルは少し拗ねてみせながら窓から頭を引いた。

此方に手を振り、そして振り返した中に見知った顔はいたのだろうか。そう思いながら。

「あ、父さん」

「え？」

「何処だよ」

「あれ、でっかいイノシシ引き摺ってんの」

その後、イレヴンの発言により一方の窓に集まってその姿を探していた三人は、すぐさま飛んできたナハスによって片側に寄り過ぎるなと怒られた。

「あ」

それは、何日か後の事となる。

書庫で古代言語について調べていたアリムは、見送りの言葉を盛大に間違えた事にようやく気がついた。発音となるとやはり難しいなと、手にした本の角へと指先を押し込む。

「まぁ、良いか」

抑揚のない蠱惑的な声が忍び笑う。

王族としては許されないほど、惜しみない好意を示していたつもりだ。言葉どおりに受け取られる事はない。そう結論づけてアリムはページを捲る。

彼にとって最も安寧《あんねい》に満たされた書庫の中。動かぬ布の塊は机が消えて以前の姿に戻った書架《しょか》の海へと沈み、揺蕩《たゆた》うのだった。

130.

魔鳥車は上部の四隅から伸びたロープを、同じく四匹の魔鳥が牽引《けんいん》している。

騎兵達の騎乗技術により一糸《いっし》乱れぬ飛行をみせる魔鳥、そしてアスタルニアの技術者を総動員して設計・制作されたこともあって揺れは想像よりも遥かに少ない。例えば魔鳥がクシャミをしちゃったとしても影響はない。

そんな快適な空の旅を優雅に満喫している一人、王族である男がふと口を開いた。

「つまらん」

腕を組み、足を組み、不貞腐れるように告げた男に、同乗していた二人の護衛が揃って溜息をつく。

「それ、さっきも聞きましたが」

「じっとしているのも飽きてきた」

「さっき昼休憩が終わったばっかでしょう、大人しくしててくださいよ」

慣れたように流す護衛達に、男は凛々《りり》しい眉を寄せて不満を露にする。

魔鳥車の中で飛んで跳ねて遊び回りたいとは言わないが、それでも何もする事なく座りっぱなしというのは辛かった。景色を眺めるのも三十分もすれば面白味も何もなくなってしまい、そして同乗者は柔らかさの欠片もない厳つい男が二人。

「これでお前達が女ならな……一刻千金《いっこくせんきん》な旅だっただろうに」

「あんま女遊び激しいとまた国王に怒られますよ」

咎《とが》めるように告げた護衛に男はひらひらと手を振り、自信に溢れた笑みを浮かべる。

「女遊びは王族の義務だろう？」

「せめて嗜みって言ってくれませんか」

「変な継承権争い起こさないでくださいよ」

嫌そうに顔を顰める護衛に、男は脚を叩いて闊達《かったつ》に笑う。

そして大きく開かれた窓に肘をつき、眼前に広がる空を見晴らした。少しは気も紛れたような気がして、深く息を吸いながら眼下を見下ろす。

点々と見える木々は小さく、それなりの高度を飛んでいるのだと分かる。確かに馬で行くよりは

随分と速いのだろう

だが普段の、巨大馬《エレファントホース》と呼ばれる二頭の愛馬との旅のほうが男にとっては好みだった。地続きの世界を一歩一歩踏みしめながら進む旅は、草木の一本でさえたまらなく愛おしく感じる瞬間がある。

「これで急ぎじゃなければなぁ」

勿論、魔鳥が嫌という訳ではないのだが。

頬杖で潰れた頬をそのままに呟いた男は、ふいに視界の端を掠めて離れていく魔鳥に気付く。その胸部ごと覆う鞍《くら》から伸びたロープ、そういえば今回の旅ではもう一台魔鳥車があるのだと思い出した。

普段は書庫に引きこもり、滅多に顔を合わせない兄が同行を許可したという冒険者。

「確か、一刀だったな？」

男は笑みを浮かべ、窓から乗り出すように後ろを覗く。

当然のように魔鳥車しか見えず、中に居る相手は窺えない。窓から誰かしら覗かないかと思ったがそんな様子もなく、彼は残念そうに頭を引っ込めた。

「あんまり頭出さないでくださいって言われてるでしょうが」

「少しだけだろう、少し。しかし冒険者最強か……一度見てみたいな」

王族である男がその存在を知ったのは何時の頃だったろうか。

外交の一角を担う彼は護衛を引き連れ、数多の国を訪ね歩く。当然だが近場の国が多いので、恐らくその内の何処かを訪ねた時だろう。

同じく外交を担当する相手と話していた際にその話題が出たのだ。

『冒険者最強を護衛で雇えば、護衛も少なく済んで動きやすくなるかもしれませんな』

冗談めかして笑った相手に、そんな冒険者がいるのかと知った男は驚いた。

気になって詳しく聞いてみれば、どうやら冒険者最強というのも噂に過ぎないという。とはいえその噂を聞いてみれば、確かに最強というのも納得だろうというものばかり。尾びれ背びれがついていたとしても信じがたいものばかりだった。

「今夜にでも探してみるか」

「お願いだから止めてください」

即座に却下《きゃっか》され、男は再び窓の枠へと頬杖をついた。

そして笑みに片頬を吊り上げる。それは酷く気障《きざ》ったらしい所作《しょさ》だったが、彼にはよく似合っていた。

「やっぱり駄目か？」

「駄目です。何かあっても俺達じゃ守れませんよ」

「護衛が職務放棄してどうする」

煽るように告げてみるも、優秀だからこそ力量の差を測れる護衛らは肩を竦めるのみ。

「うちの兵長がもう、一目見た時から『ありゃ駄目だ』って放《ほ》っとくぐらいなんで」

護衛の二人は王宮守備兵に所属している。

普段から王族の周りを固める、アスタルニア軍の中でも精鋭中の精鋭。そんな彼らが兵長と呼ぶのは勿論、虎の性質を持つ王宮守備兵長の事だった。

「あの猛将《もうしょう》がか！　何だ、一刀っていうのは噂どおりの男か？」

「まさか」

護衛が大きな身振りで肩を竦めてみせる。

「どんな噂か知りませんが、奴にとっちゃ武勇伝《ぶゆうでん》にもならんでしょうよ」

男は目を見開き、そして強く興味を煽られたようにその瞳を輝かせた。

聞いた時にはまるで信じがたいと笑って流した噂でさえ、まだその真価を表すには足りないという。やはり会ってみたいと、諫めるどころか煽ってきた護衛達を恨めしげにねめつける。

「とはいえ、兄上に釘を刺されているからな」

だが、すぐに諦めて低い天井へと視線を投げた。

脱力した体を深く椅子へと沈めれば、向かいに座る護衛と膝同士がぶつかりそうになった。この狭さだけでもどうにかならないかと思うも、どうにもならないからこそ狭いのだろう。

「アリム様ですか？」

「ああ。昨日書庫に呼び出されて〝くれぐれも馴れ馴れしい真似をするな〟と忠告された」

先手を取られた、と酷く残念そうに肩を落とす男が兄の忠告を軽んじる事はない。

アスタルニア王族の兄弟姉妹は全員、次男であるアリムの頭脳が酷く優秀であるのを知っている。

それが国益を齎すものであるとも、国民を守る為に働くというのも知っている。

とはいえ今回は、言葉のままに迷惑をかけるなというだけかもしれないが。

「見送りにも来ていたろう、あの兄上が」

「ですね」

「太陽の下、外を歩く姿なぞ俺はここ何年も見てなかったというのに」

拗ねるというよりは面白がるように、男は足を組みながら言った。

褐色の肌が覗く足首には金の装飾が幾重にも重ねられていた。それが揺れ、触れ合うごとに高く澄んだ音を立てる。

「あの兄上の信頼を勝ち取ってみせた冒険者か」

やはり一度見てみたいものだと男は勝気に唇を歪め、そしてトランプでもないのかと再び暇を訴え始めた。


パサ、パサリとカードの滑る音が不規則に連続している。

「昼休憩とか前なかった気ィする」

「王族仕様なんでしょうね」

それはジャッジにより設置され、普段は折りたたまれているサイドテーブルの上に積み重ねられていくトランプの音だった。

「そういや飛びながら昼飯だったたな」

「魔鳥は人を乗せてても三日ぐらい飛びっ放しでいられるらしいですよ」

「燃費《ねんぴ》良いなァ」

音は数秒止み、何事もなかったかのように再開される。

三人の話題は二時間ほど前に終わった昼休憩のこと。王都からアスタルニアへ向かう際にはなかったそれは、まさしくリゼルの言うとおり同行している王族の為のものなのだろう。昼食ぐらい狭い車内から羽を伸ばしてもらおう、という配慮か。

「一時間はあった?」

「丁度そのくらいだと……あ、ジル、ダウト」

「……」

ジルが舌打ちを零し、伏せようとしていたトランプを指先で弾く。

裏返ったそれは確かに順を追っていた数字とは違っていた。彼は一体何処で見抜いているのかと顔を顰めながら、サイドテーブルの上にある札を全て手札へと加える。

枚数にして十二枚、まだ十分に勝ちを狙える範囲だ。相手がリゼルでなければ、というのは始める前からジルもイレヴンも見ないフリをしている。

「宿主さんのお弁当、美味しかったですね」

「凄ぇ豪華だったな」

「何かでけぇなって思ってたんスよね」

まさかの五段弁当箱を、三人(主にイレヴン)は綺麗に平らげた。

それほど長い休憩でもないのならと魔鳥車の中で食べたのだが、良い選択だっただろう。あの弁当箱を外で座って食べていたら間違いなくウキウキピクニックだ。もれなく三人とも浮く。

「王子サマは何食べてたんスかね。リーダー、ダウト」

「残念」

「ッあー……」

表を向けたカードは宣言どおりの数字、イレヴンは脱力したように頭を横の壁に預けた。だれたまま手を伸ばし、札を回収して手札を増やす。増えたといっても微々《びび》たるものだが。

「豪華な飯は出ねぇだろうな。暇ねぇし」

「シェフの同行もないですしね」

「それって同行するコトあんの?」

「滅多にないですけど、時々」

再び順番に札を捨てていく。

不規則なテンポでさえ駆け引き、悩む仕草さえブラフ、手札を増やすというペナルティさえも札の把握を目的とした戦略。零された舌打ちは果たして本心なのか、残念そうな姿の裏に笑みがあるのではないか、それを悩む事もこのゲームの醍醐《だいご》味《み》の一つだろう。

その分、読みきれた時の快感は格別なのだから。

「んー……」

リゼルは左から右へと手札に目を通し、さてどうしようかと微笑んだ。

ジルとイレヴンはこういった駆け引きに強いので勝負していて面白い。ジルはとにかく読ませない癖に時々何かチラつかせてくる、イレヴンは嘘でも何でも表に出して相手を煽る癖に肝心な部分は隠す。

「そういや今回の日程とか聞いてんのか」

「簡単に、ですけど」

柔らかな手つきで伏せた偽の札に、ダウトの声はかからない。

ここは刺してほしかった、とリゼルは顔に出さないままにジルへと頷いた。もし読まれているのなら手札が少ないというのは逆に枷《かせ》になる。

「五日？」

「いえ、順調なら六日」

「その一日なに？」

「気流とか、そういう関係みたいですけど」

リゼルも詳しく聞いていないので分からない。

ただ行きよりは時間がかかるようだと告げれば、ジル達も特に不満はなく納得したようだった。別に急ぐような用事もない、一日早かろうが遅かろうが大した問題ではないだろう。

「イレヴン、ダウト」

「ここで来るかァ」

イレヴンが札を置いた直後、声をかければニヤニヤとしながら札が表に返される。

現れた数字は彼の宣言どおりのもの、ペナルティを負うのはダウトを宣言したリゼルだ。七枚の札を回収して手札に加える。

今までジルとイレヴンが捨てた札から彼らの手札を予想。今後二人に回る数字と照らし合わせるも、この七枚にもあらゆるブラフが仕込まれているのだろうと思えば推測の域を出ない。

「俺らが降ろされんのは」

「それですけど、パルテダまで送ってもらえるみたいです」

イレヴンの次、ジルが一枚目をテーブルへ放るように伏せた。

「サルスの手前で一度キャンプを張って入国許可を待つみたいで」

「だろうな」

迅速《じんそく》な輸送を可能にする魔鳥騎兵団の唯一の欠点がこれだった。

大量の魔物、しかも対魔物戦に慣れた冒険者を以てして非常に戦いづらいと言われている魔鳥を国内に入れるのだ。サルスに出した先触れが入国の許可を得て戻ってくるまでに丸一日はかかるだろう。

何せ今回はアスタルニアが問答無用で動いている。サルスもまともな受け入れ準備ができているとは思えない。重要度の高い案件に限って準備期間が少ないのは何処も同じだな、とリゼルはしみじみしながら札を置いた。

「その待ち時間に送ってくれんだ?」

「有難いですよね」

「暇つぶしじゃねぇか」

そうとも言う。

「疑われんじゃねぇの?」

ふいにイレヴンが慣れた手つきで手札を引き抜き、何て事ないかのように告げた。

「王都に魔鳥車送るとか、そっちとも接触？　してんのかって。中身俺らだけど」

「まぁ、組まれちゃ厄介《やっかい》だろうな」

商業国《マルケイド》に半人為的な大侵攻を引き起こされたパルテダール、そして魔鳥騎兵団を襲撃されたアスタルニア、二国が今このタイミングで接触すればサルスは何を思うのか。

心中穏やかではいられないだろう。今はまだ二つの騒動の原因がサルスにあると公表されていないが、万が一そうなるようであれば一気に両国から敵国扱いを受ける事となる。

サルスにとって二国の接触は、そんな最悪の展開への布石《ふせき》に思えて仕方がない筈だ。

「敢えて疑わせたいのかもしれませんね」

さらりと告げるリゼルに、ジルとイレヴンは手札から視線を上げた。

「サルス煽んのに利用されんの？」

「嫌ですか？」

「見返りねぇならイヤ」

「王都まで楽できるじゃないですか」

つまり運賃代わり、そしてお互い様。

国同士の駆け引きでさえ足代わりに利用するリゼルに、イレヴンは下降しかけた機嫌を再上昇させてケラケラと笑い、ジルは「こういう奴だよな」と呆れたように外へと視線を投げる。己の上に立つ事を許した甲斐があるものだ、と二人の内心は一致した。

「サルス気付けんのかな」

「魔鳥車が王都に向かうのは間違いなく。ただ、中身が俺達っていうのはどうでしょう」

「摑めたとしても逆に分かんねぇだろ」

「あー、中身が冒険者なわけねぇって？」

冒険者が魔鳥車に乗っても良いじゃないかとリゼルは思った。

だが確かに、サルスへの使者に無関係の冒険者が同行しているとは思われないか。

「調べがつくまで王族待たせる訳にもいかねぇし」

「情報戦は圧勝じゃん」

サルスはアスタルニアがどんな手札を持っているのか予想ができない。

そうなると出せる手も途端に弱腰とならざるを得ない。元々不利な立場に立っているのに、更に揺さぶりをかけられては上手く立ち回るにも限界がある。

「あ、でもサルスにやべぇ情報屋いんだけど」

「そうなんですか？」

嫌そうに顔を顰めるイレヴンに目を瞬かせる。

イレヴンが言うのならよほど腕の立つ情報屋なのだろう。ただ今回に限っては問題ない。

「大丈夫ですよ。中身が俺達だってバレても、それはそれで望むところでしょうし」

「何で？」

「あー……大侵攻か」

思案するように眉を寄せて手札を眺めているジルが、いかにも話半分にそう零した。

捨てるように伏せられた手札は、決して間違えてひっくり返る事もテーブルを滑り落ちる事もない。絶妙な力加減だ。

「あ、そういう事ね」

「そう。サルスは大混乱でしょうね」

外でもない、大侵攻で支配者を挫《くじ》いた張本人。

そんな冒険者が騎兵団の護衛をつけて王都に戻ってくるのだ。あまりにも思わせぶりなそれを、まさか善意での足代わりとは考えずサルスは真意を探り続ける事だろう。

「これ、布の塊が考えたんスか」

「多分、有利に事が運ぶだろうなぁっていうのは知ってたと思います」

実際、そういう理由をでっち上げてアリムはリゼル達の同行許可を得た。

そう、でっち上げただけだ。結果的にアスタルニアが有利になるのは知っていたし、利用する形となる事も気付いていたが、先立つのはやはりリゼル達を送ってやろうという善意に外ならない。

それをきちんと分かっているリゼルは、嬉しそうに目元を緩めて手札を伏せた。

「知ってた、ね」

「考えてたじゃねぇんだ？　まぁ、何となーく分かるけど」

ジル達が意味ありげに唇を笑みに歪める。

国にとっての最善を求めれば自身の望みも果たせるのだから、さぞアリムも心満たされている事だろう。その感情は二人にもよくよく覚えがあった。

「行きん時は子爵《ししゃく》サマの手ぇ借りなかったのに、デンカは良いんだ？」

イレヴンは器用に手札を扇形《おうぎがた》に開いて閉じてを繰り返し、一枚だけ引き抜いた。

確かにアスタルニアを訪れる際、魔鳥騎兵団の伝手《つて》を得るのにレイの手は借りないほうが良いとリゼルは告げている。サルスの要人である支配者を完膚《かんぷ》なきまでに叩きのめした冒険者を、パルテダールが功労者扱いしていると勘違いされる可能性があったからだ。

「あれは、俺を通してパルテダールが疑われそうでしたし」

「ああ、そういう事か」

イレヴンが札を伏せて間を置かず、ジルも己の札を捨てる。

テーブルの上に散らばる札はそれなりの枚数になっていた。今この札の山を引き取れば、まず間違いなく敗北は避けられないだろう。

「隙がない事で」

「でしょう?」

「職業病」

「冒険者ですから」

「違ぇよ」

戯れるように会話を交わすリゼル達に、イレヴンが不可解そうに眉を寄せる。

「何、何が?」

「襲撃に俺が関わった事、サルスは知らないでしょう?」

「うん」

リゼルが今回の襲撃に巻き込まれた事を知る者は、アスタルニア側でも限られる。それこそ使者である王子も知らない。何故なら最高機密である地下通路の存在が関わってくるからだ。それが他国に知られる事など許されず、結果リゼルも秘匿《ひとく》されていた。

「なら、サルスから見てアスタルニアが俺達の同行を許す理由は？」

「ん、んー、あー……そゆこと」

つまりアスタルニアが交渉を有利に進める為、一方的に冒険者を利用したと判断される。今回の件には無関係でありながら、サルスへの揺さぶりとして最も効果的である冒険者をだ。つまりリゼル達の所為でどうこう、という要素が一切存在しない。

「捕虜の返還が済めば色々な誤解も解けるでしょうね」

「お前は巻き込まれて、詫びに送ってもらったって？」

「どうだろ、結構キツめにやったけどなァ」

イレヴンが椅子の上に足を持ち上げ、手札を見下ろしながら平然と告げる。

「ケーアイする師っつうの見て、発狂するぐらいには？」

指先で弾かれた札がテーブルの上を滑り、散らばる札の隙間に挟まって動きを止めた。

ナハスから聞くには信者らは大分落ち着いてきたという。そして今回の、あるいは今後の交渉によってサルスへ返還する予定だとも。

国へと戻った彼らは果たして。自ら望んでか、それとも畏《おそ》れ多《おお》くも支配者からか、恐らく一切顔を合わせないという事はないのだろう。

「それ、支配者さんのトラウマも抉りそうですよね」

「えー？」

「だってイレヴン、ぐちゃぐちゃにしてたじゃないですか」

「てめぇは本当にえげつねぇな」

ニヤニヤしているイレヴンは敢えて狙った感がある。

相変わらず人の嫌がるところを的確に刺しにいくスタイルだ。いっそ凄い。

「で、何だっけ。そんで？　俺らが何の原因にもなんねぇってこと？」

「そんな感じです」

リゼルは頷き、一枚の手札に手をかける。

悩んでそれを止め、隣の札をテーブルへと伏せた。残り手札、二枚。

「どうしてもサルスの目は此方を向きますけど、別に良いですよね」

ジルとイレヴンの視線が一瞬交わる。

それはダウト宣言の押し付け合いだった。宣言して外したら積まれた札を全回収、ここまで札が溜まるともう気軽にダウトを宣言する事はできない。

「その程度、今までと変わらないですし」

しかし当然のように微笑みながら告げられた言葉に、二人の視線は引き寄せられるようにそちらを向いた。サルスという魔法大国に目をつけられるのを〝その程度〟と言い切る姿は、まさしくリゼルが国の上層部に立つ貴族であるという証明だった。

無謀でも、無知でも、それこそ勇猛でも賢明でも何でもない。国を導き、国を相手取るのが日常であったのだから全て今更というだけの事なのだろう。

「流石っつうか何つうか」

「結局のとこ、魔鳥車使えて楽っつうのに落ち着くんだろ」

機嫌の良さそうなジル達が札を伏せていくのに笑い、リゼルも静かに一枚を伏せた。

残り手札、一枚。順調にいけば次の手番で上がれるが。

「『ダウト』」

かけられた言葉に、リゼルは躊躇《ためら》いなく置いたばかりの札を表に返した。

それはまさしく出すべき数字。やっぱりと、ジル達は脱力したように天井を仰ぐ。

「どっちが先に言いました？」

「ニィサン」

「てめぇだろうが」

先に宣言したほうが大量の札を引き取る羽目になるので擦りつけ合いだ。

リゼルには同時に聞こえたのでよく分からない。恐らく先に宣言したくない両者がギリギリまで粘《ねば》って口にしたからこそ、タイミングが重なったのだろう。

「まだ一枚残ってるんですけど」

「お前それ絶対刺せねぇやつだろ」

「リーダーが最後の最後にそんなん残すはずねぇじゃん！」

決めつける二人に、リゼルは可笑しそうに笑った。

これは信頼されているのかどうなのか。そうだったら嬉しいけれどと、熾烈《しれつ》なジャンケンを繰り返しているジル達を眺める。手元が見えない。

誰か一人が上がった時点で、残りは手札の枚数で順位を決めるのが三人のルールだ。ジャンケンの負けが最下位の座へと繋がる。

「ホイッ、ホイッ、ッッホイ！　ッしゃぁ！」

「くっそ……」

振り下ろした拳の勢いのままに力強く喜ぶイレヴンと、眉間に思いきり皺を寄せたジルの対比はなかなかに面白かった。

「そんなに期待されると、抜けられなかった時に凄く恥ずかしいですね」

「今更何言ってんだよ」

ジルはもう大量の手札を持つ気もないのだろう。

積まれたままの札を掻き集めるようにテーブルの端に寄せている。どうせ次のリゼルの番で終わるゲームだと思っているのがひしひしと伝わってきた。

「しっかしアスタルニアも煽るよなァ」

「実際、攻め時だと思いますよ。俺でもここは煽るでしょうし」

今更何を出しても同じだろうと、イレヴンがぺいっと適当な札を放った。

「お前だったらどうする」

「俺だったら、そうですね」

リゼルはゆるりと微笑み、次にジルが札を出すのを眺めた。

もはや手札さえ積まれた山に混ぜていて、数字も見ずに札を摘んで捨てている。イレヴンの札の上に雑に重なったそれを見下ろし、唇を開いた。

「煽った先で自滅してくれるのが、一番無難かなって思います」

そういうのアスタルニアは好きじゃなさそうだけどと、そう付け加えながら笑みを深める。

「ダウト」

「あ？」

イレヴンがぽかんと口を開け、ジルが今更何をと怪訝そうに二枚しかない札を回収し、そして直後。二人は痛恨のミスに気付いたかのように顔を覆って呻き声を零した。

リゼルは悠々と一枚も札が残っていないテーブルへと最後の一枚を伏せる。さてどうすると、揶揄うように目を細めて二人の様子を窺った。

「あーこっちかよ……ッさっき黙っときゃ良かったぁー！」

「もう良い、てめぇ言え」

「そりゃ最後の一枚だけどさァ、意味ねぇじゃん！」

悔しがるイレヴンを煩ぇと切り捨て、ジルは全てを諦めたように膝に肘をつきながら片手を伸ばす。そして一枚だけ伏せられている札を捲った。

目にしたのは偽りの数字、しかし次のリゼルの手番に一致する。たとえここでダウトを宣言しようが、もはやリゼルの勝利は揺るがなかった。

「レベルの高ぇ無難があったもんだな」

「煽られてんの気付かせねぇトコが特に？」

「お褒めに与《あずか》り光栄です」

じゃれ合うように言葉を交わし、三人はさて次は何をしようかとトランプを集め始めた。


その数時間後、トランプにも飽きたリゼル達は思い思いの方法で暇を潰していた。

本を読み、外を眺め、そしてぽつりぽつりと「夕食は何だろう」とか「この先に温泉が湧《わ》いている場所がある」とか言葉を交わす。じき夕方になるだろう時間は、その声に少しの眠気を滲ませた。

その時の事だ。

「――――ッ!!」

だらけて椅子からずり落ちかけていたイレヴンが飛び起き、反射とも呼べる速度で隣に座るリゼルの口を塞ぐ。その瞳は限界まで瞳孔が絞られ、見開かれていた。

それに対しリゼルが一体何をと思う間もなく、突如《とつじょ》魔鳥車が大きく揺れる。同時に外からけたたましい魔鳥の鳴き声と、それをなだめる騎兵らの声が聞こえてきた。

「おい」

転がり落ちるのを防ぐためだろう。向かい側からリゼルの脚の間を縫うように椅子へと靴を押し付けていたジルが、低い声でイレヴンへと声をかける。だが視線は何かを辿るように外へと向けられており、空気が緊張感を孕んで耳鳴りを起こしそうだった。

いまだ名残に揺れている魔鳥車の床には、読みかけの本が開いたまま落ちている。

「……イレヴン？」

押し付けられていた手が緩んだのを確認し、リゼルは囁くようにその名を呼んだ。

そっと窺えば、痛いほどの集中を宿した目が虚空を睨み付けている。その頬に一筋流れた汗が、彼の心中を表しているようだった。

「無事か？　揺れたな、すまない」

ふいに窓の外から声がかかる。どうやら騎兵団全体が進行を止めているらしい。

翼の分だけ傍には寄れないながら限界まで近付いた姿、そしてぎりぎりまで潜められた声が未だ事態が収束していない事を告げていた。

「何がいる」

「なんか、すっげぇヤバイ」

「分かるか、流石だな」

低い声で問うたジルは、何かを察しているようだった。

そしてイレヴンも。こちらは魔鳥が気付いたのと同じ理由なのだろう。

「竜だ」

生物の本能に訴える程の強大な存在、それを察して思考を放棄しながらも動いたのだ。

「この先の渓谷を住処《すみか》にしている奴がいる。何年かおきに塒《ねぐら》を移動してるんだが、どうやら帰ってきているらしい」

ナハスの後ろでは、騎兵団隊長を中心に何騎かが集まって話し合っていた。

その内の一騎が、一度大きく羽ばたいて塊を離れていく。滑るように前方へと移動していったのは、王族である男へと事態を報告しに行ったからだろう。

「このまま奴の上空を通過する。音を立てず、刺激するな」

真剣な目で告げられたそれを、王族も今聞いている筈だ。

「迂回《うかい》はしない。じき日が落ちれば飛行が困難になるし、この辺りで野営《やえい》できそうな場所がない」

「古代竜か」

「ああ、こちらから仕掛けなければ何もしない。多少は進路もずらすし、高度も上げる」

古代竜、それは古くから存在する竜を指す。

年老いてもなお成長するばかりの強大すぎる力を持つ竜。ある所ではその存在が支配する縄張りを聖域《せいいき》と呼んで信仰し、ある所では存在自体を災害と呼んで畏怖《いふ》するという。

それは、どんな存在を以てしても敵対という関係にすら至れない。迷宮で見る魔物とは全く別次元の存在だった。

「二分後に出発、その後五分もすれば接触する。良いな」

そう言い残し、ナハスは他の騎兵らに合流していった。

そのまま数秒の沈黙の後、ふいにリゼルが身を屈めて落とした本を拾う。開いたまま伏せていた本はページに折り目を残していた。

「……そういや居たなァ、ここらの渓谷縄張りにしてんの」

深く息を吐き、肩の力を抜きながらイレヴンがそう零す。

未だ本能はガンガンと警告を鳴らしている筈だが、気は楽になったのだろう。彼は無意識に手を添えていた剣を離し、固まりかけた手首をヒラヒラと振っていた。

「リーダーだいじょぶ？」

「俺はまだ全然分からないので。ジルが気付けるのが凄いです」

「何となく分かんだろ」

リゼルは竜がいると言われても、距離があるからか何も感じない。

本能の強い獣人であるイレヴンが気付いたのは分かるが、何故ジルが気付けているのか。その何となくが本能なのかどうかも分からなかった。

「でも古代竜で良かったですね」

「怒らせたら洒落《しゃれ》になんねぇけどな」

若い竜は好戦的な個体が多い。

無差別という訳ではなく、多くは縄張りに入られたり敵意を向けられたりといった時に襲い掛かる。だが魔物を餌《えさ》とする個体が各地を転々とする事もあり、稀《まれ》にだがそれに巻き込まれて人や物に被害が出る事もあった。

しかし古代竜は違う。縄張りに侵入されようが敵意を向けられようが動かない。そこを荒らしたり、傷つけられたりしない限りは。

「向こうで会った事がありますか」

決して色褪《いろあ》せないものを瞼の裏に映すように、リゼルは陶然《とうぜん》と目を伏せた。

「一つの世界がそこに有るようでした。彼らが唯一の、完成された存在なのかも」

古代竜にとって、大概の事は些事《さじ》であるのだろう。

旗を突き立てられた大地が痛みを訴えないように、洞《ほら》に小鳥が巣を作ろうとも大樹が変わらず在り続けるように。彼らは在ろうとするように在るだけだ。

「お、動いた」

魔鳥車が揺れ、外の景色が流れ始める。

どうやら二分経ったようだ。竜に怯《おび》える魔鳥をそちらへ向かわせるなど、余程の訓練と信頼関係がなければできない芸当だろう。

「リーダーんとこにも居たんだ？」

「はい。国内にも一匹いて、とある山の大きな湖が縄張りでした」

「水場とか意外と聞かねぇな」

「そうなんですか？　水の底で眠ってて、白い鱗がとても綺麗でしたよ」

リゼルが初めて目にした竜というのが、その古代竜だ。

日々のほとんどを美しい水の中で過ごす存在、その身に纏う魔力は湖にも溶け出していた。山頂近くにある湖から山全体へと沁《し》みわたる水は生命を育み、豊かな実りを齎す。

リゼル達の国では、その竜は豊穣《ほうじょう》の象徴として畏れられながらも尊《たっと》ばれていた。竜からしてみれば覚えもなければ知りもしない事だろうが、信仰の対象というのは得てしてそういうものなのかもしれない。

「そういう、恵み？　とかって古代竜がいりゃ何処もそうなんの？」

「いえ、きっと魔力の質が関わってるんだと思います」

「俺らみたいに風とか闇とか？」

「多分ですけど」

うーん、とリゼルは思案するように口元に触れる。

迷宮産を除けば、竜というのは全体数からして少ない。まだまだ謎が多い生物で、文献《ぶんけん》も伝説のような物語しか出回っていないのだ。

とはいえ変わった事に熱烈な竜マニアというものがいるようで、ディープな研究書は密かに存在している。リゼルとしては古代竜を怒らせるような真似は止めてほしいものの、どれも完璧な配慮を重ねたうえで研究されていたあたりに著者のプライドが窺えた。

「これからの研究に期待、ですね」

「アレの研究とか俺ムリ」

死骸《しがい》でも多分ぞわぞわする、とイレヴンが顔を顰める。

いつもなら早く慰めろとばかりに態度で訴えてくる彼も、今この古代竜を目前にした状況では気が抜けないのだろう。リゼルは一度だけ背中を撫でてやり、そしてふとジルへと視線を向けた。

「ジルが戦ったのは若い竜ですよね」

「ああ」

断定は実力云々が理由ではない。

古代竜というのは一種の環境であり、失われた時の影響は計り知れない。そんなものにジルが手を出すような事はないと知っているからだ。

当然、ジルの勝利を妄信《もうしん》している訳でもない。それでも贔屓《ひいき》も何もなく手を出さない理由がある事を前提とするリゼルに、ジルは光栄な事だと呆れ半分に内心で呟いた。

「依頼？」

「Bに来ねぇよ、そんなもん。別の魔物と戦《や》り合ってた時に乱入された」

「乱入、というと」

「でかい岩蛇《いわへび》だったからな、獲物だと思ったんだろ」

とぐろを巻く姿が巨大な岩に見える事から岩蛇と名付けられた魔物はとにかく大きい。

竜にしてみれば食いでのある良い獲物だろう。普段は岩に擬態《ぎたい》している相手が何者かと大暴れしていれば、いかに高速で飛行していようと目についてちょうど良いと襲い掛かる筈だ。

「上から蛇に喰い付かれた時に咄嗟に敵意向けて、そのまま戦闘になだれ込んだ」

まさか竜だとは思わなかったという。あの頃はまだまだだった、と苦々しそうな顔をしているが結果として勝利を収めているのだから凄い。

「何回か手足千切《ちぎ》れたんだっけ？」

「完全に千切れてはねぇよ」

「それ、長期戦だったんじゃないですか？」

「半日以上はかかった」

ジルの話に興味深そうにリゼルが頷いていた時だった。

魔鳥の澄んだ鳴き声が一度だけ響く。ナハスから聞かされたとおり、此処からはもう声を出す事すら禁じられる。互いに視線を交わしながら、魔鳥車の中に沈黙が訪れた。

リゼルは数度瞬き、そっと窓の外を覗き込む。

「(ここが大渓谷)」

緊張に顔を引き締めながら空を駆ける騎兵たちの下、まるで世界を裂くような巨大な渓谷が地の果てへと続いていた。隙間なく生い茂る木々がそこだけ途切れ、荒々しい断面を晒している。

眼下に広がる壮大な光景に、感嘆するように小さく息を吐いた。アスタルニアを訪れる際には見逃した光景だ。

「(もうすぐ)」

徐々に高度と速度を上げる一団が渓谷の上へと差し掛かる。

そこで、ようやく谷底が見えた。武骨《ぶこつ》な岩々が転がるそこは深さの割に幅はそれほどでもない。だがよくよく見れば岸壁から、それらの岩々から、谷底に差し込んだ光を僅かに反射させる結晶が突き出しているのが見えた。

この渓谷は大規模な鉱脈《こうみゃく》だ。それらの原石が野生のままにその身を晒している。

「……、……」

そしてリゼルはついに、その谷底に佇《たたず》む存在を目にした。

無意識に開きかけた唇を噤む。高度を上げて飛んでいるにもかかわらず、目の前にいると錯覚してしまう程の、その身に纏う空気が圧力を持っているのではと感じてしまう程の圧倒的な存在感だった。

表皮を覆う鱗は一枚一枚にまるで夜空を嵌め込んだかのような漆黒《しっこく》。星々のさざめきにも似た煌きを宿しており、その鱗一枚を以てしてまさしく夜空のように手の届かない次元にあると思わせる。

「目、見ないで」

ふいに耳元で声がした。

隣に座るイレヴンが、いつの間にか後ろからその身を寄せてきている。極限まで潜められた声は、先程までの緊張がまるでなかったかのように自然体なものだった。

それが強者を最も刺激しない事を、彼は本能で知っているのだろう。

「景色の一部として視界に入れて、意識は向けないように」

リゼルはその言葉に従う。見るのを止めようとは思わなかった。

竜は鉱石や宝石の原石を積んで作られた塒《ねぐら》で、体を丸めて眠っているように見える。視界の隅に捉えた姿は距離があって僅かな動きなど知りようがない。にもかかわらず、その呼吸が空気を震わせるのが伝わってくるようだった。

「……」

一瞬、視線だけでジルを窺う。

彼は自然に腕を組んだ体勢でその存在を見下ろしていた。静かに凪いだ灰銀の瞳は、もしかしたら竜の瞳に似ているのかもしれないと何故か思わせる。

瞬間、ズ、と大気がずれるような重圧を感じた。

腹の底に氷が落ちたような冷たさ。そして落下の寸前に感じるような、内臓が浮いて息が詰まるような感覚。肩口から同じく窓の外を見ているイレヴンに腕を握られる。

視線の先では、竜がゆっくりと頭を持ち上げて此方を見上げていた。

「(凄い)」

その瞳が数センチ動くだけで地を震わせる。その巨躯《きょく》から伸びる前脚を数センチ浮かすだけで地下深くに根を張る巨木が引き抜かれる。その身を持ち上げるごとに世界が持ち上がる。

それ程までの力強さ。恐怖を通り越し、畏敬《いけい》の念を抱くに足る強者が其処《そこ》には在った。

竜は空へと向けていた首をゆっくりと下ろす。固まった筋を伸ばすように伏せながら翼を広げ、それは一度、二度震えて元のとおりに畳まれた。

その姿が、流れる景色に合わせて岸壁の向こうに消えていく。

「やっぱり、綺麗」

邂逅は、時間にして数秒だっただろう。

もしかしたら今まで息を止めていたのかもしれない。リゼルはゆっくりと息を吐き出し、知らない間に笑みに緩んだ唇から無意識に声を零した。

彼の存在の前では時すら凝縮されるのかと、そう思ってしまうほど濃密な時間だったように思う。

「あー……ああいうのはホント勘弁……」

「好きだろ、スリル」

「んな次元じゃねぇよ」

脱力するように腕を離したイレヴンが背中に凭れ掛かってくる。

リゼルは助言に対し礼を言うように、肩越しにその頭を撫でてやった。外からは同じく勇敢《ゆうかん》なパートナーを労い、褒め称える騎兵の声が其処かしこから聞こえてくる。

「でも、思ったより凄い鉱脈ですね」

「あ？」

「鉱石も宝石も、魔石も多そうです」

いっそ幻想的なまでの光景を作り出していたそれらの原石を思い出し、リゼルは成程と頷いた。

あれが古代竜による恩恵なのか、元からそうであったのかは分からないが。

「古代竜がいなければ、鉱脈を巡って戦争が起きても不思議じゃないくらい」

竜は何も知らない。在りたいように在るだけで、人の世になど興味はない。

それでも、その存在は膨大な影響力を持つ。

戦乱を齎すか収めるか。国が亡ぶか栄えるか。荒野と化すか森を築くか。そんな不確定な存在のお陰で平穏が築けているのだとしたら、何とも面白い話だろう。

「職業病」

「ジルはすぐそうやって言います」

「そういや何かこっち見てた？」

「あれは……何となく空を見てみたら鳥が飛んでた、くらいだと」

「「あー」」

こうして一行は無事に渓谷を越え、予定どおりの場所で野営地を築く事に成功した。


その晩、騎兵団の野営地の中を彷徨《さまよ》う影があった。

王子と呼ばれるその男は、何かを探すように周囲を見渡している。その姿に気付いたのだろう。王族同行で少しばかり抑え気味とはいえ、騎兵団の面々と酒を飲んでいたナハスが声をかけた。

ちなみに男の護衛である守備兵達は適当なところに交じって酒を交わしている。アスタルニアではそれが普通というだけで別に扱いがぞんざいという訳ではない。

「王子、探し物ですか？」

「いや、噂の一刀が見れんかと思ってな」

「ああ……」

アリムの忠告は守るが見るだけなら良いだろう、そう言わんばかりの男にナハスは少しばかり複雑そうな顔をしながら口を開いた。

「奴らなら近くに温泉があるとかで出かけておりますが」

「何だそれは、羨《うらや》ましいぞ」

「月見酒、と酒を数本とっていきましたので暫く帰ってこないかと」

「くっ、何とも無念千万《せんばん》だ……」

131.

王都への道、二日目の朝。

「一刀は何処だ？」

「あそこで座って肉食べてる黒い男ですけど」

「ほう、強そうだな。何で魔鳥を見上げているんだ、好きなのか？」

「さぁ。あ、騎兵が声かけてますね。あいつら慣れてんなぁ」

王子と呼ばれる男は焚き火《たび》の前に座るジルへと声をかけようとして護衛に止められた。

ちなみにその時リゼルは魔鳥に乗せてもらっていたしイレヴンは寝ていた。


王都への道、二日目の夜。

「うん？　見ない顔だな」

「あー、王子サマ？」

「そうだ。お前は一刀のパーティか？」

「は？……あーあー、そう。〝一刀のパーティ〟」

王子と呼ばれる男は騎兵達に交じって飲むイレヴンに気付き、興味津々《しんしん》で話しかけた。

ちなみにその時リゼルはナハスのテントで魔鳥講座を受けていたし、ジルは魔鳥車の中で剣を磨いていた。ついでに王子の話はイレヴンによってほぼ躱された。

王都への道、三日目の朝。


「一刀のパーティは三人組らしいな」

「そうですけど」

「一刀と赤毛の獣人しか見ていないんだが、後一人は何処にいる？」

「え、見た事ないですか？　目ぇ引く人なんですが……あ、あそこ居ますよ」

「ん？」


王子と呼ばれる男が振り返ろうとした瞬間、ジルとイレヴンによる訓練という名の殺し合いを勝手に見物していた騎兵達により歓声が上がった。

咄嗟にそちらに気を取られた隙にリゼルが魔鳥車へと乗り込んでしまったので、男はその姿を見失った。覗きに行こうかと思ったが護衛に止められた。


王都への道、三日目の夜。


「ん、あれは……一刀達のテントか」

「王子、どうしました？」

「お、副隊長か。巡回ご苦労」

「護衛の奴らが捜《さが》していましたが……そうだ、テントまでお送りしましょう」

王子と呼ばれる男は仕方がないかと肩を竦め、ナハスに続いてその場を離れた。

その後ろではテントから顔をのぞかせたリゼルが何やら周囲を見渡し、そこら辺で酒の席に交じっていたイレヴンを手招いていた。しかし男がそれに気付く事はなかった。


王都への道、四日目の朝。

「おはようございます、守備兵さん」

「ああ、おはようございます。おっとりさん」

「（おっとり？）」

「今日もよろしくお願いします。移動だけですが」

護衛がリゼルと挨拶を交わして別れた数秒後。

「…………ふぁーあ、こうも早起きが続くと起きるのが辛くてたまらん」

「あ、おはようございます。王子」

「ああ……今、聞き覚えのない声がしなかったか？」

「まだ会えてないんですか、あんた」

王子と呼ばれる男が周囲を見渡しながら疑問符を浮かべる。

護衛はどうしてこうも間が悪いのかと思いながら、何でもないと首を振るだけだった。

王都への道、四日目の夕方。

男は護衛を引き連れ、不敵な笑みを浮かべながらとある屋敷の玄関に立っていた。

効率を追い求めるように洗練されたその建物は、夜だというのに酷く明るい。その理由は未だ活動を止めることなく行き来する役人を見れば分かるだろう。

彼らは一様に、男を見れば足を止めて頭を下げる。男が誰か分からない者など此処にはいない。

そして暫くもしない内に、向かいから神経質そうな靴音が聞こえてきた。余裕を浮かべながら立ち姿を直した男の足首を飾る金の装飾が澄んだ音を立てる。

「久しいな」

扉を開き、現れた相手に男は浮かべた笑みをそのままに告げた。

靴音は数メートルの距離を空けて止まり、次いで寄越されたのは低い男の声。

「ご無沙汰《ぶさた》しております、王子殿下」

そう口にして腹部に手を当て、見本のような礼をとった相手は酷く美しい男だった。

肩に流した艶のある闇色の髪が礼に合わせて流れ、伏せられた瞳が暗い真紅の色を晒しながら持ち上げられる。壮年《そうねん》でありながらその眼光は鋭く、しかし年相応の色香が滲んでいた。

エルフの王だと名乗ろうが疑う者などいない美貌《びぼう》を、目元の濃い隈《くま》が唯一欠けさせる。だがそれさえも完成させない美であると言わしめんばかりの相貌は、少しの笑みさえ浮かべてはいなかった。

「マルケイドへのご来訪、心から歓迎致します」

「歓迎してくれるのなら、もう少し愛想よく迎えてほしいものだな」

王子と呼ばれた男は言葉とは裏腹に一切の不満を持たず、カラカラと笑う。

「なぁ、伯爵《はくしゃく》殿」

「善処《ぜんしょ》致しましょう」

パルテダール全域の流通の大半を取り仕切る商業国の領主と、アスタルニアを代表して近隣国の外交を担当する男。当然、初対面である筈がない。

大抵は年に一度、建国祭《けんこくさい》などの行き帰りに立ち寄って顔を合わせている。その度に愛想良くしろと言っているにもかかわらず直らないのだから、もはや直す気もない素《す》であるのだろうと男は笑って許していた。

「いつか空前絶後な満面の笑みを浮かべるお前を拝んでみたいものだ」

「……御冗談を」

やや吐き捨てるように返す領主に、男は頤《おとがい》を上げて笑みの滲む目を細めてみせる。

煽るようなその姿はまさしく王族らしく尊大で、しかし不思議と嫌味はない。むしろ両者が比較的友好的な関係だと伝えるような気安さがあり、謂《い》わば戯れに近いのだろう。

「しかし、流石は商業国というべきだな。街を見てきたが、大侵攻にあったというのに復興が早い」

パッと雰囲気を変え、晴れた空のように笑いながら男が言う。

前回の建国祭では、侵攻直後というのもあって商業国に立ち寄るのを控えていた。それもあり、ちょうど良い機会だからと今回は挨拶に立ち寄る流れとなったのだが。

「お心遣い感謝致します。どうやら、貴国も慌ただしかったようですが」

男は唇の端を吊り上げ、肩を竦めてみせた。

その目は向けられた視線を真っすぐ見返し、やがて問い返すように片眉を上げた。

「まぁな。お互い運がないというものだ」

「左様ですな」

何て事がない様子で交わされた会話。それは膨大な情報が飛び交う駆け引きであった。

互いが何処まで情報を把握しているのか、何が知られていないのか。それを見極めてからでなければまともな会話も交わせないのが彼らの立場であり、流儀なのだから。

二人は数瞬、真意を探るように口を閉じる。

「……案内の者を付けましょう。ごゆっくりとお過ごしください」

「ああ、世話になる」

軽い挨拶に限られた会話の中、互いに有意義な話し合いができたのだろう。

両者は指し示したように話を切り上げ、それぞれの連れへと向き直った。それまでの間、空気は特に緊張を孕むでもなければ雑談という体を崩しもしないのだから慣れたものだ。

「お、今回もお前か」

「ご不満ですか」

「たまには、傾城傾国《けいじょうけいこく》の女に接待されてみたいものだなぁ」

「それは申し訳ございません」

何度か訪れていれば顔見知りにもなるというもので、王族の男は鷹揚《おうよう》に笑いながら案内役の男に続いて歩き出す。傾けられても困る、いやいや男の甲斐性だ、そう護衛達と話しながら振り返らずに屋敷の奥へと向かった。

その姿が見えなくなるまで見送り、領主の男は柳眉《りゅうび》を顰めて小さく息を吐く。

そして踵《きびす》を返した。もはやこの場に用はなく、己の執務室へと向かおうと足を踏み出す。だがその足も、自らを呼ぶ声に靴音を立てて止まった。

「何だ」

「お耳に入れておきたい事が……」

深刻な様子はないが、何処か戸惑ったような相手を領主の男は怪訝そうに見やる。

そして直後に知らされた情報に、彼は全く以て似合わない鋭い舌打ちを整った薄い唇から零した。


場所は領主官邸《かんてい》前、美しく石畳に舗装《ほそう》された玄関口。

その両側にある整えられた芝生の庭で、魔鳥騎兵団の面々は自らの相棒と共に待機していた。王族の男と護衛だけが官邸に入るのは常の事であり、その挨拶が終わるまで彼らは許された場所で待っていなくてはならない。

「ここの領主っていうのはどういう奴なんだ?」

「〝ぼくのかんがえたさいきょうのびけい〟です」

「ぶっはッ」

平然ととんでもない事を言うリゼルと噴き出したイレヴンに、ナハスは一体どういう事なのかと遠い目をしながら壮観な景色を見下ろしていた。

幾段もの階段を挟んだ眼下には、商業国名物の〝露店広場〟が広がっている。中心部の噴水の周りは開けているが、後は所狭しと様々な露店がひしめき合っていた。

「相変わらず賑わってますね」

「そうだな」

食べ物から武器防具、雑貨や出し物まであらゆる露店が並ぶ広場には、もうじき日が落ちるというのに多くの観光客や商売人やらが溢れかえっている。夜になれば夜になったで、また違った賑わいを見せるのが商業国だ。

懐かしそうに呟くリゼルと同意するジルをイレヴンが意外そうに見た。

「リーダー来た事あんの？」

「ありますよ。その帰り、君に襲われたんです」

「あー、あん時」

物騒な事をのんびりと話しながら、三人は夕日に赤く染まる街並みを眺めていた。

階段の中程あたりには、珍しい魔鳥の姿を一目見ようと何人もの子供が集まっている。広い階段は普段から人々の休憩場所として利用されている事もあり、威勢の良い子供達は遠慮なく上ってきてコソコソと魔鳥に目を輝かせていた。

「凄い、おっきいね」

「さっき飛んできたの見た？　人のってた」

「かっこいー」

そして、そう言われれば悪い気がしないのが魔鳥騎兵団だ。

どれどれ触らせてやろうかと気付いた騎兵達が魔鳥を座らせ、来い来いと手招いてみせる。すぐにワッと歓声をあげて駆けあがってきた子供達は、騎兵に促されるように恐る恐る小さな手を伸ばしていた。

さわさわと撫でられた魔鳥は、くすぐったそうにしながらも嫌がりはしない。

「ああいうところ、大らかですよね」

「王族待ちとは思えねぇな」

「まぁ、王子も戻ってこないし良いだろう」

遠い目をしていたナハスが我に返り、咎めるでもなく笑う。

しかし早朝からずっと飛びっぱなしだというのに、一切の疲労を見せずに子供達と戯れている姿は流石騎兵団と言うべきか。数日ぶっ通しの飛行でも大丈夫というのだから、彼らの鍛え方は生半可ではないのだろう。

「王子は領主と面会の後、そのまま用意された部屋でお休みになるからな」

「ナハスさん達は？」

「いつもと変わらないなら、中庭に面した客間を借りる事になると思うが」

そこなら庭で魔鳥を休ませてやれるし、常に様子を見る事もできる。

成程、とリゼルは頷いた。王族の挨拶が終われば案内が来るというので、そうなれば騎兵達はそのままパートナーに跨《またが》って直接中庭に移動するのだろう。

「リゼル殿はどうする。一室、余分に頼もうと思ってたんだが」

「そうですね」

どうしようかな、とリゼルは何となく賑やかなほうへと視線を向けた。

ふと魔鳥と戯《たわむ》れている子供の一人と目が合う。パチリと瞬いた大きな瞳に微笑んでみせれば、すぐに興奮したように近くの騎兵へと詰め寄っていた。

「ねぇっ、あの人でしょ！　あたし知ってる、これ、護衛っていうんでしょ⁉」

「えっ」

子供と此方を見比べる騎兵に苦笑を返し、頑張れと内心で応援する。

ナハスも聞こえた声と視線を辿ってそちらを見た。確かにそうだけど本来の護衛対象は違うと、どう説明したら良いやら頭を抱える同僚へと同情の眼差しを送っている。

「うん、俺達は別で宿をとろうと思います」

「ん、そうか？」

「はい。お土産を渡したい人もいるので」

ならば外で宿をとったほうが楽かとナハスは納得した。

何せ明日の出発も朝が早い。今日を逃せば土産を渡しに行く暇などないし、今から顔を合わせて話に華を咲かせれば帰ってくるのも夜分遅くになるだろう。夜間の領主官邸は流石に容易に出入りできる場所ではなく、ならば適当な宿を見つけたほうが手っ取り早い。

「土産は良いが、あまり遅くならないようにな」

「大丈夫ですよ」

微笑んだリゼルに、まぁ他の二人もついているしとナハスが納得しかけた時だ。

ふと、リゼルの後ろにいるジル達の姿が目に入る。露店広場を指さして何かを話している二人に何となく耳を澄ましてみれば、衝撃の事実が語られていた。

「あそこらへん？」

「ああ。こいつが領主に間違えられていきなり斬りかかられた」

「馬鹿な奴がいんなァ」

果たして本当に大丈夫なのかと心配になった。

ちなみにリゼルは芝生に嘴を突っ込んだ魔鳥が、何かしらの獲物をゲットして食んでいる姿に気を取られている。

「……暗くならない内に土産を渡したほうが良いんじゃないか？　俺達と待ってなくても良いぞ」

「ん、いえ」

リゼルは短く鳴き声を上げる魔鳥からナハスへと視線を戻した。

小さく首を振り、髪を耳にかける姿は夕日に照らされて何処か物憂《ものう》げだ。絵画になれば芸術的価値が出そうだと思わせるが、しかしナハスからすれば「何かずれたこと考えてるんだろうな」と思ってしまう程度には付き合いを重ねている。

「お土産を渡したい人が、此処にも居るので」

それが誰かを察してしまい、ナハスは口元を引き攣らせた。

「忙しい方なので、無理そうなら共通の知人に渡そうとも思ってるんですけど」

「……そうか」

ナハスには頷く事しかできない。

冒険者だと思われたいのなら何故冒険者らしくしないのかと小一時間ほど問い詰めたいが、同時にきょとんとされるだろうなという予想もついている。リゼルはただの善意で世話になっている知人に土産を渡そうと考えているだけなのだから。

「お、そろそろか」

その時、官邸の中から一人の女が現れた。

いかにも仕事ができる女といった風貌の彼女は、見知ったように騎兵団隊長の元へと歩み寄る。実際、何度か顔を合わせた事があるのだろう。

「俺達もそろそろ案内されるだろう。どうする、リゼル殿の話を通しておくか？」

「いいえ、大丈夫です」

「そうか。なら、また明日な。寝坊するんじゃないぞ」

〝土産を渡そうとしている相手〟にリゼルが来ている事が伝わるようにしておこうかと、そう申し出たナハスが断られた事に対して少しの疑問を浮かべる。だが本人が言うなら良いのだろうと、大して気にする事なく隊長の元へと集合していった。

子供と戯れていた騎兵も、不満の声に笑いながら解散を告げている。子供達は階段下で会話に花を咲かせていた母親に呼ばれ、魔鳥に手を振りながら駆け下りていった。

「ニナ！」

幼い笑い声が幾つも重なるなか、聞こえた声にリゼルはふとそちらを見る。

「早く帰らないと、母さんに怒られちゃうよ」

「はぁーい」

階段の半ばで呼びかける少年に、妹だろう少女が楽しそうに駆け寄っていた。

相変わらず兄妹《きょうだい》仲良しで何よりだと微笑んだリゼルと、好奇心が抑えられなかったのか自身も魔鳥を一目見ようと顔を上げた少年の視線が交わる。茜色《あかねいろ》に照らされた少年の笑みが驚きに彩られるのに、リゼルは可笑しそうに目を細めながら優しく手を振った。

相手の返答を待たず踵を返し、官邸へと歩を進める。

「誰？」

「ほら、大侵攻の時の」

「ああ、門から出たガキ」

「あー、居た居た」

騎兵とパートナーが次々と飛び立っていくなか、リゼル達は未だその場で凛《りん》と立っている女へと歩いていく。空を駆ける彼らを見送るように腰を折っていた彼女は、その羽音が離れていくのを待って姿勢を正した。

その視線は、やはり此方を真っすぐに見ている。

「領主様から伝言です」

微かな困惑を孕んだ声で彼女は告げた。

「〝会う気があるなら入ってこい〟、と」

その言葉は、つまりリゼルに全ての選択権を与えたということ。

仕事が第一で姿を表に出すのを嫌うシャドウが自ら招いた、それだけでも彼を知る人々にとっては酷く衝撃的だった。更には顔を合わせるのを厭《いと》わない、つまりそれ程に会う価値があると判断している相手に、会わないという選択肢を与えるという最大限の尊重を見せているという。

ましてや相手は冒険者。それ故の困惑なのだろう。

「お願いします」

緊張をほぐすように柔らかく微笑みながら、あっさりと答えたリゼルに彼女は少しだけ呆けたようだった。しかしすぐに礼をとり、官邸内へと案内を始める。

その背は真っすぐに伸び、口調ははっきりと聞き取りやすい。

「流石は伯爵、良い人材を傍に置いてますね」

「や、リーダーには敵わねぇと思う」

「自画自賛じゃねぇか」

今から商業国を統《す》べる領主に会うというのに何とも気楽な会話を続ける三人。

彼女は内心で絶対に冒険者じゃないと呟きながらも胸に秘め、敬愛する領主の元へと淀みなく案内をするのだった。

「厄介事は持ち帰るなと言った筈だが」

「冤罪《えんざい》です」

ソファに向かい合って座り、顔を顰めるシャドウにリゼルは平然と返す。

場所は官邸内部の奥に位置する応接室。シャドウが客人の前に顔を出す際に使用する部屋だ。テーブルの上には人数分の紅茶が用意されている。アスタルニアでは渋めの茶が好まれていたので、久々の格調高い紅茶だった。

「あ、お土産。先に渡しておきますね」

そう言ってリゼルが差し出したのは、中身が見えるようにシックなラッピングが施されているペン。品の良い漆黒の持ち手にはさりげない彫刻が施されており、ペンの隣には象牙《ぞうげ》色のペン先が幾つか並んでいる。

「これ、魚の魔物の骨から作られてるそうです。色々試したんですけど、これが一番使いやすかったので」

「……商業国《うち》では出回らないものだな」

鑑定するようにペンを見下ろし、シャドウは拒否する事なくそれを受け取った。

他にはない一点物を思わせるデザインは、しかしシンプルで威厳を損なわない。今使っているものと太さは変わらず使いやすそうだった。

ペン先の象牙色もインクの色が染みないようにだろう。艶めく保護材に覆われ、美しい曲線を描きながら先端へと細くなっている。一目で職人技だと分かった。

「見せつければ効果的か。礼を言う」

「いえ」

珍しい品を持つ事、それは商業国領主にとってはただの見栄に収まらない。

それを手に入れる人脈があると相手に知らしめる事ができる。日用品にさえ金をかけられるという資金力を見せつける事ができる。結果、交渉を有利に進める事ができる。

このペンならば嫌味なくそれが実現できるだろうと、思考にさえ仕事中毒の片鱗《へんりん》を滲ませるシャドウにリゼルは微笑んだ。大切に使ってもらえそうで何よりだ。

「それにしても流石は伯爵ですね」

「何だ」

「さっき、厄介事って言ったでしょう？」

それが本題だろう、と言わんばかりのリゼルの言葉にシャドウが舌打ちを零す。

相変わらず気が利く男だと忌々《いまいま》しそうに零しながら、彼は土産を上着へと仕舞った。そのまま足を組んだ姿は品がありつつも何処か荒々しい。

「うーん、この辺りは団長さんのイメージとちょっとずれるでしょうか」

「元は魔物だろ、良いんじゃねぇの」

「顔さえありゃ小説家は喜びそうじゃん」

訳の分からない会話をされたシャドウが盛大に顔を顰める。

「却下だ。さっさと本題に入れ」

「土産話は聞いてもらえなそうですね」

リゼルは可笑しそうに笑い、さてどうしようかと紅茶を手に取った。

アスタルニアへ向かう際、ナハスにはあっさりと大侵攻の真相を漏らしている。だがあれは運んでくれる礼の意味もあったし、調べれば分かる事だというのもあった。サルスへ義理立てする理由がなかったというのもある。

ただアスタルニアには縁がある。節操なく情報を漏らすのは冒険者としても行儀がよろしくないだろう。

「なら、伯爵。質問してください」

「何だと？」

よって、リゼルは会話の舵取《かじと》りをシャドウに任せた。

訝しげな視線に、少しばかり悪戯っぽく笑みを浮かべてみせる。

「何から話せば良いのか、俺は把握してないので」

把握していないなどという台詞がこれほど似合わない者もいまい。シャドウはそう思っているし、だからこそ慎重に言葉の真意を探る。

しかしそこに在るのは駆け引き独特の引き絞られた弓のように張り詰めた空気ではなく、会話を楽しもうとでも言うような戯れるような雰囲気で。

「たっのしそうな顔」

「リーダーこういうの好きだよなァ」

リゼルの両隣がそう言うのなら、正《まさ》しく戯れているだけなのだろう。

シャドウは微かに抱いた満足感を表に出す事なく鼻で笑った。楽しむのも試すのも好きにすれば良い、自身も同じように返すだけだと伝えるように。

その顔も、すぐにいつもの気難しそうな顔へと戻ったが。

「私も詳細までは把握できていない。アスタルニア王宮の上空に現れた魔法陣と、それに伴って一時王宮の警備が厳重になったぐらいか」

「そんだけ？」

「国民の不安を煽らないように、なるべく表沙汰《おもてざた》にしてなかったですしね」

もはや条件反射なのだろう。煽るように口を挟んだイレヴンをリゼルは窘《たしな》める。

シャドウも相手が友好国だからこそ無理に探れないというのがあるだろう。もし無茶な暴き方をすれば親交は崩れかねない、そうなれば商業国にとってはデメリットしかない。

「今回は深く関わらないほうが良い、そう判断したのもある」

流石というべきか、煽られる事なくシャドウは事実のみを告げた。

それはただの勘だ。だが数多の国交を築く商業国領主としての、そして海千山千《うみせんやません》の商人ですら統べる者としての勘でもある。それは確かな経験に基づき、判断材料にするには十分なものだろう。

「今回、あの王子が来て確信した」

美しい相貌が忌々しそうに歪む。

「あの騒動にはサルスが関係していて、今はその抗議に向かう最中だな？」

「おっしゃるとおりです」

即座に鋭い舌打ちを零したシャドウにリゼルは思わず苦笑した。

シャドウが疎《うと》ましく思うのも尤《もっと》もだ。抗議に向かう途中に立ち寄られたなど、あらぬ疑いをかけられかねない。なにせ、同じサルスの重鎮に被害を受けた者同士なのだから。

接触すれば何らかの協力関係を結んだと思われても仕方がないだろう。

「あいつ何であんな不機嫌そうなワケ」

「サルス煽んのに利用されたからだろ」

「あー、納得」

実際は後ろめたい事などないが、その意図を思えば純粋な訪問とも言えないか。

「アスタルニアもぎりぎりまで攻めますね。立地でしょうか」

「あそこは攻めにくいからな。煽っても簡単には戦争起こされねぇし」

「国風って凄いですよねぇ」

今回は加害者と被害者がはっきりしている為、度を越した要求さえなければ戦争にはならない。

だが本当に戦争が起こりかねない時でさえ恐らく攻め手を緩めないだろう、そう思わせる恐ろしさがアスタルニアにはあった。それを上手く抑止力に利用してはいるようだが。

とても真似できないなと、リゼルは少しだけ冷めた紅茶を一口飲む。

「……その一行にお前らが同行しているのは何故だ」

アスタルニアとサルスへの罵詈雑言《ばりぞうごん》を飲み込み、シャドウが話を先に進める。

リゼルはカップから唇を離し、なんて事ないかのように口を開いた。

「アスタルニア王族の中に、滞在中親しくさせてもらった方がいるんです。王都に戻ると伝えたら〝それならついでに〟と言ってくださったので」

「そうか」

もはや王族と親交があるくらいでは驚かない。とはいえ微妙に納得いかない感はあるが。シャドウは眉を寄せる事でそれを示しながらも、何を反論するでもなく頷いた。

そう申し出た王族がリゼル達を利用しようとしている、などとは考えない。目の前の清廉な男と親交を持って尚、利用してやろうなどという短慮《たんりょ》な考えが浮かぶのは余程の無能だけだろう。

「ならば、お前らは騒動に関わったという事だな」

そして、リゼルが親交を深める相手がそんな無能である筈がない。

シャドウも生粋《きっすい》の商人だ。人や物を見る目というのは頭抜《ずぬ》けている。

「どうしてそう思ったんですか？」

「国の機密を漏らすような無能な王族にお前が興味を持つか？」

「どうしても知りたかったのかも」

「非効率的だな」

吐き捨てるように告げた。

シャドウはイレヴンの裏の顔を知っている。情報が欲しいだけなら、わざわざ相手の懐に入らずとも容易に手に入るのだとも。

暗に自身を示唆《しさ》されたと気付いたのか、ソファに身を沈めているイレヴンが嗤《わら》った。

「そもそも興味のある案件でもないだろう」

「同行している内に察した、とは思ってもらえませんか？」

「十割の確証がなければ不確定だと言ったのは誰だ」

そこに関しては、リゼルにしてみれば当然の事だった。

商業国領主の耳に入れる情報には相応しい精度というのが必ず存在する。特に冒険者から領主へとなると、明確な事実以外は不敬罪になりかねないのだ。

シャドウがリゼルをただの冒険者とみなしているかどうかは置いておくが。

「事情を知らない相手を使者に同行させるなど王族としては愚行だ。お前は知っているからこそ同行を許された」

「はい、ご厚意で」

「騒動に関わる以外にお前がそれを知る機会はない。違うか？」

「冒険者ですしね」

リゼルの言葉にシャドウは違和感を禁じえないような顔をしながら曖昧に頷く。

そう、見えはしないが冒険者。国の騒動には何の関係もない立場であるリゼルが何故、ここまでの事情を知れるほどの関わり方をしたのか。

理由など一つしかない。使者はサルスに向かっているのだ。

「騒動の原因は〝異形《いぎょう》の支配者〟が関係しているな」

「ご慧眼《けいがん》ですね」

「賞賛など何の役にも立たん」

色濃いピジョンブラッドの瞳に微かな憤りが滲む。

商業国を混乱に陥《おとしい》れた男を思い出しているのだろう。抑えようとも抑えきれないそれが、彼が領主として自らの領地をどれほど愛しているのかを物語っていた。

「……扱いからしてお前への復讐があったという訳でもないだろう。何故関わっている」

「俺もそこは不思議なんですけど、物凄くこじつけて巻き込まれたみたいで」

リゼルが不思議そうに首を傾けた。

「邪魔が入らないように除けておこうって思われたみたいです」

「何だそれは」

「ですよね」

理解ができんと言わんばかりのシャドウに、リゼルも嬉しそうに目を細める。

それを見て、シャドウは表情を変えないままに微かに息を吐いた。先程顔を合わせたアスタルニアの王子が口にした〝お互い〟に支配者関係かと当たりをつけてはいたが、こじつけというのなら支配者本人が出てきたという訳でもなさそうだ。

ならば巻き込まれたとしても大した事はなかったのだろう。

彼は背をソファへと預けて腕を組んだ。そしてまず有り得ないと知りながら問いかける。

「一応聞くが」

「はい」

「今度は支配されるような事はなかっただろうな」

直後、シャドウは目を眇めた。

肘掛けに頬杖をついたジルがわざとらしく視線を他所へと投げている。リゼルを挟んだ反対側ではイレヴンが「あーあ」と言わんばかりに口元に歪んだ笑みを浮かべている。

そのどちらの瞳も、全ての感情を沈めたかのように静かに凪いでいた。

まるで深淵《しんえん》を思わせるような瞳。その間で、小さく眉尻を落としたリゼルが珍しくも言葉を濁す。

「支配はされてないです」

「何をされた」

「改めて口に出すのは恥ずかしいんですけど」

「言え」

情けない、と少しばかり恥じるような声色だった。

「監禁、されまして」

一瞬見開かれたシャドウの目が、咄嗟にジル達へと向けられたのは無意識の事だった。

平然としながらも決して合わない視線は何を表すのか。彼は何かを言おうと口を開きかけ、そして。

「シャドウ伯爵」

咎めるような呼びかけに何も言わないまま閉じる。

何処までも透きとおった穏やかな声が強制的に意識を奪った。そうして三人から視線を受けたリゼルが、何事もなかったかのように柔らかく微笑む。

「冒険者たるもの自分の身は自分で守らなきゃ、とは思うんですけど……あれはちょっと無理でした」

苦笑を零したリゼルに、シャドウは知らない内に力の籠もっていた肩を下げた。

そして胡乱な眼差しを向ける。支配者の前で幾本もの銃を操作している姿を彼はしっかりと覚えていた。

「お前でもか」

「何て言えば良いんでしょう。ある意味、エルフ並みというか」

「どうしてそういう奴ばかりを引く」

そんなこと言われてもと心外そうなリゼルを流し、シャドウは考える。

監禁されたとはいえ、こうして使者のやり取りがあるというのだから酷い事にはならなかったのだろう。もしリゼルが傷つけられたならば、アスタルニアが使者を送る隙もなくサルスは阿鼻叫喚《あびきょうかん》の様相を見せていた筈だ。

「実害は受けなかったんだな」

「傷一つないですよ。風邪は引いちゃいましたけど」

一体どんな環境に置いてくれたのか、シャドウは一瞬で思考上に可能な限りの経済制裁を展開した。そして脳内でそれらを叩きつける事で鬱憤を晴らす。今でさえ大侵攻のツケを払わせようと王都からストップがかかる程度にふっかけているのだ、実行はしない。

実行してしまえば、領主ではいられない。

「あと、質問は？」

「そうだな……」

穏やかな声に、シャドウは思考の一端すら感じさせない平静さで言葉を返す。

正直聞きたい事は多かったが、これ以上はリゼルも口を割らないだろう。その程度の分別もつかないような男に、シャドウは価値を見出さない。

「今日はこれからどうするつもりだ」

「インサイさんにお土産を渡して、何処かで宿をとろうと思ってます」

「そうか」

シャドウが目を伏せ、そして忌々しそうに小さな舌打ちを零しながら視線を逸らす。

数秒の沈黙。どうかしたのかと不思議そうに待つリゼルへと、その唇を開いた。

「……美味い夕食に興味は？」

リゼルは一度目を瞬かせ、そして言葉の意図を察して目元を綻ばせる。

初めて出会った時を皮肉ったような誘い文句。しかし含めたものは全く違う。

「インサイさんも一緒なら、ぜひ」

「言われずとも分かっている」

「有難うございます」

シャドウは一つ鼻を鳴らし、組んでいた腕を解いて立ち上がる。

「三十分後に出る。それまでここで休んでいろ」

靴音を鳴らしながら部屋を出た。

扉の向こうに待機していた相手へとインサイへの伝言と店の手配を頼み、そして自身の執務室へと向かう。手に入れたばかりの情報の精査《せいさ》、その対策、やる事が一気に増えたのだから。

三十分という時間制限の中で可能な限りのタスクを組み上げる姿は、まさしく仕事中毒と呼ばれるに相応しかった。


リゼルは閉じた扉から視線を外し、冷めてしまった紅茶へと手を伸ばす。

商業国を最もよく知る者が選んだ店での夕食だ、間違いなく期待が裏切られる事はないだろう。

流石は商人、提供した情報料に相応しい魅力的な提案だった。

冷めても香る紅茶の香りを味わいながら一口含む。

「随分嬉しそうだな」

ふいにジルから声がかかった。

カップの底にまだ残る紅茶をソーサーへと戻し、リゼルは胸中を表すように口元を緩める。何かが報われたような満足感、あるいは何かを成し遂げた後の感慨深さを滲ませた笑みだった。

「嬉しいですよ」

「何で」

「だって、あの伯爵が誘ってくれたんですから」

置いたカップはすぐにイレヴンに攫われる。

もう飲まないと察したのだろう。半分ほど残っていた紅茶は、とっくに自らの分を飲み干していた彼によって空にされてしまった。

「そんなお気に入りだっけ？」

空のカップを適当にテーブルの上に置きながら、彼は訝しげに問いかけた。

「そういうのじゃなくて、何て言うんでしょう。伯爵って、凄く分かりやすい基準を持ってるんです」

「基準？」

「そう。彼にとって、唯一無二はこのマルケイド」

知りたいのはこれだろうとジルへと視線を戻せば、肘掛けに寄りかかりながらも視線で先を促される。それにしても対面に誰も居らず、三人横並びというのは奇妙な感覚がした。

そしてどちらへともなく、それを口にする。

「仕事中毒《ワーカーホリック》なんて言われる彼が、その手を止めてまで俺との時間をとってくれるんですよ」

それに対し、ジルとイレヴンは表情を変えないままに言葉の真意を探った。

仕事より自分を優先してくれるのが嬉しい、なんて在りきたりな文言ではない。そうしないからこそリゼルはシャドウを気に入り、何より領地を優先してストイックに仕事をこなす彼へといっそ尊敬すら向けているのだから。

でなければ大侵攻であれほど気にかけないだろう。たとえ見返り目当てだとしても。

「(こいつの変な感性なら)」

「(リーダーの考え方ならァ)」

そして両者、正解へと辿り着く。

「それだけ評価してもらえると、ちょっと照れちゃいますね」

彼が仕事の手を止めるのは、仕事を続けるより有益であると判断した時のみ。

つまりシャドウはリゼルにそれだけの価値を見出したのだ。それは彼個人の、一切揺らぐ事のない基準を以てした何よりも純粋な評価であった。

他人から品定めを受けてこれほど喜ぶ者をジル達は知らない。数多《あまた》の相手に値踏みされる立場であったからか、あるいは他者を評価する立場であったからか。

「リーダーらしいっちゃらしいけど」

「そうですか?」

「まぁ、分かんねぇでもねぇな」

悟ったように、はいはいと二人は生温《なまぬる》く頷いた。

普段のリゼルも、自分がされて嬉しいと思うからこそ他者の能力を評価しがちなのだろう。そしてそれを同様に喜ばしく思えるのがリゼルに近しい者達だ。

「つかあいつ目のクマやばくね?」

「消す気もねぇんだろ」

「あれで健康体なんだから凄いですよね」

それから三人はシャドウが呼びにくるまで思い思いの会話を楽しんでいた。

頭上に色とりどりのフラッグが張り渡された大通り。

壁には所せましとポスターが貼られ、少しの隙間にも屋台や露店が立ち並ぶ。日が落ちていると いうのに通りは数多のランプに照らされて明るく、人通りが途切れる事はない。

店を覗く観光客、帰るついでに何かを買おうという領民、それらを相手に店主達は少しでも売り残りが出ないように最後の追い込みをかけていた。

賑やかな人混みを縫うように歩くリゼル達にも客引きの声が次々にかかる。

「こちらだ」

先導されるまま、リゼルは路地へと足を踏み入れた。

普段は靴音を鳴らしながら速足で歩く男がその速度を落としている。雨風に晒されてもはや文字が掠れてしまっているポスターを横目に、その後ろに続いていく。

すると、然程《さほど》しない内に先頭を歩いていた彼が足を止めた。正面には【CLOSE】の札がかかった赤い扉。

「閉まってんじゃん」

「貸し切りだからな」

シャドウはそう言いながら眼鏡を外した。

リゼルが贈った認識阻害の眼鏡ではない。それをつけるとリゼル達でさえシャドウを判別できなくなるので、簡単な変装用に用意していたものだ。

目を引くメンバーとはいえ意外と気付かれない。それは大侵攻でまともにシャドウを目にしたのが憲兵の一部に限られ、今日に限っては一層目を引く同行者がいるからかもしれない。

「いらっしゃいませ」

扉を開けば小さなベルの音がした。

歓迎の声をかけてくれたのは、白シャツに黒いパンツ、そして黒のギャルソンエプロンを着けた妙齢《みょうれい》のセルヴーズ。彼女は常より客へと見せている笑みをそのままに一瞬動きを止める。

彼女は自らが所属する領地の経営者を知らない。だからこそリゼルという、明らかに貴族である存在と共に現れた壮年の男に対して「もしや」と思ってしまった。

なにせ、貸し切りの予約に使われた名前が大物すぎる。

「おう、遅かったの」

「もう来ていたか。お前の名前を使ったが」

「良い良い、気にせん」

入店したシャドウを見つけ、一人の男が席を立って片手を上げた。

外見だけならばシャドウと同じくらい、見る者によっては若く見えるぐらいだろう。だが外見に似つかわしくない古びた口調が、唯一彼の本来の年頃を仄めかす。

その齢を思えば曲がっていてもおかしくない腰をピンと伸ばし、片手をポケットに突っ込みながら歩み寄ってくるのは人並外れた長身。彼はリゼル達を視界に入れると、何とも似合う不敵な笑みを浮かべてみせた。

「向こうでも会ったが、久しぶりじゃの」

「お久しぶりです、インサイさん」

破天荒爺《はてんこう》の名を欲しいままにしているインサイだ。

彼は良し良しと満足げに頷いて三人の手前で足を止めた。

「また大層なもん引き連れてきおったな、リゼル」

「俺のほうが〝ついで〟ですよ」

「似合わんこと言いおって。ジル、剣の手入れはしとるか」

「いい加減それ聞くの止めろ」

「何回でも言ってやるわ。どうじゃイレヴン、良い子にしとるか」

「ワルイコとは言われてねぇ」

ならば良し、とインサイは快活《かいかつ》に笑う。

そして一同は、密かに復活を果たしたセルヴーズに席へと案内された。

六人掛けのテーブルには、既に五人分のカトラリーが用意されている。その内の一つには先に訪れていたインサイの分なのだろう、トパーズ色の美しいウェルカムドリンクがグラスの中で細かな気泡を立ち上らせていた。

「あんま良い店は好きじゃねぇんだけど」

「そこまででもない。一般的な評価としては〝記念日に利用する少し良い店〟だろうな」

「貸し切りだと普段より気を遣ってくれる店が多いですし、そう見えるかもしれませんね」

「ふぅん」

慣れたような会話を交わしながら腰かける男五人。

その光景は色々な意味で壮観であり、セルヴーズは遠い目をせざるを得なかった。

マルケイドでは知らぬ者のいない貿易商のトップ、老若問わず女ならば息を呑むだろう美貌の男、絶対的な強者の風格を持つ冒険者と、癖のある異様な雰囲気を醸《かも》す冒険者、そして明らかに貴種であろう品のある男。

異色すぎる組み合わせに、彼女は自分自身がどんな客を相手にしているのか分からず空恐ろしくすらあった。

「ほれ、食え食え。大侵攻じゃ散々食ったって聞いとるぞ」

「ほとんどコイツだろ」

「ゴチでーす」

「何、飲めないのか」

「そうなんです。すぐ酔うので」

しかし和気藹々《わきあいあい》と話している姿に、彼女は〝楽しそうだし普通にご飯食べにきたっぽいし別に良いか〟とすぐに自らを納得させた。現実逃避とも言うが間違ってはいない。

「あ、そういえば」

メニューに視線を落としていたリゼルが、ふと顔を上げてインサイを見た。

「この前、インサイさんの名前をお借りしたんです」

「そんくらい好きに使え。何じゃ、どこぞの商人にでも絡まれたか？」

申し訳なさそうに眉を下げるリゼルに、インサイが好戦的に笑ってみせる。

リゼルの隣ではイレヴンが思うままに料理を頼み、ジルが思うままに酒を頼んでいた。いっそこの為の貸し切りだと言えるだろう。こういう凝った料理を出す店では、イレヴンが相手となると調理が追い付かなくなる。

ちなみにシャドウのおごりだ。他人の金で食う飯は美味い。

「絡まれたって程じゃないんです。護衛依頼を頼まれそうだったので、断る為に」

「護衛は好きじゃねぇんか」

「いえ……まだアスタルニアを離れる予定もなかったですし、それに」

リゼルは手にしていたメニューを閉じた。

セルヴーズがそれらを回収していくなか、慈しむように口を開く。

「ジャッジ君、嫌がるので」

「そりゃしょうがねぇ」

全力で同意された。

「俺としては幾つか受けてみたいんですけど」

「却下だ」

意外なところからストップがかかり、思わず意外そうにシャドウを見てしまう。

だが不機嫌そうに一瞥されただけで視線を逸らされてしまった。そのままワイングラスを傾ける姿に、理由は聞けなそうだと追及を諦める。

「俺も護衛依頼はあんま好きじゃねぇなァ。ニィサンは？」

「積極的に受けたくはねぇな」

「君達はそうですよね」

可笑しそうに笑い、リゼルはアルコールなしのウェルカムドリンクに口をつけた。

護衛依頼で何が重要かといえば実力以上にコミュニケーション力だ。ジルやイレヴン程の実力者ともなるとやる事をやっていれば依頼人も文句を言わないだろうが、一般的には依頼人との協力と意思疎通《そつう》が不可欠だろう。

「うちも荷馬車の護衛に冒険者使っとるが、まぁトラブルもちょいちょいあってな」

「そうなんですか？」

「そういう意見は多いな。一概に冒険者被害とは言えんが」

いつもの仏頂面を浮かべるシャドウが、特に責めるような態度でもなく告げる。

同時に、次々と出来上がった料理が運ばれてきた。テーブルの上を埋め尽くさんと並べられていく皿に、こんなに頼んでどうするという視線がシャドウから飛んだが問題はないだろう。

この程度は序の口だと言わんばかりのイレヴンが、リゼルの分を取り分けてから早速口をつける。

「商売人はすーぐこっちの所為にしたがる。あ、これ美味《うめ》ぇ」

「有難うございます。ジルは？」

「いらねぇ。おい、酒は」

「頂こう。……一概には言えんと言っただろう」

護衛依頼は、数ある依頼の中でも最も冒険者と依頼人の確執が多い。

冒険者からしてみれば、魔物に襲われても馬車や荷物に傷一つつけるなというのは無茶ぶりだ。

逆に依頼人からしてみれば、相応の金は払っているのだから何とかしてもらわなくては困るという。

どちらも正論であるが故にどうにもならず、報酬の変動で諍《いさか》いになる事が多い。

「あ、これ美味しいですね」

「そうじゃろ。ほれ、儂《わし》の分も食え」

だがリゼルはそんな事情など知る由もない。

唯一受けた事のある護衛依頼、ジャッジとの馬車旅だって至って平和にほのぼのと終わっている。

そういう事もあるんだな、と感心しながら美味な料理に舌鼓を打っていた。

「そういえば、インサイさんにもお土産があるんです」

「そりゃ嬉しいの」

ジャッジへの溺愛《できあい》ほどではないにせよ、十分に孫を可愛がる祖父のような瞳をしてインサイが顔を綻ばせる。リゼルは今渡してしまっても良いか確認して、ポーチから一つの包みを取り出した。

シャドウに渡したものとは違い、包装によって中が見えないようになっている。

「どれ、後の楽しみにとっておこうか」

「気に入ってもらえれば良いんですけど」

茶目っ気のある仕草で包みを揺らし、インサイはそれをポケットへと入れた。

ちなみに中身は手帳だ。商人の必需品でもあるし、人によっては消耗品扱いするほど使用されるので外れのない土産だろう。

「お前さんから貰ったもんを気にいらん道理などないじゃろ。なぁ、シャドウ」

「振るな」

忌々しそうにしながらも否定も肯定もしない姿にインサイはカラカラと笑った。

すると彼はその笑みを何か企んでいるようなものに変えながら、調理場の手前で待機していたセルヴーズを呼ぶ。幾つか言葉を交わすと、相手はキッチンへと去っていった。

すぐに戻ってきた彼女の腕には、器用に支えられている何皿もの料理。

「ほれ、儂からのお返しじゃ」

テーブルに並べられたのは一見すると魚のソテーだった。

赤ワインのソースが華やかに散らされ、ローズマリーやパセリが彩りを添えている。何の魚かは分からないが、インサイがお返しと称する程のものは見当たらない。

とりあえず食べてみようと、リゼルがナイフとフォークを握ろうとした時だった。

「鎧鮫《よろいざめ》？　じゃねぇか。でもそれっぽい？」

「おお、よく分かったの」

何となく匂いに覚えがあったのだろう。大きな一口をフォークに刺して眺めているイレヴンの言葉に、インサイは褒めるように一度、二度と手を叩く。

「あれほど良いモンじゃねぇが魔物肉を仕入れてな。先に持ち込んどいた」

リゼルは微笑んで礼を告げた。

以前アスタルニアで顔を合わせた際に、魔物肉が美味しかったと告げた事を覚えていてくれたのだろう。その時は「とっておきの魔物料理を出す店に連れていってやる」と言っていたが。

「約束の店は次の機会にな」

「楽しみに待っていますね」

片目を瞑り、次の約束を取り付けるインサイは流石は人脈を制する交易商だろう。

「これはこれで美味ぇな」

「何つうか、未知の味？」

「凄く手の込んだ味ですよね。何だか久々です」

手を止めない三人にご満悦な表情を浮かべているインサイを、シャドウが同じくソテーを飲み込みながら横目で窺う。小さく片眉を上げ、そして口を開いた。

「そんなに親切な男だったか？」

「お前さんに言われたくはねぇな。どうじゃ、初めて人を食事に誘った感想は」

「お前に言う必要はない」

鼻で笑うシャドウに、インサイは声高に笑いながらグラスの中身を飲み干した。

この幼い頃から付き合いのある領主、商業国を守る事にのみに興味を傾けていた男が、ようやく他者へと興味を持った事を喜ぶように。その成長を祝うかのように一気に杯を空け、新しいワインを注文する。

「……という事で、何か切なげに言ってくれませんか、伯爵」

「待て」

そうしている間にも、リゼル達の話題はシャドウの与り知らぬ範疇へと突入していた。

「シチュエーションとしては夜の川辺で、とある少女との初邂逅を」

「待てと言っている」

「あ、お腹が空いた以外でお願いします」

「まず何がどうなって私がそんな要求をされているのかを一から説明しろ」

一体どんな会話があればこんな無茶ぶりを求められるのか。

シャドウは謎の要求にしかめっ面で問い返した。訳が分からなすぎて思考が停止しそうだ。

「前に迷宮でこういう仕掛けがあったんです。イレヴンは大失敗しました」

「あれは俺だけの所為じゃねぇ気がする」

「だからってアレはねぇだろ」

「迷宮っていやシャドウが絵画買ったっつう噂があったの。珍しい」

「黙れ」

「あ、レイ子爵にプレゼントですか？」

「誰がやるか」

そうして、五人の夜は賑やかに過ぎていった。

付け加えるなら、店側はひたすら食べ続けたイレヴンによって貸し切りとは思えぬ売り上げが出た。嬉しい悲鳴ではあるが、シェフはその衰《おとろ》えない食欲に途中ちょっと泣いた。

更にリゼル達は結局シャドウについて領主官邸へと戻り、そこでも一杯かわしながら夜が更けるまで話していた。リゼル達が寝る時になっても仕事に戻って行ったシャドウは流石だろう。

そして翌朝、官邸前にて。

先日と同様に、庭園には騎兵団が集まっている。彼らが運ぶべき王子は官邸にて領主と別れの挨拶を交わしているが、それも数分もすれば終わるだろう。

問題なのは、その場にリゼル達の姿がないこと。

お陰でナハスは心休まらず魔鳥車の前を行ったり来たりしている。何処に宿をとったのかも聞いていないので迎えに行く事もできない。

「おっとりさん来ねぇの？」

「ああ、外の宿をとるとは聞いたが……そろそろ王子が来てしまうぞ」

常より低い声は、怒っているというより心配しているのだろう。

このまま時間までに間に合わなければリゼル達を置いて出発しなければならない。何人かの騎兵が、空から近場を探してみようかと自らのパートナーを呼び寄せる。

しかし、それが実行に移される事はなかった。

「お前が見送りに来るとは、商業国の品が大暴落を起こしそうだな」

「有り得ませんな」

玄関口から王子が姿を現した。

そしてその後ろに、漆黒の髪の下に壮絶な美貌を湛えた男が続いて歩いてくる。恐らくナハスは、騎兵団の中で最も早く彼の正体に辿り着けただろう。

「(〝ぼくのかんがえたさいきょうのびけい〟……これか)」

物凄く納得した。

聞いた時はふざけているんじゃないかと半信半疑になってしまったが、リゼルはきちんと分かりやすく教えてくれていた。反省する。

「ではまたな。次の建国祭の時にでも会おう」

「お気を付けて」

王子である男が護衛二人をつれ、自身の魔鳥車へと向かう。

騎兵達は少しばかり悩ましげに出発準備を始めた。これからの行程を王子を含めて確認し、そして準備が終わって飛び立つまでは後五分もあれば足りる。

もはや探しにいく時間はないかと、ナハスが悔やむように手を握りしめた時だ。

「ほら、急いでください」

「ムリ、俺目ぇ開かない」

「夜遊びしてっからだろうが」

「したんですか？」

官邸からいそいそと出てきたのは、すっかりと準備を済ませたリゼルとジル。そして辛うじて服を引っ掛けているだけの寝起きのイレヴンだった。

言葉どおり薄目も開かないイレヴンの腕を支え、足を動かしていたリゼルがふとシャドウの姿を見つけて足を止める。何の変装もなく立っている姿に、本当ならば嫌だろうにと微笑んで歩み寄った。

「おはようございます、シャドウ伯爵」

挨拶すると同時に、リゼルは凄い勢いで迫ってきているナハスに気付いた。

即座に覚悟を決める。これはもう明らかに怒られる。今回ばかりは仕方ない。遅れた自分達が悪い。間に合わなければどうなるか分からない筈がなく、随分と心配をかけてしまった事を思えば素直に怒られる所存だった。

「どうしてお前らはこういう時でも緊張感が……!?」

始まるだろうと思われた説教は、困惑と共に止まる。

原因はリゼルとナハスを隔てるように翳されたシャドウの腕。かばうように持ち上げられた片腕は、リゼルが一度だけ目を瞬かせた一瞬のうちに下ろされてしまう。

呆気にとられていたナハスが、すぐさま我に返って一歩下がる。

「御前《ごぜん》で失礼を致しました」

「いや」

「もう出発だからな、早く魔鳥車に乗るんだぞ」

それだけを告げ、ナハスは出発準備へと加わりに行く。

リゼルは半分寝ているイレヴンをジルに任せ、シャドウを窺った。盛大に顰められた顔、決して視線は合わないものの特に気にせず目元を緩める。

「久々に会えて嬉しかったです」

「……そうか。言うまでもないだろうが、巻き込まれる案件はよく選べ」

「はい。色々、有難うございました」

ジルによって魔鳥車に放り投げられたイレヴンの声が聞こえた。

どうやら自分を呼んでいるようだとそちらを向けば、ちょうど一匹の魔鳥が飛び立つのが見えた。

早朝の澄んだ空気の中に、無意識の内に空を見上げてしまうような羽ばたきの音が響く。

そろそろ行かなければと再びシャドウへと向き直り、悪戯っぽく口にする。

「お見送りも、有難うございます」


魔鳥車へと歩いていくリゼルに、シャドウは自嘲にも似た笑みを浮かべる。

この場には礼を尽くすべきアスタルニア王族がいる。にもかかわらず自分を見送りに来たのだろうと暗に告げた声には傲慢も優越もなく、疑いようもなく当然なのだという色を含んでいた。

酷くわざとらしいそれが、打てば響く商談のように好ましい。

「当然だろう」

応える声は届かないが、それで良い。

見上げた空に飛び立っていく魔鳥車を、眩しさに眉を寄せながら見送る。そして彼は名残惜しさなど欠片もなく、さっさと仕事の遅れを取り戻さねばと官邸内へと姿を消した。

132

アスタルニアを出発してから六日目の早朝。

サルスへの使者一行は、予定どおりの地点へと順調に辿り着いて夜を明かした。

ちょうど王都とサルスの中間地点。両国へと魔鳥ならば半日もかからない場所で、普段から外交で訪れる際にも利用するポイントだ。

見通しの良い平原だが、一方を見れば小さな森も近い。森には水場もある。魔鳥が集まっていれば魔物もあまり近寄ってこないし、たとえ近寄ってきたとして魔鳥がすぐに見つけてくれる。

「ここから別行動だっけ？」

「そうですね。俺達だけ王都です」

身支度を整えたリゼルは、さて何か手伝える事がないだろうかと野営地をうろつく。

そこに眠そうなイレヴンが欠伸を零しながら合流した。少し肌寒い草原を、のんびりと歩いている魔鳥や畳まれているテントなどを横目に歩いていく。

今日ばかりは日が昇ればすぐに出発という訳でもない。久しぶりにゆっくりと寝ただろう騎兵達の活力に溢れた声が、綺麗な青空の下で幾つも上がっていた。

「朝飯は？」

「多分、ジルが何か獲《と》ってくると思うんですけど」

擦れ違った騎兵から投げかけられた挨拶に、微笑みながら返す。

道中の食事はアスタルニアへと向かった時と同じく自分達で用意していた。騎兵団の炊き出しを一緒に食べれば良いとも言われたが、肉食なジルが保存食色の強いそれをあまり好まないのだ。

ふらりと何処かに出かけては何かしらの肉を携えて戻ってくる。リゼルとイレヴンもほとんどそれを食べていた。

「あ、獲れたみたいです」

森の少し奥から、断末魔《だんまつま》のような獣の鳴き声が聞こえた。

同時に多くの鳥が飛び立つのが見える。魔鳥や騎兵達が何だ何だとそちらを向くも、すぐに特に気にするでもなく作業へと戻っていた。もはや慣れたものだ。

「ジルって大物狙いですよね」

「俺の為かも？」

「そうかもしれません」

顔を見合わせ、二人で戯れるように笑みを交わす。

ちなみに実際のところは、小さいのは捕まえるのに手間がかかるというだけだ。大きな獲物のほうが襲い掛かってくる分、見つけやすく狩りやすいという強者の理論だった。

「騎兵団の朝食の手伝いを、と思ったけどジルを待ってましょうか」

「手伝いっつってもさァ……」

イレヴンは開きかけた口を無理矢理閉じた。

確かに見ている限り、リゼルが手伝いを申し出る事は度々あった。手伝いに行けばナハスが仕事を割り振ってくれたし、仕事ぶりも足手まといにはならず十分な働きを見せていただろう。

それでも、と思わずにはいられない。

『何か手伝える事、ありますか？』

『ああ、リゼル殿か。ちょうど良かった、この鍋が焦げないよう掻き回してくれないか』

『分かりました』

『助かった、そこにかかりきりになれんからな。頼むぞ』

『はい』

ある時は、大きな寸胴《ずんどう》の前でお玉を手にせっせと掻き回していた。

火とか危ないいんじゃ、と一人の騎兵がこそりとナハスに声をかけていたのをイレヴンはよく覚えている。彼らは我らがパーティリーダーを舐めすぎなんじゃないだろうか。全力で同意する。

さらに、またある時は。

『ナハスさん、手伝っても良いですか？』

『ははっ、何だ、柄にもなく控えめに聞くな。遠慮せずどんどん手伝ってくれ』

『有難うございます。俺もこれを切れば良いですか？』

『いや、ここは手が足りてるんだ。そうだな、それをパンに挟んでいってくれると有難いんだが』

『はい、分かりました』

『パンはまだ熱いぞ、火傷《やけど》するなよ』

焚き火で炙《あぶ》られたパンに、せっせと野菜やら塩漬けのハムやらを挟み込んでいた。

イレヴンはナハスの対応こそ迷宮対応というものではないかと常々思っている。迷宮対応とは冒険者用語で〝全力で空気を読んだ超適切すぎる対応〟の事を指す。

「……まぁリーダーが楽しそうだったから良いけど」

「ん？」

呼んだかと此方を向いたリゼルに、にこりと笑って首を振る。

二人の進路は先程から変わり、自身のテントへと向かっていた。魔鳥車の近くに張られたそこには、昨晩に使用した焚き木がまだ残っている。

肉を獲ってきたからには焼くだろう、そこで待っていれば良い。

「俺らはいつ出発？」

「ナハスさんには互いの準備が済んだら、って言われてます」

「ふぅん。早ぇほうが良い？」

「そうですね」

騎兵団もなるべく野営地に待機していたいだろう。出発が早いに越した事はない。

ふいに草原を駆ける風が強まり髪を揺らした。頬をくすぐるそれを耳にかけながら、リゼルは雑談を交えつつ体をほぐしている騎兵達を眺める。

「ただ、あちらものんびりしてるし急ぐ程ではないのかな」

「あいつら今日やる事ねぇっつってたしなァ」

再び欠伸を零しながらイレヴンも同意する。

恐らくサルスへの先触れは既に出発しているのだろうが、返事が帰ってくるまでは暇である事に変わりない。他国の近くでは易々と魔鳥を飛ばす事もできないだろう。

「お、こんだけ薪《まき》残ってりゃ足りるか」

テントへと辿り着くと、イレヴンが慣れた手つきで隣に積んである薪を焚き火跡へと放り込んでいく。リゼルも時々やらせてもらうが、まだまだ無造作にという訳にはいかない。

「そういえば、朝起きるとちょっと薪が減ってますよね」

「あー、夜の間に誰かが足してんじゃねッスか。巡回とかで」

「成程」

野営地では夜に火を絶やさない。

騎兵団に同行中のリゼル達は三人揃って寝てしまうが、夜中に巡回する兵が気付いた時にでも放り込んでくれているのだろう。有難い事だ。

「よっし、完成」

イレヴンが手を払いながら立ち上がる。

拳大の石が円形に並べられた中に組み上げられた焚き木。それを見下ろしながら、リゼルは微かに首を傾けて魔力を操作する。

空気が弾ける音と共に焚き木の中に火が生まれた。暫く灯《とも》しっぱなしにする。

「あ、ジルも戻ってきましたね」

炎が薪の表面を舐めるように広がっていくのを確認し、魔法の発動を止めた。

顔を上げれば、ちょうど森から歩いてくる人影を目にする。獲物の姿は見えないが、空間魔法にでも仕舞っているのだろう。大物を仕留められたようだ。

リゼルがひらりと手を振ると、気付いたジルも手を上げた。

「茶でも沸かしとく？」

「そうしましょうか」

イレヴンが背の高い鉄の三脚、折りたたみ式の五徳《ごとく》を焚き火へと設置した。

そしてケトルを取り出してリゼルへと向ける。リゼルは蓋《ふた》が閉じられたままのそれに手を当てて中を水で満たした。

三人は各自、水入りの瓶を数本持っている。だがリゼルがいると取り出すのを面倒臭がって魔法で解決しがちだ。腐るものでもないので、いざという時の為に残しておくという意味では間違っていないが。

「リーダー居ると便利ー」

「それ、時々言いますよね」

「だって本当だし」

イレヴンはケラケラと笑い、適当な茶葉を取り出して火にかけたケトルへと放り込んだ。

ちなみに五徳もケトルも茶葉もジャッジがイレヴンに押し付けたものだ。リゼルが不自由をしないように、という彼の間接的奉仕は留まるところを知らない。

そうしている内に、ジルが野営地へと辿り着く。

「お前らにしちゃ早《はえ》ぇな」

「おはようございます、ジル」

「はよッス」

「あぁ」

リゼルが起きた時には既にジルは居なかった。

相変わらず、普段と同じ時間に目が覚めて動き出していたのだろう。いつテントを出たのかも熟睡していたリゼルは知らなかった。

「何を獲ったんですか？」

「雷虎《サンダータイガー》」

「へぇ、見た事ないです」

ジルがポーチから獲物を取り出し、重たい音を立てながら地面へと横たえる。

馬ほどの大きさの巨体が、白黒の美しい縞《しま》模様を持つ立派な毛皮で覆われていた。額から伸びた角と力なく放り出された太い脚が、生きていた頃の威容《いよう》を思わせる。

リゼルはまじまじとその姿を眺め、そして顔の前へとしゃがみ込んだ。微かな凹凸《おうとつ》のある角へと手を伸ばす。

「触んなよ」

投げかけられた忠告に素直に手を止めた。

「どうしてですか？」

「まだ残ってる」

何がだろうと不思議そうに見上げれば、隣に立ったジルがおもむろに身を屈める。

その手には毛皮を剥ぐ為だろうナイフ。それを角に触れさせた途端、バチンッと強い音と共に細く青い稲妻《いなづま》が弾けた。

「これは痛そうです」

「毛皮も止《や》めとけよ」

言われてみれば成程、狩られたばかりで艶の残る毛皮も逆立っている。

触ったら痛そうだな、などと考えながらリゼルは立ち上がった。

「お、血抜き終わってんじゃん」

「首から斬ったからな」

「あー、だから凄ぇ汚れてんのね」

イレヴンも手際よくグローブを嵌めてナイフを取り出していた。

父親が狩人というのが大きいのだろうか。彼はこういうのが得意で、躊躇いなく血に汚れた毛皮にナイフを滑らせ始める。

相当な巨体だが、二人がかりなら処理にも時間はかからないだろう。ちなみにリゼルは手伝おうとしても拒否される。解説はしてもらえるので知識ばかりが増えていた。

「じゃあ俺はスープをゲットして来ますね」

「何のスープって？」

「具沢山《ぐだくさん》って言ってました」

「やりィ」

昨晩聞いていたメニューを思い出しながら告げて、炊き出しの場へと向かう。

自分達で食事の準備をしているとはいえ、完全に騎兵団と仕切って考えている訳でもない。これから行うように互いにおすそ分けをする事もあれば、肉だけじゃバランスが悪いとナハスが問答無用で渡してくる事もある。

「リゼル殿」

「ナハスさん、おはようございます」

「ああ、おはよう」

歩いているとナハスに声をかけられた。

ちょうど探していたのだろう。良かった、と言いながら近付いていくる彼にリゼルも足を止める。

少し離れた所にはパートナーである魔鳥もいて、自由気ままに歩き回っていた。

「何かありました？」

「いや、いつ頃出るかだけ確認しておこうと思ってな」

「そちらに合わせますよ」

「そうか？　お前らも朝食は……これからか」

リゼル達のテントを向いたナハスが、早速毛皮を剥がれている巨大な肉塊《にくかい》を目にして納得を見せる。リゼルも「流石に解体が早いなぁ」と感心顔だ。

「さっき周りが騒いでたのがアレか。またでかい獲物だな」

「雷虎みたいです」

「何、近くに居たのか」

やや顔を顰め、森を向いたナハスに首を傾げる。

「何か問題が？」

「いや、こっちが大人数で固まってればまず近付いてこないないから良いんだが……魔鳥と雷虎は相性が悪いんだ」

雷虎は、時に空飛ぶ魔鳥すら獲物にするという。

毛皮に帯電の性質を持ち、それを角に集約させて雷として放つ事ができる。それがトドメとなるほど強い雷ではないが、一時でも麻痺《まひ》させる事ができれば狩りの成功率は跳ね上がるだろう。

後は巨体に見合わぬスピードで迫り、鋭い爪で仕留めるだけ。森で出会いたくない魔物の内の一匹だ。

「この辺りで出るのは珍しいな」

「そうですよね、俺も見た事がなかったです」

「仕留めてくれたなら安心だな。礼を言っておいてくれ」

「ジルにはそんなつもりなかったと思いますけど」

「そうだろうな」

ナハスは笑い、近付いてきたパートナーの首に手を回すように撫でる。

ジルが朝食前の運動のように魔物を狩る事にもはや驚く者はいない。雷虎を見た時に周囲が騒いだのは、雷虎が出た事に対してなのだろう。

例外として、王族付の護衛の一人は雷虎を見た瞬間に飲んでいた茶を噴き出していたが。

「それで、お前はどうしたんだ?」

「今日はスープがあるって聞いたので貰いにいこうと思って。肉と交換、という事で」

「そうか。うちの奴らも喜ぶぞ」

騎兵団にも保存が利くように加工された肉はあるが、やはり獲れたての肉も食べたい。よっておすそ分けは非常に喜ばれる。今も近くで話を聞いていた騎兵が「雷虎の肉ってバチバチすんのかな」とうきうき話し合っているくらいだ。

「それなら、そうだな……出発は朝食後で良いか?」

「はい」

「また後で声をかけに行くから、準備しておくんだぞ」

リゼルはナハスの言葉に頷き、また後でと別れて再び歩みを進めた。

騎兵団の食事当番は、野営地のほぼ中央で作業をしている。幾つか並んだ焚き火は周りに煉瓦《れんが》が積まれて竈《かまど》のようになっていた。そこに以前リゼルが手伝った時と同じように、大きい鍋が置かれている。

持ち出しは厳しく管理されているようだが、騎兵団も一つだけ空間魔法を施された鞄を持っているらしい。薪も煉瓦も持ち運びには困らない。

「おはようございます」

「お、来たな」

魔鳥から外した鞍に腰掛け、手際よく果物を剥いていた壮年の騎兵がにやりと笑う。どうやら既にジルが雷虎を狩ってきた話が広がっているらしい。

「今日も大物だったらしいなぁ」

「スープと交換でどうでしょう」

「そりゃ大歓迎だ、持ってけ持ってけ」

皮むきの手元を見つめるリゼルに、騎兵は笑いながら持っていたナイフで鍋を指した。

少しだけやらせてもらえないかとも思ったが、邪魔をするつもりもない。リゼルは己の料理の腕がやや劣り気味な事をしっかりと自覚している。多少の希望的観測は入るが。

そして並んだ竈の一番手前、大きな鍋を掻き混ぜている年若い騎兵の元へと向かう。

「お、話は聞いてましたよ。三つで良いですか？」

「お願いします」

「あとちょっとで出来上がるんで」

漂う良い香りにリゼルは柔らかく微笑み、湯気の立ち上る鍋の中を覗き込んだ。

ジャガイモやニンジンなどの根菜、よく燻製《くんせい》されたベーコン、それらが大ぶりに切り分けられて、細かな油の煌めくスープの中で揺れている。アスタルニアの朝食に頻繁に登場する定番スープだ。

「雷虎狩ってくれるなんて大助かりですわ」

「それ、ナハスさんにも言われました。亡骸《なきがら》とはいえ、魔鳥も嫌がらないんですね」

「そりゃまぁ訓練してるんで」

誇らしげに胸を張った騎兵の視線が、自らのパートナーだろう魔鳥へと向けられる。

陽だまりで羽をたたみ、うつらうつらしているパートナーを見る瞳には溢れんばかりの愛情と信頼が滲んでいた。それは熟練だろうが新人だろうが関係なく、騎兵団全員が抱くような感情なのだろう。

「あ、そういや毛皮はどうするんです？」

パッと此方へ向き直った騎兵の言葉に、リゼルはパチリと目を瞬いた。

「その辺りはいつもジルとイレヴンに任せちゃうんですけど」

「羨ましいですねぇ、あれだけ立派だと金貨何枚いくんだろ」

鍋を掻き回していた手を止め、騎兵は夢見心地に呟いた。

そしてお玉を器用に操り、浮かぶジャガイモを鍋に押し付けるように半分に割る。リゼルには分からないが満足がいくまで煮えたのだろう。

ポーチから器を三つ取り出せば、快く受け取って盛り付けてくれた。

「売ったとしたら何になるんでしょうね」

「俺に聞くんですか。そうですね、装備とかにすりゃ良いモンできそうだし……あ、王族貴族が絨毯にしそうですよね！」

「うちにはなかったですけど」

「え？」

「ん？」

二人は数秒視線を合わせたが、リゼルが促すと同時に止まっていた時が流れ出す。

騎兵は何だか会話に異常な違和感があった気がしたが、気にしないでおこうと流して器にスープを盛る作業を再開させた。男所帯の盛り付けは偏りがあると後に戦争を生むのだ、慎重にもなる。

「あ。そういや一度、成金《なりきん》の商人がコートにしてんの見ましたよ」

「暖かそうですしね。凄く派手ですけど」

「あれ着こなすってかなり難易度高いですよねぇ」

リゼルは数度頷き、ぼんやりと想像してみる。

虎柄のコート、雷虎の巨体を思えば大きめのサイズでも問題ないだろう。思い返してみれば元教え子が、とある金持ち商人のドラ息子設定で市井《しせい》に遊びにいった時にとてつもなく違和感なく着こなしていた気がする。

「ジルは背が高いし、大柄も似合いそうです」

「迫力ありすぎて近寄りがたさが跳ね上がりそうですよね」

「イレヴンも派手な柄が似合いそうだし」

「確実に宜しくない組織の若頭《わかがしら》だと勘違いされそうですよね」

これは褒めてくれていると判断して良いのだろうか。

リゼルが騎兵を見れば、彼はひたすら乾いた笑い声を漏らしている。あまり良い意味ではなさそうなので、コートに仕立てるよう提案するのは止めておいたほうが良さそうだ。

「俺は似合いそうにないですし」

「あー……」

深く納得されると悲しいものがある。

「ん、できた。どうぞ」

「有難うございます」

リゼルはポーチから迷宮品のトレーを取り出して騎兵へと差し出した。

上に乗せた皿の中身が零れにくくなるという迷宮品だ。たっぷりとスープが注がれた器が三つ、トレーの上に慎重に並べられていく。

ちなみにこの騎兵、普段の配膳《はいぜん》では〝多少零しても気にしない〟を信条としているのだがリゼルは知らない。丁寧な人だなとすら思っている。

「後で肉も取りにきてくださいね」

「おっ、ならすぐ誰か寄越すんで」

「はい、待ってます」

リゼルはトレーを手に来た道を戻り始めた。

この迷宮品、零れにくくなるというだけで零れる時は零れる。よって気をつけて歩かなければならないのは変わらないのだが、元々ゆったりと歩くリゼルにとっては難しい事でもなかった。

「？」

そして焚き火まで後少しとなった時だ。その光景にリゼルは内心で首を傾けた。

茶は既に沸いたのだろう、ケトルが取り除かれた代わりに串打ちされた肉が炎を囲んでいる。その後ろには一回り小さくなった肉塊、騎兵団に渡す分が既に切り分けられていた。

焚き火を囲むのはジルとイレヴン、そしてもう一人。

「（あ）」

初めにリゼルを見つけたのは、ちょうど此方を向いていたイレヴンだった。

わざとらしい笑みを浮かべて見覚えのない人物と話していた彼は、その視線を一瞬ジルへと送る。それを受けてジルもリゼルに気付いたのだろう、自然な仕草で立ち上がった。

こちらへと歩いてくる姿は、何気なくその人物からリゼルの姿を遮るようであった。

「何かありました？」

「別に。王子のお相手」

何かあったのかと声を潜めて問いかける。

そしてトレーを受け取りながらのジルの言葉に、リゼルは意外そうに目を瞬かせた。

思えば確かに、特に意図した訳でもないのに一度も王子とは顔を合わせていない。ジル達はそれに気付いていたのだろう、会いたくないならと気を遣ってくれたようだ。

「なら、俺からもご挨拶したほうが良いでしょうか」

旅も最後だからと、噂の一刀に突撃してみたのかもしれない。

随分と好奇心旺盛な方だなと可笑しそうに笑ってみせれば、ジルが溜息をつきながら一歩隣へとずれる。見通しの良くなった視界の先で、一人の男が後ろ手をつきながら此方を振り返った。

「お、パーティの最後の一人か？　何だ、焦らしてくれたものだ……な……」

褐色の肌に、黒く短い髪。

凛々しい眉の下にある瞳を好奇に輝かせた、快活な笑みがよく似合う男だった。

「本当に、随分と焦らされた」

彼はリゼルの姿を捉えて見開いていた目を、酷く楽しげに歪める。

それに対してリゼルは気負わずにゆるりと微笑み、焚き火へと歩を進めていった。


焚き火の周りには肉の焼ける香ばしい匂いが漂っている。

リゼル達は折りたたみの椅子（ジャッジ提供）に腰掛け、焼きたて熱々の虎肉へと齧り付いていた。ちなみに王子は地べたに座っている。リゼルが椅子を譲ろうとしたらイレヴンに渋られた。

「いや、まさか冒険者だったとはな」

「よく言われるんですけど、とても心外です」

苦笑するリゼルに、王子が声を上げて笑う。

そんな彼は先程、串に刺さったままの肉を食べているリゼルを二度見していた。にもかかわらず、王子本人はおすそ分けされた串焼き肉に平気で齧りついているのだが。

元の世界の自身よりよほど高貴な身分だろうに、何が彼を二度見に走らせたのかとリゼルは不思議で仕方がない。

「建国祭の時を覚えているか？　俺としては忘れてほしい気もするが」

「ええ、メッセージまでしっかりと」

「お忍びなぞ、さぞ話が合うだろうと式典の時に探し回ってしまった！」

話が合う、の言葉にリゼル達は酷く納得した。

アスタルニア王族にしてみれば、王都の貴族らは随分とお堅い事だろう。王都からしてみればアスタルニアのほうが緩いのだが。

「レイ子爵はお忍びで出てましたけど」

「何やってんのあのおっさん」

「いい年してはしゃぎ過ぎだろ」

思わずジル達は突っ込んだ。

二人は冒険者同伴《どうはん》パーティーの件について、今の今まで普通に使者か何かが招待に来たのかと思っていた。まさか街中で会っているとは思わなかったのだ。

「貴族にもツテがあるのか」

それはアスタルニア王族の口から酷く何気なく向けられた一言。

反応したのはイレヴンだった。肉の最後の一口を串から噛み千切り、それを噛みもせず飲み込んでから口を開く。

「そういうの要らねぇんだわ」

嘲笑を浮かべた唇から零された声は低く、手元で回された串が風切り音を立てた。

王族の後ろについていた護衛が表情を変える事なく、さりげなく剣へと触れる。それに視線すら向けずにイレヴンが王子と視線を交わしたのは刹那《せつな》の間。

不穏な空気が滲み始めるより前に、それを制する声があった。

「イレヴン」

穏やかな声がただ名前を呼ぶ。

それだけでイレヴンは不貞腐れたように唇を尖らせて、乗り出しかけた体を引いた。その目は露骨に不満そうにリゼルへと向けられている。

それを受け、リゼルは困ったように苦笑しながらも彼の手から空《から》の串を取り上げた。

「あっちが悪《わり》ィんじゃん」

「彼の立場を考えれば当然の事です」

「でもさァ」

「イレヴン」

促すように再度名前を呼べば、イレヴンは渋々と反論の口を閉じた。

その手に新しく焼けた肉の串を渡してやれば、やけ食いのようにガブリガブリと食べ始める。これはきっと、自分より王族の肩を持つような真似が気に入らないと拗ねてみせているのだろう。

見るからに露骨なフォロー待ち。後で声をかけておかなければと気に留めながら、リゼルは正面の王子へと向き直る。

「すみません、王子殿下」

「いや、こちらこそ短慮軽率な真似をした。つい、な」

彼はまるで役者のように肩を竦め、鷹揚に笑った。

「が、意外だな。〝一刀のパーティ〟という訳ではなさそうだ」

その瞳に映る好奇が強まった。

ゆっくりとリゼル達三人をなぞる視線に、イレヴンは気に入らないとばかりに鼻を鳴らし、ジルは我関せずと肉を食らい、そして最後に視線が止まった先のリゼルはただ微笑む。

「ふむ、成程。アリム兄上が、たとえ一刀でも冒険者に興味を持つとは意外だったが」

肉の刺さった串をゆらゆらと揺らしながら、王子は告げた。

「兄上の眼鏡に適ったのは君か」

王族らしい凛とした瞳が、揺るぎない確信を持って真っすぐにリゼルを射抜く。

それに対してリゼルは困ったように苦笑した。アリムが何を思って三人を書庫へと迎え入れてくれていたのかなど、アリム本人にしか分からない。

「そう思っていただけていたなら嬉しいんですが」

「いや、面白い。帰った時に兄上と話すのが今から楽しみだ」

声を上げて笑う王子を、ジルは興味なさそうに一瞥して肉を齧る。

果たして眼鏡に適ったのはどちらなのかと、そう思いながらも口にはしない。

「そんな事したら王子、アリム様に色々バレますよ」

「む、そうだな。兄上は怒らせると怖い」

ふいに口を挟んだ護衛に、王子は大口で肉に齧りつきながら難しそうな顔をする。

それを見て、リゼルは新しい肉をせっせと焚き火の周りに並べながらも顔を上げた。

「アリム殿下、ですよね。穏やかな方だったと思うんですが……」

「穏やか？　あの兄上がか？」

今までで一番意外そうに目を見開いた王子へ、リゼルもぱちりと目を瞬いた。

確かに普段の会話の中でも、兄弟に対してはあまり遠慮がなかったように思う。だがそれでもアリムが感情を荒らげる姿は想像もできないし、更にアスタルニア国民の賑やかさを思えば十分に穏やかと称せる人物だった筈だ。マイペースとも言うが。

「何か気に入らん事があると手も足も出す人だ、これがまた痛い」

流石に兄弟内に限られるし、別に短気でもないらしいが。

喧嘩を売られれば即座に応戦するのがアスタルニア王族の兄弟一同だという、アリムが特別手が早いという訳でもないだろう。周囲の人々には兄弟喧嘩なんていう可愛いものではないと専《もっぱ》ら評されているようだ。

「あの布の塊がねぇ」

「意外ですよね」

「それなりに動けそうだとは思ってたけどな」

「そういえば体つきはしっかりしてましたね」

知人の意外な一面に、リゼル達はもぐもぐと肉を食べながら頷きあう。

書庫内ではスライムの如《ごと》くのそのそと動いていたアリムだ、知る由もなかった。今頃はクシャミでもしているだろうかと思うも、噂といったものに振り回されるようにも思えないので恐らくノーリアクションだろう。

「しかし兄上も人が悪い。これほど興味深い相手と知っていれば、移動中語り明かしたものを」

「だからだと思いますよ……」

残念そうに天を仰いだ王子に、勘弁してくれとばかり護衛が口元を引き攣らせていた。

リゼル達が「もっと話を」と粘る王子に別れを告げ、騎兵団に見送られながら野営地を発ってから暫く。まだ昼時である時間には既に、王都が間近に迫ってきていた。

「お、リーダー見て」

「ようやく着きましたね」

三人は魔鳥車の窓から城壁に囲まれた王都を見下ろした。

眺めを堪能していると、牽引する魔鳥の羽音と共に徐々に高度が下がっていく。速度もぐんと落ちて、魔鳥車の車輪が地面に触れる直前で停止。小さな振動を感じた直後に車輪の音がして、少し地面を走ったようだった。窓の外では同じく地上に降り立った騎兵達がパートナーから降りている。

「よし、降りて良いぞ」

外から閂《かんぬき》の開く音がして、ナハスが魔鳥車の扉を開いた。

リゼルが身を屈めながら扉を潜れば、眼前に広がるのは懐かしき城壁。迷宮へ行くのに何度もくぐり、そしてアスタルニアへ向かう際に見送りを受けた南門だ。

「あーようやく着いたァー」

「体ほぐすのに迷宮潜りてぇな」

「それガチで？」

ジルやイレヴンも魔鳥車から降りて肩や首を回している。

行きもそうだったが、基本的にじっとしているのが性に合わないのだろう。本当に迷宮に潜りに行きそうだなとジルを眺めているリゼルの隣で、車内に忘れ物がないかを確認したナハスが扉を閉めた。

「長い移動は疲れただろう、宿のアテはあるのか？」

「取り敢えず、以前泊まっていた宿を覗いてみようかと思います」

「そうか」

門前までリゼル達を送り届けてくれたのは、本当に最小限の騎兵達だ。

魔鳥車を牽引する為にナハスを含めた四組、そして先触れとして〝魔鳥騎兵団が近くまで客人を届けにくるけど気にするな〟と門番に伝えにきていた一組。

先触れの騎兵は、どうせだからと到着を待っていたのだろう。何やらリラックスした様子で門番と話していたようだが、すぐに此方へと魔鳥を伴って合流していた。

「お前達には」

それを眺め、ふいにナハスが魔鳥車に手を置きながら口を開く。

「リゼル殿には感謝している」

「こちらこそ、ナハスさんにはお世話になりました」

お世話になったというか、世話を焼いてくれたというか。

思わずそう口にしかけたイレヴンは、ジルに後頭部を引《ひ》っ叩《ぱた》かれて渋々口を閉じた。彼はそのまま魔鳥車に肘をつくように凭れ掛かり、傍観の姿勢をとる。

「いや、そんな些細な事じゃない。お前は、俺達騎兵団の誇りを守ってくれた」

それは、真実を知るナハスだからこそ出た言葉だったのだろう。

信者による襲撃の被害がほぼゼロで済んだ裏に誰が居たのか。居なかったらどうなっていたのか。

想像するだけで背筋が凍るような未来をゆるやかに薙いだのは、誰か。

たとえそれが成り行きだとしても、彼にとっては感謝しない理由にはならない。

「心から感謝している。有難う」

「どういたしまして」

その感謝をリゼルも受け入れる。

ゆるりと微笑めば、ナハスも口元を緩めた。すると彼は何かを思い出したように魔鳥車に乗せていた手を離し、その手を自らの腰元へと運ぶ。

「そうだ、お前達に渡そうと思っていたんだ」

ナハスのベルトには色々なものが括《くく》りつけられている。

それらを漁った武骨な手が、何かを握ってリゼルへと差し出した。緩く開かれた掌から、紐に繋がれてぶら下がったのは小さな笛だった。

表面が滑らかに加工されている細い棒状の笛を、促されるままにリゼルは受け取る。

「魔鳥笛だ。そうだな、同じ国にいればまず俺の相棒が気付く」

「そんな大切な物を貰って良いんですか？」

「気にするな」

これは予備だからと、本当に何て事なさそうにナハスは告げた。

掌で転がしてみた笛は工芸品のようだが非常に軽い。何かの骨か木を削《けず》って作られているのだろう、不思議な光沢がある。

「最近は少なかったが、騎兵団は他所の国に飛ぶ事も多い。見かけたら知らせてくれれば、力になれる事もあるだろう」

何らかの騒動の渦中《かちゅう》にいる事を前提にされているのは気になるが、ひとまずリゼルは素直に頷いておいた。再会を望んでくれているのだと思えば純粋に嬉しい。

「リーダー貸して」

「どうぞ」

手を伸ばしてくるイレヴンに渡してやれば、彼は流れるような仕草でそれを咥える。

すかさずヒュイッと突風が通り過ぎたような音が響き、その場にいる魔鳥全てが不思議そうに顔を上げた。

「何で今鳴らすんだ……」

ナハスは仕方なさそうに言いながら、大丈夫だと自らの魔鳥へと声をかけた。

他の魔鳥が不思議そうに首をひねって嘴を逸らすなか、首をひねりながらもじっとイレヴンを見続けていたのがナハスの魔鳥だ。どうやら、それぞれの魔鳥の音というのがあるのだろう。

「ナハスさんに直通なんですね」

「悪戯で鳴らすんじゃないぞ」

ふと、ナハスが何かを切り出すのを躊躇うように口を噤む。

行き場のなくなった手をそのまま首に宛がい、逸れそうになる視線を自ら叱咤《しった》するように三人へ戻した。珍しく、何処か落ち着かないような姿をリゼルはただ見つめながら言葉を待つ。

「まぁ……好き放題するなとは言わないが、あまり敵を作るなよ」

「気をつけます」

「返事だけは良いからな、全く……」

少し厳しい顔をしながら、ナハスがジル達のほうにも顔を向けた。

「お前達にも言ってるんだぞ。タチの悪い事は控えろ」

「心当たりぜーんぜんねぇ」

「もう喧嘩はするなよ。結局周りが振り回されるんだからな」

「引っ張んじゃねぇよ」

にやにやと笑うイレヴンと、嫌そうに顔を顰めるジルに彼は溜息をついた。

そして再び何かを言いかけ、その口元を隠すように自らの手で覆ってしまう。ゆっくりと息を吸いながらリゼルへ向き直った顔は、指の隙間から見える口元と合わせて困ったように笑っていた。

「いかんな」

何かを諦めたような声は、ただただ優しい。

「どうにも離れがたい」

その言葉に、リゼルは可笑しそうに目元を緩めて破顔した。

リゼルから見たナハスは、何処までも国に仕える兵士だった。持ち前の面倒見の良さが前面に出てはいるが、根本には常に騎兵団の一員としての一線があった筈だ。

しかしたった今告げられた言葉は、その瞬間だけは、その一線を踏み越えた。

「有難うございます」

「ああ」

目を細め、笑みを和らげたナハスが、口元から降ろした手を自然とリゼルへ伸ばす。

その手は送り出すようにリゼルの肩を叩き、離れかけ、再び触れて肩から腕へとゆっくりと下りながら引かれていった。まるで自身の魔鳥を撫でるような仕草は、慈愛《じあい》の籠もった掌の温度を伝えるようにただ温かい。

「元気でな」

「貴方も」

友との別れを惜しむ瞳が少しも逸らされないのが、リゼルには嬉しかった。

「ナハスさんが駄々をこねるなんて珍しいですね」

「本当にな。情けない事だ」

「俺は嬉しいんだから、そんなこと言わないでください」

戯れるように交わされる会話に先程の名残はない。

そしてナハスは自らの魔鳥を呼んで、労わるようにその体を撫でた。魔鳥車を牽引する為の装備が負担になっていないかしっかりと確認し、周囲へと出発の声をかける。

長居するのはあまり好ましくないだろう。

「じゃあ俺達はそろそろ行くが、大丈夫か？　ギルドの手続きもなるべく早くやるんだぞ」

「ギルドに関心持つ軍人ってのも珍しいよなァ」

「冒険者でもねぇのにな」

「気が利く方ですよね」

「聞いてるのか！　困るのはお前達なんだぞ！」

三者三様に返事を返しながら、リゼル達は数歩魔鳥車から離れた。

間を置かず魔鳥が地面を蹴る。魔鳥車の四隅を牽引する魔鳥は低空で羽ばたきながら高さを揃え、ナハスの合図と共に一斉に上空へと飛び立った。

一糸乱れぬ連携に、巻き起こった風が三人の服の裾を揺らす。

「色々と有難うございました。お気をつけて！」

「ああ、行ってこい！」

風の音に消されないよう、声を張るリゼルにナハスも力強く返した。

行ってこいとは、言うほうが逆じゃないかとリゼルは苦笑を滲ませる。他の騎兵達も大きく手を振ってくれたので、三人も手を振り返したり見送ったりしながら送り出した。

何だか騎兵の内の一人が泣いているように見えたのは気のせいだろうか。

「魔鳥も、暫く会えないと思うと寂しいですね」

「あれだけでけぇのは滅多に居ねぇしな」

騎兵団は大きく旋回《せんかい》しながら高度を上げ、そして進路を野営地の方角へと定める。

太陽を背負った彼らを、その眩しさに手で目元を覆いながらもリゼルは見上げていた。高く高く、何処までも響くような魔鳥の声が美しい青に融けていく。

小さくなっていく影。それを最後まで見送る事なく、リゼルは王都の門を振り返った。

「ジルは本当に迷宮に行くんですか？」

「行きてぇってだけだよ。今からだと微妙だろ」

「つか俺腹減ったんだけど」

三人は門へと歩いた。

入国待ちしている馬車の持ち主達の視線を一身に受け、門の向こう側を歩く王都国民に目を瞠《みは》られ、それらを気に掛ける事なく辿り着いた門でギルドカードを提示する。

勝手知ったる王都の門、カードを翳しながら通り過ぎるだけなのだが。

そのカードを見るでもなく目を見開いた門番が、微かな憧憬《どうけい》を孕みながらも呆然と三人を目で追った。懐かしいと、そう感慨にふけるには彼らの印象が強すぎて。

「じゃあ、このまま何処かに」

城壁が作り出す影を抜け、差した日差しにリゼルは少しだけ目を伏せる。

そしてその視線を上げた時、話していた口を閉じた。そのまま数歩、そして足を止める。

目の前に立っているのは懐かしい二人の姿。甘く柔らかく微笑んで、小走りで駆け寄ってくる彼らを迎え入れた。

「あ、あの、リゼルさん……その、おか」

「お待ちしていました、お帰りなさい」

「ちょっとスタッド！　出迎えの時は僕が先って散々《さんざん》言ったのに……っ」

「貴方が鈍《どん》くさいからでしょう第一声は譲りました」

淡々と告げるスタッドに半泣きで抗議する姿は何とも見慣れたもので、リゼルは苦笑しながら早く再会を喜ばせてもらおうと二人へと声をかけるのだった。

133.

それはリゼルが王都へ帰還する前のこと。

王都南の門では、二人の憲兵が門番として警備にあたっていた。とはいえ昼食時にも届かない時間帯では訪れる者も少なく、朝から数えても両手で数えられるくらいの仕事しかしていない。

それも、顔見知りの商隊相手に通行証と荷物をチェックするのみ。

勿論門番としては立っているだけで仕事をしている事に変わりはないのだが、それだけというのはなかなかに暇だった。商業国のように通行証がいらなければ入国希望がもっと増えるのだろうか、なんてジョークも定番になりつつある。

「そろそろ交代か」

「ですね」

二人の門番が、白い雲が点々と流れる青空を見上げながらそう告げた。

最も出入りの激しい冒険者も、早朝が過ぎれば次のラッシュは日の落ちかける頃。見渡す限りの平原には馬車の影など一つもない。

警戒を怠《おこた》っている訳ではないが、気を張り詰めすぎても疲れてしまう。彼らも適度に気を抜いていた。

「そういや最近、冒険者が荒れてないか？」

「あいつらは基本が荒れてるでしょう」

「まぁ、そうなんだがなぁ」

若い門番の言葉に、壮年の門番が小難しい顔をして頭を掻いた。

何か引っかかる事があるのだろう。若い門番は、また始まったよとばかりに首を振って自らも心当たりを探ってみる。

「あー……あ、確かにそうかもしれませんね」

首を捻りながら思い当たる事を口にした。

「今日の朝とか、ギルドカード見せて通れっつったのに『顔ぐらい覚えろ職務怠慢』って文句言われましたよ」

「怠慢してないから見せろって言ってるんだろう」

「ですよね」

若い門番は深く頷いた。

とはいえこの程度の事は日常茶飯事《さはんじ》だ。冒険者というのは総じて憲兵に反発しがちなもの。相手も気に入らないのは確かだろうが、別に本気で悪態をついた訳でもないだろう。

これで他所の国からは〝王都の冒険者は大人しいほうだ〟と言われるのだから、他は一体どうなっているのかと彼は常々思っている。

「あ、それより、あれじゃないですか？」

何かを思いついたように顔を上げた若い門番に、壮年の門番がまた何か変な事でも言うのかと胡乱な目を向ける。

「最近荒れてんじゃなくて、前がちょっと大人しかったとか」

「は？　何でそう……あー……」

的外れでもないな、と壮年の門番は鳥一匹見えない空を見上げた。

思い出したのはある冒険者のこと。荒くれ者である冒険者に囲まれ、自らも冒険者でありながら、変わらぬままに清廉高貴であり続けた冒険者だった。

しかし決して孤立はせず、そういう存在であると周囲に自らの存在を馴染ませた彼は。

「貴族さま、ね」

「そういう呼び方すると、騎士の連中に凄い目で見られますよ」

「あいつらの前で言ったのか」

「ミスりました」

多くを貴族出身者が占め、揺らがぬ忠誠を王に誓うのがこの国の騎士だ。

当然、その敬意は王を支える貴族らにも向けられる。実の親だろうが関係なく敬意を表する対象として扱い、それは彼らの騎士としての誇りを象徴する一因でもあった。

そんな畏敬《いけい》を抱くべき存在の名を冠する冒険者がいるなどと、彼らにとっては許せるものではないだろう。とはいえ実際に騎士達がリゼルを見れば、粛々と納得するんじゃないかと憲兵一同は常々思っているのだが。

「そう、それで貴族さんですよ。あの人がいると奴らも行儀良いっていうか」

「いや、行儀良くはないだろ」

「それはそうなんですけど」

「まぁ言いたい事は分かるぞ」

壮年の門番が腰に下げた剣に手を乗せ、ゆらゆらと揺らしながら苦笑いする。

何がどう変わった、と明言するには難しい。だが確かに何かが変わったのだ。

良い方向に向かったのか悪い方向に向かったのかも分からないが、少なくとも門番達にとっては笑って話せる事だった。

「今どこ行ってんだったか」

「南ですよ。アスタルニアです」

「また似合わない国を選んだもんだ……お前がそれを知ってんのも凄いがな」

「噂で聞いたんで」

へらりと笑った若い門番に、壮年の門番は思わず笑いを漏らす。まさか冒険者の拠点移動が噂になるなど、リゼルと出会うまで思ってもみなかった。

日々どれほどの冒険者が王都を出て、あるいは訪れているのか。よほど目立つパーティ相手でさえ、暫く見なくなった時に「拠点でも移動したのだろうか」とぼんやりと思って終わるのみ。その行く先など、同じ冒険者でも交流があった者達の間でしか伝えられないというのに。

「知名度の高さが異常だろう」

「俺なんかこの間、こんなちっさい女の子に聞かれましたよ。『貴族さま、まだかえってこない?』って」

腰元で掌を水平にさせながら、若い門番はその時の事を思い出す。

可愛らしい少女は望まない返答にふくりと頬を膨らませ、幼い仕草に微笑ましさを感じていた門番へと美しいカーテシーを披露して去っていった。完璧だった。

礼を告げる子供らしい声と美しい仕草、そのギャップを門番は今でも覚えている。思わず遠い目にもなるというものだ。

「帰ってくるかも分からんのに、子供は健気《けなげ》だな」

「いや、帰ってくるみたいですよ」

「噂か」

「噂です」

もはや何も言うまい、と壮年の門番は草原の向こうへと視線を投げた。

ふと遠くで何かが動いた気がして目を凝らす。魔物だろうか。国の近くまで来るような魔物は滅多にいないとはいえ、警戒をするに越したことはない。

その方角を凝視していれば、すぐに小さな馬車が見えた。こちらに向かってはいないので、何処かへ向かう途中なのだろう。肩の力を抜く。

「あの人達の事だから、意外な帰り方しそうですよね」

同じく無言でそちらを眺めていた若い門番も、問題なしと判断して会話を再開させた。

「普通に馬車か何かだろう。行きはどうだったんだ？」

「そこまでは分かりませんよ」

「まぁ歩きは無謀だし、馬車か馬かのどっちかだろうけどな」

「それ以外ないですしね」

そうして話している内に、交代の憲兵二人が門へとやってきた。

もうすぐ十二時の鐘も鳴るだろう。その二人が詰所《つめしょ》で準備を整えるのを待ちながら、二人の門番は空きっ腹を撫でる。若い門番も昼は何を食べようかと考えながら、にんまりと笑ってみせた。

「あの貴族さん達の事だから、超豪華な馬車で送迎されてきたりとか」

「ははっ、有り得そうだ」

まさか、という声色で笑った壮年の門番がそろそろかと詰所を振り向きかけた時だ。

「待て、魔鳥だ！」

城壁の上から張り上げられた声に、彼はすかさず空へと目を凝らす。

魔鳥というのは基本的に人里から離れた場所を縄張りにする。見かけたとしても極まれに上空を通り過ぎていくのみで、積極的に人を襲おうとはしない種だ。

だが魔鳥は城壁の機能を無視できる数少ない存在。その都度、憲兵達は警戒に精神をすり減らす。

「こっち来ますね」

「一羽だ。国内に侵入するようなら分かるな」

「大丈夫です」

若い門番の重心が後ろへ下がった。

実際に魔鳥が王都内へ降り立つなどまずあり得ない。そんな話は聞いた事もない。しかし絶対に起こらないという確証がない限り、備えはするべきだと憲兵内のマニュアル内には対処法が存在していた。

それは城壁の上で見張りをしている者が警笛を鳴らし、近くにいる者が門の中へと走って国民に隠れるよう伝えて回ること。そのまま冒険者ギルドへと協力要請にも向かう。

走り回るなら自分だろうと、若い門番は自覚していた。

「随分とでかい……ん？」

交代にやってきた憲兵も詰所から飛び出すなか、ふと壮年の門番は力の入っていた肩を下ろして目元に手をやる。遠くを見通す姿を、若い門番は怪訝そうに見た。

その後ろでは、飛び出してきた憲兵も額に手をやりながら空へと目を凝らしている。

「武装解除！　アスタルニアの魔鳥騎兵だ！」

見張りからも声が上がり、張り詰めた空気は霧散した。

詰所を飛び出した憲兵達がすかさず、門の近くで不安そうに様子を窺っていた人々を落ち着けていく。とはいえ門の近くに住んでいれば警戒態勢というのも度々あるもので、彼らは大した混乱もなく日常を再開させていた。

「アスタルニアから何の用で来たんだか。しかも一人で」

「観光か？」

門番二人はやや背筋を伸ばし、近付いてくる魔鳥を見上げていた。

「相変わらず立派な魔鳥ですね。俺絶対勝てません」

「俺も無理だ。あんなのを従わせられるんだから、魔法ってやつは凄いな」

「何しに来たんでしょう、観光？」

「は、ないだろう。何かの先触れじゃないか」

友好国相手、しかも相手が一騎ともなれば特に気を張る必要もない。

急ぎの書簡でもあったのか、はたまた何かの用事で入国の許可でも貰いにきたのか。そんな事を話し合っている間に、魔鳥に乗った騎兵が大きく手を振りながら頭上をグルリと旋回してみせた。

それに応えるように城壁の上の見張りが手を振り、地上を何度か指してみせる。

意図は伝わったのだろう、魔鳥が滑らかな下降で門から少し離れた地面へと降り立った。大きく開いていた翼を畳んだ魔鳥の上で騎兵が声を張る。

「突然の訪問、申し訳ない！」

壮年の門番が一歩、前に出ながら応えた。

「歓迎しよう、こちらへ！」

「感謝する！」

騎兵がその首元を撫でると、魔鳥はその場で一度だけ翼を震わせてから腰を下ろす。

そのまま燦々と降り注ぐ日差しにまったりとし始めるのを見て、笑みを浮かべた騎兵は門までの数メートルの距離を小走りで縮めた。両者の間に緊張はない。

「本日は入国希望で？」

「いや、公務として来た訳ではないんだ。先触れでな」

公務ではない、の言葉に若い門番が〝やっぱり観光の可能性もあるじゃないか〞という目で隣を見るも、その視線を受けた壮年の門番は普通に流した。そして質問を重ねる。

「先触れというのは？」

「ああ、これから魔鳥車が来るから騒がせないよう知らせに。俺達は今、こちらは公務でサルスに向かってるんだが、そのついでに王都に行きたいという冒険者を乗せてきてな」

魔鳥車というのは門番達も知っている。

若い門番は知識で、壮年の門番は実物を何度か見た事があった。それは以前にもあった合同演習だったり、アスタルニアから使者が訪れた時だったりと度々目にする機会がある。

そういう事かと納得したように頷いた門番達に、騎兵も安堵の息を漏らした。

「勿論、魔鳥車は門の中には入れないし、乗せてきた冒険者の入国に関してはそちらに一任しよう。門前に降りる許可だけ貰えないだろうか」

「ああ、それなら問題ない。自由にしてくれ」

それならば馬車で訪れるのと何ら変わらないと、壮年の門番はわざわざ知らせてくれた事について感謝を告げる。

「しかし意外だな。魔鳥車なんて、貴殿らか王族ぐらいしか乗らないと思ってたんだが」

「それも間違いではないんだが、今回は……」

言葉を切った騎兵に、壮年の門番はどうかしたのかと返答を待った。

言いづらそう、というよりはどう言えば良いのか分からない様子に、深刻な案件ではなさそうだと内心で安堵する。その間、若い門番は羽毛を膨らませて日向《ひなた》ぼっこしている魔鳥をまじまじと眺めていた。

そして、騎兵が妙案を思い付いたとばかりにパッと顔を上げる。

「そうだ。やたら貴族なのと、やたら黒いのと、やたら癖のある浮世離れした三人組で」

「分かった」

壮年の門番は即頷いた。

分からない筈がなかった。もはや魔鳥車に乗ってくる事に納得感すらある。やはりなと頷く騎兵の姿に、他国でも相変わらずだったのだろうなと確信すら持ってしまう始末だ。

「既にこちらに向かっているだろうし、此処で待たせてもらって良いだろうか」

「ああ、構わない」

ならば水でも持ってこようかと、壮年の門番が振り返った時だ。

視線の先で、若い門番が城壁の見張りに警笛を鳴らせと懸命にアピールしている。思わず二度見して、何故か門の中へ駆け出そうとしているその襟首《えりくび》を慌てて捕まえた。

「グエッ」

「何やってるんだ！」

「ゲッホ、だって貴族さん帰ってくるんですよね、報告が必要でしょ！」

「誰にだ」

「……え？」

そこでようやく若い門番の謎の勢いが消える。

しかし激しい違和感は続いているらしく、落ち着かないようにそわそわと足を動かしていた。

「いやでも、必要ですよね。え、本気で俺達の中で終わらせるんですか？」

「それは……そうだが。でも誰に報告するんだ」

「それもそうなんですけど……」

「言いたい事は俺も分かるんだがな……」

冒険者が他所の国からやってくる。

ただそれだけの事だ、ありふれた出来事だろう。そんなものに誰も騒がない。たとえSランクがやってきたとしても騒ぐのは同じ冒険者、あるいは何かしらの依頼を頼みたいお偉方だけだろう。

しかしそれがリゼル達だとなると何故だろう。

日常の片隅での、気にも留めないようなものとして処理する事に多大な違和感を伴う。本人らに罪はないと知りながらも、言いようのない衝動に拳を地面に叩きつけたくなってしまう。

「御客人すげぇなぁ……」

そんな門番達の姿を眺めながら一人、騎兵は内心で深く同意を示しながら呟くのだった。


噂というのは、何処からどう広まるのか分からない。

「ちょっと聞いてよ、貴族様が帰ってくるらしいの！」

「貴族様って……え、宿泊亭の？」

「そうそう、もうすぐみたい。今ね、門の所で」

そこで冒険者の、とならないところがリゼルだろう。

情報のエキスパートである井戸端会議常連の主婦達が、黄色い声を交えながら噂話に華を咲かせる。最近は話のネタにも刺激的なものが少なかったのだろう、一瞬でヒートアップした会話は道行く人々の耳を引き付けた。

「……リゼル、さん？」

それば、得意先に向かう途中のジャッジの耳にも届いた。

見開いた目で主婦達を見つめる。手に抱えた荷物が徐々にバランスを崩していた。いつの間にか足は止まり、通りの真ん中で立ち尽くす長身が酷く目を引いたのだろう。

「あらやだ！」

主婦の一人がジャッジを見つけ、驚いたように声を上げた。

おいでおいでと手招かれ、ジャッジは落としかけていた荷物を慌てて抱え直しておずおずと歩み寄る。途端、あっという間に詰め寄られた。

「道具屋さんじゃない、聞いた？　貴族様のこと」

「い、いえ、その、門って……」

「帰ってくるのねぇ、もうすぐじゃない？」

「え？　あの」

「仲が良かったし、気になるわよね」

「あ、え、はい……えっと」

矢継ぎ早に繰り出される質問攻めは、ジャッジに口を開く暇を与えない。

しかし彼は戸惑いながらも、リゼルの話が聞きたいという一心で腰を引かずにいた。仰《の》け反《ぞ》りそうになる背を耐えて、とめどなく交わされる会話に何とか交じっていく。

「昨日、もうすぐ帰るかもって手紙が届いたので、きっと」

「あらー、貴族様からの手紙！」

「アスタルニアから此処にって高いのよ」

「流石ねぇ、どんな手紙だったのかしら。紙も良いもの使ってそうよね」

情報のエキスパートは情報収集にも余念がない。

いつだって情報提供者でありたいのが主婦というものなのか。再び始まった怒濤《どとう》の質問攻めにジャッジは半泣きだ。なにせ客層にいないタイプなので、あしらい方が分からない。

「その、普通の手紙で……」

「本当に？　あの貴族様よ？」

いまいち信じてもらえなかった。

だが確かに一度、アスタルニア王族が所有する封筒で来た事がある。それを思えば確かに普通とは断言できないかもしれない。流石に言わないが。

「貴族様ったら、手紙を出してすぐ出発したのね」

「昨日届いたならそうよねぇ。意外とせっかちなのかしら」

「そ、それはないと……」

「そうよねぇ。あんた、それはないわよ」

笑う主婦らに、ジャッジも深く頷いて同意を示す。

せっかちではないのだ。何となくそろそろ戻ろうかなと思った時に、ちょうど良いタイミングで帰る手段が得られただけなのだろう。手紙だってきっと、間に合わなくて良いとすら思っていたのかもしれない。

それでも書いてくれた事が嬉しかった。ジャッジは緩みそうになる口元を必死に耐えて、荷物を抱える腕に力を込める。

「でものんびりしてるって訳でもないのよね」

「そうそう。ゆったりはしてるけど、ペースが遅い訳じゃないのよ」

「独特な空気？　があるわよねぇ」

「分かるわぁ、貴族様の周りだけ違う空間っていうか」

ジャッジは絶え間なく飛び交う会話の隙を何とか探す。

だが、どうしても内容が気になってしまって聞き入ってしまう。リゼルについての話を聞いていると、誇らしいような、気恥ずかしいような、そして少しばかり優越感を抱いてしまうような気持ちになるのだ。

そう感じてしまう事に畏れ多さはあるが、それ以上に酷く照れくさい。

「何ていうか、貴族様より綺麗な男って他にもいるけどそういうんじゃないのよ」

「そう、それ。こんな人が近くにいて良いのっていう」

「そうそう、すれ違ったら良い匂いがしそうだし」

「します」

即答した。

その真顔に主婦らも思わず口を閉じてジャッジを眺める。

「あっ、その、聞きたい事が……っ」

一瞬だけ落ちた沈黙に、ジャッジはチャンスを逃すまいと慌てて口を挟んだ。

今を逃すと、次に口を開けるのが何時になるか分からない。問いかける口調も早口だ。

「その門って、何処の門ですか！」

あっ、と主婦達が声を上げた。

そして話に巻き込んだ自らを堂々と棚に上げつつ、こんな所で油を売っている場合かとジャッジを急き立てる。リゼルと共にいる時の、ふにゃふにゃ幸せそうに笑う姿を彼女達だって何度も見ているのだ。

「っ有難うございます！」

ジャッジは荷物をしっかりと抱え直し、感謝を告げて駆け出した。

だがすぐに荷が零れ落ちそうになって速足へと変更する。気持ちばかりが逸《はや》り、酷くもどかしかった。

「(これから急いでこれを渡して、門に……ああでも、あそこの御主人は話が長いから、何とかして)」

出先から南門へと向かう最短経路を思い浮かべる。

時々、何処かでリゼルの名前が聞こえたような気がしては耳を澄ましてしまう。

昔馴染みの翁には悪いが、長々とした世間話を今回だけは辞退させてもらおう。そうしてインサイの友人でもある得意先の店主へと、ジャッジは内心で深く謝罪するのだった。

ジャッジが南門付近の得意先にて、馴染みの翁の長話を必死で回避しようとしている頃。

王都の冒険者ギルドにも、一組のパーティによってその噂は届けられた。

「おい、聞いたか？」

「何をだよ」

「今、外に魔鳥いたんだよ。ビビッて見てたら門番の奴らが何か話しててよ」

「うるっせぇなぁ、だから何を」

「貴族さん、帰ってくるみてぇだぞ」

男達の驚嘆の声と共に、冷えきった氷が割れるような澄んだ音がした。

それを耳にしたとあるギルド職員が恐る恐る隣の席を見る。そこでは受付カウンターにて淡々と書類をさばいていたスタッドが、見るからに作業途中の体勢で静止していた。

よくよく見れば、手にしていたペンが芯まで凍りついたように色を濃くしている。先程の音は、触れた指の温度に耐えきれずそれがひび割れた音だろう。

「何だ、有名な奴か？　何で貴族が出てくんだよ」

「いや、貴族じゃねぇんだよ。全力で貴族なだけで」

「貴族なんじゃねぇか」

「違ぇんだって」

冒険者は案外情報に敏感だ。有名らしいのに聞き覚えがない、と怪訝そうなのは最近王都に来たばかりの冒険者。そんな彼に、既存の冒険者が身も蓋もない説明をしてやっている。

ギルド職員はリゼルが聞いたら微妙に落ち込みそうだなと思った。事実だから仕方ない。

「冒険者なんだよ、一応」

「はぁ？　貴族は冒険者になれねぇだろ」

「違ぇっつってんだろ。ひたすら貴族っぽいだけで……貴族じゃ……ねぇ……」

眉間を押さえながら悩みに悩んだ末の回答には、一切の自信が含まれていなかった。

「何だよ、成金？」

「お前は貴族さん見た時に確実に後悔する」

そんな冒険者らの会話を聞きながら、職員は口元を引き攣らせて微動《びどう》だにしないスタッドを見ていた。ペンを凍らせておきながら書類は無事なのが凄い。

「じゃあ何なんだよ！」

「うるっせぇ見りゃ分かんだよ！」

いっそどちらにも非はない。にもかかわらず両者は徐々にヒートアップしていく。

こういう時に容赦のない粛清《しゅくせい》をかましてくれるスタッドは未だに静止中。普段は好きに殴り合わせておく職員も、こうなるとギルドの備品もしくは自分に被害が出たらどうしようと冷や汗ものだ。

「ス、スタッド？」

「……」

「良かったな、ははっ、リゼル氏、戻ってくるとか、何とか……」

黙々と何かを考えているのか、それとも衝撃に思考を放棄しているのか。

周囲の空気ごと凍りついたようなスタッドと、語調を荒らげていく冒険者達を見比べながら職員は椅子を引いた。何かあれば即逃げる構えだ。

「だから言ってんじゃねぇか、貴族さんはなぁ！　貴族に限りなく近いだけの！」

そんな職員の様子に気付く事なく、冒険者の一人が声を張り上げた。

「……貴族だ」

「そこは冒険者って言ってやれよぉお!!」

職員は逃げる事も忘れて両拳を机に叩きつけた。

それには「やっぱり貴族じゃねぇか」と怒鳴ろうとした冒険者も、悩みぬいた末にどうしようもなくなった冒険者も、開いた口をそのままに思わず彼を見るしかない。

職員は悲痛すら感じさせる面持ちで立て板に水の如く喋り出した。

「あの人が俺に向かって『そろそろ冒険者にも馴染んできたし』って当然のように言うこと二回、『冒険者らしくなったでしょう?』ってほのほの嬉しそうに言うこと一回、『俺も冒険者ですから』ってちょっと得意そうに言うこと三回、それに俺がどんな気持ちで同意を返してたのか分かるか⁉　あ⁉」

「否定を返したというなら許しませんが」

「お、スタッド復活したの」

淡々とした冷たい声に、一気に頭を冷やされた職員もトーンダウンする。

それを見た冒険者達は盛大に引きながらも、まぁ噂の人物は冒険者で間違いないのだろうと解散していった。そもそもギルドが徹底して貴族王族の加入を認めないという前提がある、納得は早い。

「そんで、どうすんの？　リゼル氏の出迎え？」

「できるようならしたいですが」

淡々とした顔は一切の感情が読めない。

もう何年もの付き合いのある職員でさえ読み取れない感情も、ここにリゼルがいれば余すことなく汲み取ったのだろう。その内面すらも無感情だったのは、彼と出会う前の事なのだから。

「あー、いつごろ帰ってくるかによるかぁ」

「昼過ぎっぽかったぞ」

「マジすか。あざーす」

先程まで貴族がゲシュタルト崩壊していた冒険者が、摘み取った薬草を差し出しながら告げる。近場での薬草採取の依頼だったからこそ、早々に終わらせて帰ってこられたのだろう。

昼過ぎ、ならばそろそろ着いてもおかしくない。

職員がギルドカードを預かりながら横目でスタッドを窺えば、いつの間にか無表情に凝視されていた。ビクリと肩を揺らす。

「物は相談ですが」

「お、おう」

「貴方は今日半休でしたね」

「そうだけど」

「私は明日がそうです」

スタッドの言いたい事を悟り、職員は乾いた笑いを零した。

まさか他にやる事もないからと休日もギルドで働くスタッドが、休みを欲しがる日が来るとは。

今までもリゼルの見送りやら何やらで前もって休日を指定したりはしていたが、これぱかりは何度経験しようと驚愕してしまう。

「はいはい、どーぞ」

「どうも」

淡々とした返答と共に、スタッドの手元が唐突に動き始めた。

人の限界を超えんばかりのスピードで書類が捌《さば》かれ、振り分けられていく。勿論ミスなど一切ない。それらを整頓し、机周りを片付け、立ち上がるついでにテーブル付近で乱闘になりかけていた冒険者達へと氷のナイフを投げつける。

シン、とギルドに静寂が落ちた直後。遠くから響き渡った正午を知らせる鐘の音に、スタッドは流れるような仕草で胸につけていたピンズを取り外した。

「お疲れ様です」

その姿が掻き消える。

そうとしか表現しようのない速度で去っていった彼を、ギルドにいた面子は微動だにできずに見送った。


そうして南門の前で鉢合わせたスタッドとジャッジは、出迎え方で一悶着《ひともんちゃく》しながらも待ち続け、無事にリゼルを迎える事に成功したのだった。

「見送りの時は譲ったんだから、今回はって言ったのに……っ」

「五秒なら待ってやりますと伝えた筈ですが」

「ほら、喧嘩しないでくださいｰ。迎えにきてくれたんですよね？」

懐かしい、と言って良いのだろうか。

見慣れたやり取りにリゼルは微笑み、宥めるように声をかけた。二人の視線がすぐさま向けられ、そして少しの距離さえ埋めるように歩み寄ってくる。

「お帰りなさい、リゼルさん」

「待っていてくれて有難うございます、ジャッジ君」

嬉しい嬉しいと、隠さず顔を笑みに緩めるジャッジにリゼルは可笑しそうに笑った。

少し猫背の長身に手を伸ばせば、照れたようにはにかんで首を傾げられる。その頬を撫でると、窺うようにリゼルを見ていた瞳が心地よさそうに伏せられた。

最後にその目元を指先で優しくなぞり、今度はスタッドへと向き合う。

「スタッド君も。出迎え、とても嬉しいです」

「はい」

相変わらず感情の浮かばない声だったが、リゼルは言葉どおりに口元を綻ばせた。

ジャッジを撫でていた手とは反対でスタッドの髪に指を通せば、水底のガラス玉のような瞳が微かに揺れる。再会を喜んでくれているのだろう。

「手紙のやり取りも楽しかったですけど、やっぱり顔を見ると安心しますね」

「リゼルさんも、元気そうで良かったです。その、危ない事とかなかったですか？」

「大丈夫ですよ」

告げたリゼルの肩越しに、スタッドの視線が一瞬ジル達を貫いた。

それは何かを探るような、見通すような、そして刺すような視線。ジルとイレヴンはそれに対して平静に、あるいは挑発的に唇を歪めてみせながら何も言わない。

まさに一瞬の攻防は、スタッドの視線がリゼルへと戻る事で幕を下ろした。本当に何事もなかったらしいと、そう納得するように。

「ジル達はどうしますか？　これから昼食ですよね」

会話を楽しんでいたリゼルがふと、ジル達を振り返った。

「良い、そいつらに付き合ってやれ」

「俺も。久々に王都まわろっと」

「そうですか」

溜息をついたジルと気楽そうなイレヴンに、リゼルは平然と頷いた。

勝手知ったる、と言うべきかは分からないが、特に目的があっての帰還でもないのだから時にやるべき事もない。ここで解散してしまって問題はないだろう。

ならばと馴染みの女将《おかみ》がいる宿を待ち合わせ場所に決める。部屋が空いていなくとも、その時はその時だ。

「じゃあ行きましょうか。二人とも、食事はまだなんですよね」

「まだです」

「あ、じゃあ、お勧めの店が」

ジャッジに案内されるがまま、リゼルは懐かしい街並みへと歩み出した。

年下二人を引き連れたその後姿を眺めながら、そして擦れ違う度にリゼルを二度見する人々を眺めながら、ジルとイレヴンはどちらからともなく口を開く。

「てめぇにしちゃ珍しいな」

「まぁ余裕あるし」

イレヴンは瞳に愉悦を浮かべ、飄々《ひょうひょう》と告げた。

もし自分が置いていかれる立場ならば、と考えれば多少は譲ってやろうという気にもなる。勿論、それなりに再会の喜びを済ませた後には容赦なく奪いに行くが。

「にしてもリーダー、あいつらには言わねぇんだ？」

「そりゃあな」

少なからず視線を集める門前から、足を踏み出しながらジルが呆れたように言う。

イレヴンも特に同行する気はないが、同じ方向に歩きながらまぁ当然かと頷いた。

リゼルが望んで操られた時とは違う望まぬ誘拐を、ジャッジもスタッドも絶対に許さない。行動を起こす事を躊躇しない。その影響を顧みない。そして何より、リゼルの意図に配慮しない。

「あの二人が一番何するか分かんねぇだろ」

彼らはリゼルの隣に立とうとした事など一度もない。

親しくなりたい、近い存在でありたい、それは彼らにとって対等である事とイコールではなかった。甘やかされて優しくされて、時々頼られたりしたら凄く幸せで。

そんな彼らは無意識の内に知っている。自分の我儘は許されると。

「あんだけ飼い慣らしてりゃ勝手な事もさせねぇだろうがな」

「あいつら自己満で動いてっからなァ」

勿論、人の事など言えないのだが。

二人は微かに笑みを零し、何を言うでもなく道を分かれて歩いて行った。

「女将さん、お久しぶりです。宿、空いてますか？」

「おや久しぶりだねぇ！　個室だね、二つとも空いてるよ」

「俺は⁉」

「てめぇは他所にあんだろ」

記憶に根ざした奇跡的な邂逅（ジル編）

それは三人がとある大衆酒場を訪れていた時のこと。

魚料理が自慢の店が多いアスタルニアで、肉料理を売りにしているという数少ない酒場であった。肉料理自体は何処の酒場にもあるのだが、評判になる程となると珍しい。

提携している狩人の成果次第と銘打《めいう》たれているが、今日は当たりだったのだろう。提供できる量に限りがあるからか狭い店内で、リゼル達は存分に肉料理に舌鼓を打っていた。

「イノシシって少し筋っぽいんですね」

「場所に寄んだろ」

「骨にへばりついたの齧んのが格別なんスよ」

「生でですか？」

「んーなワケ」

野営でジルが獲ってくる獲物は魔物が多い。

勿論、魔物の中でも特殊な調理技術のいらないものに限るが。ジルも今まで色々と失敗を重ねてきたのだろう、焼くだけでは食べられない獲物についても熟知しているようだ。

よって普通のイノシシというのをリゼルは今まで食べた事がなかった。煮込まれた肉がとても美味しい。

「でっかい鍋に骨ごと突っ込んでさァ」

「あ、狩人鍋《かりうどなべ》？」

「そうそう」

良い出汁《だし》が出そうだ、と出汁が何かも定かでない癖にリゼルは一人頷いた。

そしてどんどんとエールを呷《あお》る二人を尻目に、壁に掛けられた木の札を眺める。そこに描かれているのは肉の種類のみ、裏返っているものは今日の仕入れになかったものだろう。

見えないものもあるので間違いなくとは言えないが、魔物肉の取り扱いはなさそうだ。

「イレヴンのお父様は何処に卸《おろ》してるんでしょうね」

「さァー」

「そもそも卸してんのか」

「全部自分で食ってんのかも。で、毛皮とかだけ売る」

そういうのもあるか、とリゼルとジルは納得した。

イレヴンの実家の庭先に干されていた魔物を思うに、それだけでも結構な収入になりそうだ。あれらを罠だけで仕留められるイレヴンの父の腕前は人知を超える。

その時、ふとイレヴンがジルへと肉の刺さったフォークを向けた。

「そういやニィサン、狩った竜って食った？」

「一口な」

リゼルもぱちりと目を瞬いた。

竜の討伐については、話す度にジルが心なしか苦々しげにするので根掘り葉掘り聞いた事はない。

非常に気になってはいるが世間話程度に留めている。世間話にしては非日常に過ぎるが。

証拠に近くの席に座っていた夫婦が思わず話を止めて、聞き間違いかとばかりに息を呑んで三人を凝視していた。

「えー、勿体ね」

「食おうとはした。血ぃ足りねぇし」

「美味しくなかったですか？」

「味は良かったな。プロが処理すりゃ鎧鮫に並ぶ」

外でもない肉食男子であるジルが言うのなら味に関しては疑うべくもないだろう。本人も何となく惜しんでいるようだ。

「持ち帰りゃ良かったじゃん」

「そん時は空間魔法持ってなかったんだよ」

「なんで一口なんですか？」

「魔力中毒」

「あ、成程」

リゼルは感心したように声を漏らした。

流石は竜。死しても尚、その身には膨大な量の魔力が渦巻いているのだろう。

それは確かに鎧王鮫《オリハルコンシャーク》に対するアスタルニア漁師のように、特殊な処理や加工をしなければ満足に食べられないに違いない。問題は、竜の食用加工の方法を知る者が存在するかどうかだが。

「ん？　そん時って今の装備じゃねぇ？」

「そりゃそうだろ」

「今の装備、その竜の素材で作ってますしね」

「ニィサンの空間魔法ってジャッジんとこの？」

「これは違ぇ」

「じゃあ剣は？」

「これではねぇな」

ジルの剣はインサイに押し付けられたもの。それも顔を合わせてすぐだと言うのだから、竜を倒したのは王都を訪れるより前の事なのだろう。

矢継ぎ早に寄越される質問に、ジルは特に嫌がるでもなく答えていく。

「何歳ごろでした？」

「多分二十は越えてた」

「よく勝てたっつうか……え、どうやって勝った？」

「戦って勝った」

「そういうのいらねぇし」

話が良い方向に流れている、とリゼルはちらりと横目でジルを窺った。

特別大口を開けている訳でもないのに大きな一口で肉を食らう顔は、微かに眉を寄せてガラの悪さを増している。未熟だった頃の戦いを思い出すのが恥ずかしいのだろう、そう思えば少し微笑ましい。

そしてジルがエールを呷りながら記憶を辿るように視線を流す。リゼルもイレヴンも期待に笑みを浮かべながら口を閉じて、彼の武勇譚へと耳を傾けた。

ジルはその日、依頼を受けてとある森を訪れていた。

依頼の内容は【岩蛇の駆除】。とぐろを巻いて岩に擬態《ぎたい》する魔物であり、最近やけに繁殖しているようだと依頼が出されたようだ。武骨な石を無数積み上げたような腰の高さほどの岩、見つける度に蹴りつけて擬態を解かせては斬り捨てる。

森の中には一本の道が通っており、主に行商隊が度々利用しているという。基本的に近寄らなければ無害な魔物なので、道に程近い個体から狩っていった。

依頼にあった必要討伐数は十匹。追加報酬については何も書かれていなかったので、必要以上に狩る気はなかった。まだ危険が残るようなら、ギルドに一言そう伝えておけば良いだろう。

そんな事を考えながら九匹目を斬り倒し、最後の一匹を探していた時だ。

「(………これが原因じゃねぇの)」

道から少し奥に入った、少し開けた場所。

そこに鎮座《ちんざ》する見上げる程の岩に、ジルは内心でそう呟いた。育ちに育った岩蛇、魔物の繁殖形態がどうなっているかなど知らないが、これが親だというのなら異常繁殖にも説明がつく。

全長は六メートルか七メートルか。ランクに見合わぬ魔物であったが、ジルにとっては今まで斬り捨てた岩蛇と大した違いはない。片手に抜き身の片手剣を握り、岩に歩み寄った。

目の前で微かに岩が鳴動《めいどう》する。積み上げられた石の隙間から何かが覗いているようだった。構わず剣を構え、その隙間へと突き立てる。

激しすぎる呼気がつんざく悲鳴と化して森に響いた。

擬態を解いた体がのたうち、周りの木々をなぎ倒していく。ジルも引き抜いた剣を振り下ろし、へばりついた体液を振り払いながら大きく飛び退った。

そして甲高い威嚇音と共に、太陽を覆い隠すように鎌首《かまくび》をもたげた相手が此方を見下ろす。少しは楽しめそうかと、ジルは微かに笑みを浮かべて剣を強く握り締めた。

直後、背筋を何かが這い上がる感覚がした。

空から落ちてきた何かが巨大な岩蛇を下敷きにする。何かではない。生き物だ。岩蛇の頑強な体を幾本もの爪が食い破っている。最初に視界に入ったのがそれだった。

だから殺気を向けてしまった。敵意を抱いてしまった。獲物を横取りされた不快感に、コンマ一秒にも満たない瞬間に、乱入者へと視線を向けてしまった。

「……ァお!?」

声を荒げたのは久しぶりだった。

声を潜めても無駄だった。敵対者として認識された時点で手遅れだ。そんな事を考える暇もなく、ジルは自身へと向けられた黄緑の眼球に戦慄《せんりつ》しながらも剣を振るった。

岩蛇の上で首を持ち上げ、此方を見据える竜の尾が襲い掛かる。いや、尾だと知ったのは一撃を凌《しの》いだ後だった。音よりも早く横薙ぎにされたそれを、無意識に防ごうと振るった剣が容易に押し返される。

咄嗟に自分から後ろへ飛べば、想像以上の勢いで木々の間に吹き飛ばされた。

「くっそ……」

一瞥せずとも分かった。剣が曲がって使い物にならない。

迷宮の深層から手に入れた剣でこれだ。まともに受けてはいられない。竜から視線を離さないまま、それを捨てて腰に手をあてる。地面を這う虫を観察するような黄緑が、首を伸ばすように此方へと向けられていた。

竜の足元では既に岩蛇が息絶えていた。小さな痙攣。隙間なく牙の生えた口が開かれ、微かに炎が空気を取り込むような音がした。腰のベルトに着けた迷宮産の武器ホルダーを指先でなぞる。

手持ちの剣を十本までミニチュア化して収納できる。指の感覚で目当ての武器を探す。そんな暇はない。最初に指に触れた剣が何かを瞬時に思い浮かべながらむしり取った。

視線の先で青い炎がチラついたのに、舌打ちすら零せず真横に飛ぶ。

一閃《いっせん》。

「ッ」

炎が一直線に木々を消し飛ばした。薙いだのとは違う、瞬時に蒸発したが故の消失。迷宮で見るブレスとは比べ物にならない。全くの別物だ。

「(逃がしてはもらえねぇか)」

非常に好戦的。若い竜だ。

だからこそ絶望的。いや、それだけが救いか。古代竜が相手ならば既に死んでいる。そもそも戦闘にもならないが。岩を歩くアリに岩蛇が関心を向けないのと同じだ。そんなどうでも良い思考をしてしまうのは動揺の所為か。

ジルは深く息を吐いた。竜の視線は外れない。

思わず笑みが浮かんでしまう。失笑ではない、好戦的な笑みだった。

「食いではねぇぞ」

大剣を握る手に力を込め、低い声で小さく呟いた。

たとえ好戦的とはいえ竜だ。その存在にとっては人など皮と小骨、逃げる者をわざわざ追いかけて仕留めるような個体など聞いた事がない。

だが今、苛烈《かれつ》な瞳は真っ直ぐにジルを射抜いている。ジルが殺気を向けたのは一瞬。その一瞬で、生物の頂点に立つ竜が、餌にもならない唯人を〝喧嘩を売るべき相手〟と認識したのだ。

光栄だ、と灰銀の目を細めたのは刹那の間。

ジルは地面を蹴った。木々を縫うように竜へと肉薄する。竜も翼を大きく広げ、地に脚をついて大きく咆哮《ほうこう》した。

空気を震わせるそれに鼓膜《こまく》が痛む。破れなければそれで良いと距離を詰めた。

「ッ」

翼爪《よくそう》が振り下ろされる。それを避けて腹の下に潜り込む。だが頭上から襲い掛かる牙にそれを阻まれた。眼前でガチンッと牙が噛み合う音がしたと思えば、固い鱗に覆われた頭が迫る。

竜の頭突き、食らえば一たまりもないだろう。紙一重で避け、その黄緑の瞳に剣を突き立てようと振るう。寸で避けられた。

そして一抱えもある頭の向こう側から反対の翼爪が襲い掛かる。完全に死角だった。巨体に似つかわしくない速さに、剣を振るった後の体が反応しきれない。

「ッ痛《い》って……」

装備ごと腕を取られた。

脳を焼ききるような熱さと痛み。切り離されかけた腕が落ちそうになる感覚。完全に千切れてはいない。避けられた。落ちれば拾う手間が出る。繋がってさえいれば良い。

追撃を紙一重で避けながらホルスターから回復薬を取り出してかける。その間にも爪が掠めた装備に傷がついていく。手に入れられる限りの最上級の素材を使っているというのに何の意味もなかった。

空になった回復薬の瓶を眼前へと投げつける。竜がそれに気を取られた一瞬、繋がった腕を振って飛膜《ひまく》に一撃食らわせた。薄い跡が一筋。傷一つ付かない。

「(ぜってぇ装備にしてやる)」

下がりそうになるテンションを無理やり持ち上げる。

太く強靭《きょうじん》な尾を飛膜の下に滑りこむように避けた。空中に逃げ場はない。跳んだら終わりだ。地面を削るように迫る翼爪を剣で弾けば、肉など簡単に削り取る爪が脚のすぐ横を掠めていった。

脇腹を斬り上げる。鱗に弾かれる。

竜が羽ばたいた。飛ばれれば手が出ない。阻止しようと摑んだ脚も意味はなく、虫でも払うように振るわれれば巨体の下から引きずり出された。

羽ばたき一つで反転した竜が牙を露にする。聞こえたのは炎が空気を巻き込む音。

赤い口腔内にチラついた青い炎に、木を背にして転倒を避けたジルは込み上げる笑いを耐える事ができず唇を歪めた。


二人はジルによって臨場感なく語られる竜退治に聞き入っていた。

リゼルは感動するように時折水を口にしながら、イレヴンは食事の手を止めないままに視線はそちらへと向けっぱなしで。そして近くに座っている夫婦は全ての手を止めて呆然と。

「……ニィサン常に死にそうじゃん」

「実際数センチずれると死ぬしな」

「竜って凄いんですね」

「俺で竜の評価を改めんなよ」

やっぱ竜は無理だわ、とイレヴンは手出しを諦める。

スリルは求めていようと死にたい訳ではない。求める戦いの本質にあるのは戯れなのだから、愉しめないのなら手を出す意味がない。

そんな事を考えながら、彼は味の染み込んだ肉を咀嚼して飲み込んだ。口の中に残った肉汁をエールで流し込むのが何とも美味い。肉のおかわりを店主へと叫ぶ。

「そんなやり取りをずっとしてたんですか？」

「他にやりようもねぇだろ」

「スタミナ切れ狙い……は、無理ですよね」

ただでさえ無尽蔵《むじんぞう》に近い魔力を持つ竜。

生命活動に莫大なエネルギーが必要かと思いきや、彼らは空気中の魔力を取り込むだけで生きられる種でもある。若い竜は餌を求める事もあるが、それも嗜好品として腹を膨らませたいのか、魔力吸収が苦手な個体が不足分を補う為だと考えられていた。

「最初だけ狙ってすぐ諦めた」

「なら、真っ向勝負ですね」

何故か嬉しそうなリゼルに、そういう事になるのかと眉を寄せながらジルはエールを口にした。


竜の逆鱗《げきりん》とはよく言ったものだ。

太い首にぶち当たった大剣が音を立てて砕ける。片腕を犠牲にしてようやく届いた渾身の一撃は鱗に微かなヒビを入れただけで終わった。残る剣は二本。

この有名すぎる風説は一体どこの誰が言い出したのか。竜の生態などどうやって調べたというのか。何の書物に書いてあるのか。具体的に何処だよ。鱗が何枚あると思ってんだ。根拠持ってこい根拠。

「あーー……ッ」

もはやどれほどの時間、戦っているのか。相手の動きは少しも衰えない。

空を見上げて太陽の傾きを確認する暇もない。己の血を吸った装備が重い。ボロボロになってへばりついた血濡れの袖を千切り、襲い掛かる牙へと投げつけながら回復薬をかける。牙に絡みついたそれを竜が一度頭を振って吐き出した。回復薬は残り一本。

だが疲労はあれど、自身の動きは加速度的に洗練されていた。感覚が研ぎ澄まされる。戦い始めには避けられなかった攻撃が避けられる。

格上と戦えと、そう言った男の事を思い出した。その言葉に今になって納得する。

「(脚食われたら終わる)」

横薙ぎにされた尻尾は、人の脚など簡単に消し飛ばすだろう。

これだけは避けなければならない。受け止めるなど論外だ。距離をとるとブレスを食らう。距離を詰める事にしか活路はない。つまり気を休める暇が一瞬もなく、数秒の休憩すらとれない。

息が上がって既に久しい。無理に抑え込む技術は持てど、それすら既にやりきった。喉が切れて血の匂いが込み上げるも、流した己の血に混じって掻き消える。

痛む喉で唾《つば》を飲み込み、九本目の剣を握り締める。

「(水飲みてぇし甘いもん食いてぇ……)」

暴走気味に高揚しきった状態、けれど思考の一部はやけに冷めていた。

普段の自分ならば絶対に思わないだろう事を思いながら、鱗の隙間から血を滲ませる首を真下から見上げた。そう、これまでの攻撃が全く効いていない訳ではない。鱗一枚剥がす事は叶わないが、飛膜はところどころ破れ、鋭い爪の表面は欠け、ヒビ割れた鱗が散逸《さんいつ》している。

ただその血を見たのは初めてだった。

研ぎ澄まされた本能が反射的にそこを狙わせたのか、それとも偶然か。ともあれ腕を犠牲にした甲斐はあったのだろう。ジルは真横から襲い掛かる翼爪、そして鎌のような橈骨《とうこつ》を伏せて避ける。

「(どうすりゃ刺さる)」

先程と同じように。いや、鱗を砕くには足りない。

自身の膂力《りょりょく》では足りない。ならばどうすれば良いのか。竜が牙を剥いた瞬間に口腔内から狙う。無理だ。ブレスで燃やされるか食い殺されるのが関の山。

此方を見下ろす黄緑の瞳が爛々《らんらん》と輝いている。きっと自分も同じ目をしているのだろうと、同族意識に思わず笑みが浮かんだ。地響きにも似た音が竜の喉から響いている。

巨体の下に伏せたジルに、竜が翼を広げた。上下に動いたそれにより引き起こされた強風に砂が舞い上がる。目は閉じられない。微かな痛みを感じながら細め、そして見開いた。

地面を離れた両脚。岩蛇でさえ握り砕ける爪を後ろに転がるように避けた。膝をつく。

爪先が引っ掛かったのか背中が熱い。しかしどうでも良かった。

竜が着地の為に頭を下げる。体を地面と平行にさせながらの着地。ジルが膝をついているのは伸ばされた首の真下。失敗すれば頭から食い殺されるだろう。構わず傷ついた鱗を見据え、落ちてくる勢いに合わせて剣先を突き上げた。

何かが砕ける音。両手に伝わる肉を貫く感触。竜の頭が跳ね上がる。

ジルは首に突き刺さったまま持っていかれた剣の代わりに、一本だけ残った短剣を手に大きく距離をとった。足は止めない。全ての攻撃に備えながら天へと伸びあがった巨体を見据え、そして。

何処までも気高く、雄々しい鳴き声が森中に響き渡った。黄緑の瞳がジルを映す。

そこに戦意は既にない。ジルは息を乱したまま短剣を下ろし、ゆっくりと歩み寄った。傾いていく巨体、血に濡れた首、牙の並ぶ口先、まるで塔が崩れるように地面へと横たわる。

一度、二度と膨らんだ腹が、生ぬるい息を吐きながらゆっくりと萎《しぼ》んでいった。

「…………」

黄緑の瞳が瞼の向こうに消える。

ジルは手を伸ばし、その強者に畏敬を表して鱗に覆われた頭を一度撫でた。まるで自身の鏡映しのような存在だったように思う。息絶えたそれを眺めて大きく息を吸い、

「――――ツォおッし!!」

最後の力を振り絞って地面へと吠えた。

それを皮切りに高揚が急落し、代わりに疲労が台頭する。握っていた短剣を放り出して仰向けに地面へと倒れ込んだ。酷く背中が痛い。そういえば裂けているのだった。

だらけきった様子でうつ伏せに転がり、回復薬の最後の一本を背中にかける。それで力尽きた。

更に気を抜いたら全身痛くなってきた。もう一歩も動けん。無理。

果たして今寝たとして起きられるのだろうか。魔物に襲われても寝続ける自信がある。

だが異常に眠かった。喉も乾いたし腹も減ったが、とにかく体力を回復しようと目を閉じる。死しても尚、強大な存在感を保つ竜のお陰で恐らく魔物は寄ってこないだろう。

もはやまともに回らない思考でそんな事を考え、それから二時間爆睡《ばくすい》した。

我ながら大はしゃぎしたな、とジルは他人事のように思い出を振り返る。

今となってはあの頃の自分が少し羨ましい。あれ以降は一度も竜と対峙《たいじ》する機会はなかった。一度あった事さえ奇跡のようなものなのだから仕方がないとは思うが。

「逆鱗って本当にあるんですね」

「ニィサンなら普通の鱗叩き割ったってのもありそう」

「知らねぇよ」

ジルの話は自分のテンションの高さを除いた非常にざっくりとしたものだった。

よってリゼル達も珍しがる事はない。いや最後に爆睡した事については非常に意外であったが、竜相手ならばそうなるのも当然だろうと面白がらずに話を聞いていた。

「起きるまで何もなかったんですか？」

「ああ。竜はそのまま、虫一匹近付いてなかった」

ジルが目を覚ました時には辺りはすっかり暗くなっていた。

体力はある程度回復していて、竜の亡骸を一瞥したのち川を探して水を飲んだ。とにかく喉が渇いていたのだ。すぐさま体中に沁みわたる感覚があったので体中が乾ききっていたのだろう。

乾いてこびりついた血が不快だったので洗い流し、ぼろ切れと化した服を脱いで一応それも洗った。どうせ乾くまで着れないからと木にぶら下げておいたそれを、結局そのまま忘れて街に戻る事となる。

「少し寝れば回復するところがジルですよね」

「もう竜って名乗れば？」

「うるせぇ」

ふとリゼルの皿から肉を奪いながらイレヴンが首を傾げた。

「つか素材って獲れんの？　剣刺さんねぇのに」

「そうですよね。持ち帰るのも大変だったんじゃないですか？」

「あー……」

そうだったな、とばかりにジルは頷く。

残った短剣は通らない。鱗を剥がそうと力を込めても剥がれない。肉が食べたいのに食べられない。だが絶対に装備にしてやると決めた竜だ。ちょうど身につけていた装備が使い物にならなくなったという事もあり、諦めるという選択肢はなかった。

「牙引っこ抜いてそれで解体した」

「あーね」

「切れ味抜群ですしね」

竜自身の牙で竜を解体するという解決策は非常に有効だった。

地道に鱗や牙や爪を剥がし、飛膜を切り取り、剥いだ皮に包んで持ち運べるように。それを抱え、辛うじて原形を留めたインナーのお陰で上半身裸は回避し、しっかりと岩蛇のノルマであるラスト一匹をこなしてジルは朝日を浴びながらギルドに戻ったという。

「それ、大騒ぎになりませんでした？」

「なった」

「ですよね」

「素材持ち込んだ鍛冶屋《かじや》はひっくり返った」

「だよなァ」

既にその実力で名を馳《は》せていたジルがボロボロになり、ついでに疲れのあまり凶悪な顔で戻ってきた。その時のギルドの混乱たるや。

ジルが竜について自ら何かを言及した訳ではない。しかしそんなに危険な依頼だったかと依頼の終了処理を戦々恐々で行ったギルド職員が、岩蛇の討伐記録を確認した際に竜の名前を見つけたのは必然であった。

椅子ごとひっくり返った職員を見て、とにかく早く何か食べたかったし寝たかったジルは「ギルドカードは明日取りにくる」と言い残してギルドを去った。よってその後の混乱に包まれたギルドを知らない。

「ん？　俺が装備を作ってもらった時はひっくり返られなかったですけど」

「そこらの鍛冶屋じゃどうにもならなかったんだよ」

「あ、成程。ようやく太刀打ちできたのが王都の職人なんですね」

「ああ」

生涯で一度も目にする事すらできなかった筈の竜の素材に目を輝かせる職人は多かれど、同時に前例がない故に手も足も出ず、悔しさに血涙を流しながら敗北宣言する者も多数。

ようやく巡り合った王都の職人に素材を預けてみてから数日後。職人は目の下に真っ黒なクマを拵《こしら》えて「作ったる」とだけ告げ、今のジルの装備を作り上げたという。

そんな職人にクッションとか作らせてしまった、とリゼルは密かに反省した。よく引き受けてくれたものだ、腕の立つ職人に仕立ててもらえるというのは有難いが。

「は？　じゃあそれまで素材邪魔……あ、そんで空間魔法探したのね」

「あれ全ッ然ねぇな」

「ジャッジ君、凄いですね」

どれだけ金を積もうが無いものは無い。それが空間魔法だ。

ジルが当時に滞在していた国も大きかったが、手に入れるまで二か月かかった。それも偶然見つけたのではなく、取り扱った事のある店に金を積んで仕入れさせた成果だ。

それまでは借りている宿の一室の隅に積んであった。金貨で換算する事すら難しい至高の素材の扱いが雑だ。

「ならやっぱ肉は放置かァ」

「今でも腐らずに残ってたりしないでしょうか」

「獣が食ったんじゃねぇの」

「でも保有魔力が……もしかして新しいスポットとかできてませんか？」

「そうだとしても俺の所為じゃねぇだろ」

テーブルの上の皿が全て空になり、三人は誰ともなく立ちあがる。

イレヴンの何度目かのおかわりコールで既に店からストップがかかり済み。やはり狩猟肉なので大量入荷とは行かないのだろう。

リゼルにとっては丁度良いくらいだが、イレヴンは当然の事ながらジルもやや物足りなそうだ。

このまま二軒目に、と代金をテーブルに置いて自然に歩き出す。


そして三人の姿が消えた店内では。

所々話を聞いていた店主が絶対的な強者との出会いに感無量で目を輝かせ、身動きすらとれず話を聞いていた客の夫婦が語彙力《ごいりょく》を失って「は!?」しか言えなくなっていた。

本来ならば、なかなか作り込んだ武勇伝だと鼻で笑って終わるべき話。しかし嘘を疑う発想すら浮かばなかったのだから、その男の存在感はまさしく竜に等しいものなのだろう。

存分に楽しむお土産選び

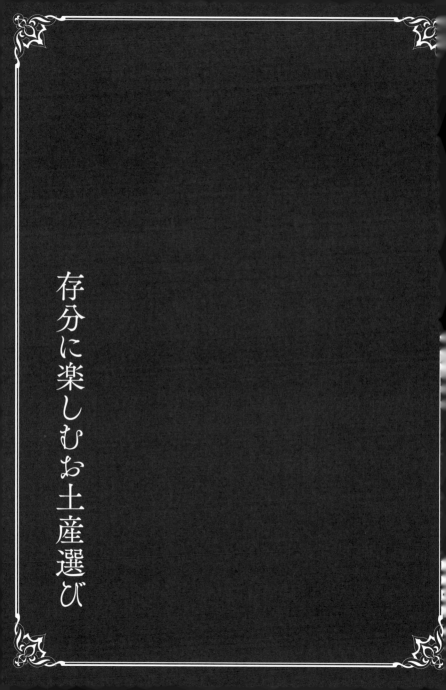

王都に戻ることを決めてからすぐ。

リゼルがまず思ったのは、「世話になった人に挨拶をしておかなければ」と「懐かしの面々にお土産を買わなければ」という二点だった。

今日は後者だ。一日で揃えられるだろうかと、リゼルは冒険者装備ではなく普段着を身につけて出かける準備を済ませる。

「戻った」

「あ、おかえりなさい」

ポーチを腰に巻いていれば、扉を開けてクァトが姿を現した。

今日は朝一で依頼を受けに冒険者ギルドへと向かっていた筈だ。まだ昼前だというのに既に終わらせてきたようで、彼は疲れた様子も見せずに不思議そうにリゼルを見る。

「出かける？」

「はい。買い物に」

「一緒、良い？」

「良いですよ」

帰って一休みもせず出かけられる体力が羨ましい。

そんなことを思いながら、リゼルは嬉しそうに目を輝かせたクァトを手招いた。足早に近付いてきた彼の髪、そのあらぬ方向に跳ねた一房を何度か梳いて直してやる。

とはいえ硬めの髪についた癖はなかなか頑固で、多少は収まったが毛先は跳ねっぱなしのまま。

まぁ良いか、と一つ頷いた。

冒険者で過度に見目にこだわる者も珍しい。ジルやイレヴンも時々寝ぐせをつけている。冒険者の中では身なりに気を遣っている二人だが、ジルは見栄えが悪すぎなければ別に良いと少しくらいなら放置するし、イレヴンは「直んねぇ！」と若干キレながらも甘える口実にしてくる。

「変？」

「変じゃないですよ。俺は変じゃないですか？」

「じゃない」

少しばかり眉を落としていたクァトが、断言するように力強く頷いた。

なら良かったとリゼルは可笑しそうに笑い、さて行こうかと廊下へと歩を進める。


向かった先は石造りの建物が並んだ港通り。

通りに並ぶ店は少しばかり格式高い風情をしているが、敷居が高いという訳ではない。確かに良い品を扱ってはいるが訪れる者を選ばず、通りは賑わいを見せていた。

そこをのんびりと歩いていた二人が最初に見つけたのは、鮮やかな赤煉瓦が美しい仕立屋。

「ここ、入りましょうか」

「入る」

ちょうど良い、とリゼルは開けっ放しの扉を潜った。頷いたクァトもその後に続く。

店内には他に一組の客がいたが、その客もすでに注文を終わらせて帰るところだった。扉の前を譲れば、いやいやいやと逆に店内へと促すように道を譲られる。

そのまま終わらない譲り合い、とはならないのがリゼルだった。そう言ってくれるならと譲られるままに店の奥へ。その後ろ姿を客に二度見されていたことは、そちらとリゼルをしきりに見比べていたクァトのみが知る。

「いらっ、しゃいませ」

裏返るかけた声を根性で堪えたのはプロの意地か。

店を象徴するかのような仕立ての良い服を身に着けた壮年の男が、にこやかに応対してくれる。そのまま衝立《ついたて》で仕切られた応接スペースへと流れるように案内された。

疑問を抱かず歩を進めるリゼルから一歩遅れ、自分の知る買い物と全く一致しない一連の流れを全く理解できないながらもクァトが続く。ソファに腰かけたリゼルに促され、恐る恐る隣へと座った。

「本日は何をお探しでしょうか」

「白の手袋を。優秀な鑑定士にプレゼントしたくて」

「承知いたしました」

店員が去っていく。

行っちゃったけどとばかりにクァトがリゼルを見るも、どうしたのかと逆に視線を返されてしまって何も言えずに終わった。彼は今、混乱の真っただ中にいる。

その時だ。音もなく衝立から見慣れた顔が覗いた。

「あ、やっぱリーダーだ」

「イレヴン」

にんまりと笑ったイレヴンが、当然のようにソファへと歩み寄ってクァトの襟首を掴んだ。そのままソファから引き摺り落とされそうになるのにクァトは全力で抗う。

「は？　邪魔なんだけど」

「俺、座ってた！」

「だから？」

「お前、ほんと、何！」

嘲笑を浮かべるイレヴンにクァトは思う存分憤る。

戯れられるようになって何より、とリゼルは微笑ましげにその光景を眺めていた。

「イレヴンも買い物ですか？」

「んー、ブラついてた」

その途中で偶然、店に入っていくリゼル達を見かけたのだろう。

装備以外は見る度に違う格好をしているイレヴンだ。更には時折、リゼルをあらゆる店に連れまわして服を選んでくれることもある。更には買い食いも好き。物へのこだわりも強い。あらゆる店が揃っている港通りにいたとしても何も不思議ではなかった。

「リーダー何買うの？」

「お土産です」

「あーね。一緒して良い？」

「はい、勿論」

常人の枠を超えた力の均衡《きんこう》にソファが嫌な音を立て始めた。

リゼルは一進一退の攻防を声をかけて止めて、クァトへと体を寄せる。そうして空けた反対隣に呼んでやれば、イレヴンも露骨に渋々ながらそこへと腰かけた。

ちなみに一人がけのソファが直角の位置にあるのだが、一瞥たりとも向けなかったのだから勧めても無駄だろう。二人掛けのソファに三人、少し狭いが詰まっているというほどでもない。

「お待たせいたしました」

戻ってきた店員が、いつの間にか増えているリゼル達に一瞬固まった。

しかしすぐに平静を取り戻し、いくつか手にしていた箱をテーブルへと並べる。

「白い手袋は幾つかデザインがございます。気に入ったものはございますか？」

「手袋？　誰？」

「ジャッジ君です。鑑定用に」

「あー、してたっけ」

やっぱこういう扱いされるんだな、という言葉をイレヴンは呑み込んだ。

「頻繁に脱ぎ着するので、多少ゆとりが欲しいです」

「タックは如何《いかが》なさいますか？」

「そうですね……飾りが全くないのも寂しいですし、お願いします」

「では、こちらのデザインで如何でしょうか」

リゼルと店員との間でテキパキと話し合いが進められていく。

だが問題はデザインではなくサイズだ。言葉どおり頭一つどころか二つ抜けた長身を持つジャッジは勿論、掌も相応に大きい。

「あいつ手ぇでっかくねぇ？」

「大きいですね」

同じ思考に行き着いたのだろう、イレヴンの言葉にリゼルも頷く。

とはいえ元々、本人がいない限り完全に合わせたサイズで仕立てるのは不可能だ。手の形が特別個性的という訳でもないので、大体で該当するサイズならば何とかなるだろう。

「大きい、と申しますと」

「中指の長さがこれくらいです」

「長い」

「長いですよね」

「リーダーいつ測ったの」

「アスタルニアに来る前、しっかり触りました」

言い方。

イレヴンは一瞬真顔になったが、触られた本人が喜んでいるなら良いのだろうと結論付ける。こういうところを指摘する、あるいは直させるのはジルしか無理だ。

「あとジャッジ君、意外と骨太なんですよね。手首とかもしっかりしてて」

「あー、デカいの置いといてもそうかも」

「でしょう？　指も関節がしっかりしてるし」

成程、と店員は数度頷いた。ならば手首にかかる部分にはスリットを、留め具はなし。そしてリゼルの示した手首から中指までの長さを手際よく測っていく。

これでデザインは決定だ。店員が一旦席を外す。

「関節がしっかり？」

「そう、あ、君の手の形に似てるかもしれませんね」

リゼルはふと、ソファに乗せられたクァトの手を見下ろした。

「俺、骨太？」

「君の場合は鍛えられてるっていうのもあるのかも」

可笑しそうに笑い、自らの掌を広げてクァトのものと並べてみせる。

ん、とイレヴンもそれに加わった。まさに三者三様。どれも変わった形をしている訳ではないというのに、個性が出るものだと感心してしまう。

「イレヴン、指長いですね」

「お、マジだ」

「ここ、硬そう、何で？」

「柄当たる」

剣を握りなれた掌をリゼルもクァトも興味深そうに見下ろしていた。

指のところどころ、小指球《しょうしきゅう》、皮膚が赤みを帯びている膨らみをイレヴンの親指がなぞる。押し込むと確かに硬さを感じるように形を変えた。痛みはないらしい。

「いかにも冒険者の手ですね」

「？　貴方、冒険者」

リゼルは微笑んだ。

同時にイレヴンの掌がクァトの頭へとフルスイングされる。パァンッと良い音がした。

「痛い！　何！」

「リーダーはこれで良いんだよ雑ァ魚！」

「戦闘スタイルがほら、剣じゃないので」

「ほらァちょっと落ち込んだ！」

戻ってきた店員が、ぎゃんぎゃんと騒ぐ二人に目を白黒させている。

リゼルが気にしないでと苦笑してみせると、彼は朗《ほが》らかに笑って持ってきた布を幾つかテーブルへと並べてくれた。どれも白だが微かに色味が違い、また質感も異なっている。

「生地は如何なさいますか？」

「フォーマルではないので着用感が良いものを」

「でしたらこちらで如何でしょう。フロックシープの毛を紡いだ生地が使用されており、通気性の良さと柔らかな手触りが特徴です」

「触れても？」

「ええ、勿論です」

布を撫でるリゼルの後ろで、クァトがこそりとイレヴンへ口を開く。

「フロック？」

「羊の魔物」

視線も寄越さない返答に、彼は成程と頷いた。

大体の魔物素材は、入手難度が高いこともあって高値で取引される。扱えるのも、今まさに足を踏み入れているような少し良い店ばかりだろう。ジャッジの店は除く。

つまり前提である予算の相談が一切なく、当然のようにそれらを勧められるリゼルは確実に冒険者だと思われていないという事だ。いや、扱いからして既にそうなのだが。ならば自分は何だと思われているのだろうとイレヴンは微妙に気になった。

「ではこちらでお仕立ていたしますね。受け取りのお日にちですが……」

「できるだけ早くお願いします」

「では今から取り掛かりまして、明日の昼頃のお渡しで宜しいでしょうか？」

「はい」

複数人の職人フル稼働での作業だ。

しかし店としては上客を手放したくはない。できないと思われることはあってはならない。彼はリゼルが冒険者だと知った時にどんな反応をするのか。

そしてあれでもないこれでもないとケースを選び、明日は品を受け取るだけとなった頃。店内を眺めていたリゼルがふと、壁にかけられているスカーフに目を留めた。

「あと、タイ用のスカーフって扱ってますか？」

「ええ、ございますよ。どんな方が身に着けられますか？」

「壮年の男性で、こちらは社交界にも着けられるものを」

「幾つか持って参りますね」

社交界とか言った。これはもう誤解は解けない。

イレヴンは何気ない顔をしながら内心でそう突っ込んだ。面白がっているともいう。

「明るいほうの美中年？」

「はい、お世話になってるので」

にんまりと笑うイレヴンに、リゼルもにこりと笑う。

貴族の嗜みというだけのことかもしれないが、レイもまた会う度に違うスカーフを身に着けていた。顰蹙《ひんしゅく》を買わない程度の遊びを挟みながらも、とにかく趣味の良さが前面に出ているデザインは、義務だというには個人の趣味が表れていたものだ。

「身に着けるものは難しいでしょうか」

「俺、服、嬉しかった」

「子爵も喜んでくれると良いんですけど」

「迷宮品のが喜びそう」

然もありなん。

いや、これは土産だ。その風土の特徴など欠片も含まないのが迷宮であり、そこで得たものは果たして土産と呼べるものだろうか。南国に行って北国名物を買って帰るようなものではないのか。

迷宮品を渡すにしても、土産は別に用意したほうが良いだろう。リゼルは一人頷いた。

「お待たせいたしました。こちら、アスタルニア紋様のスカーフでございます」

「あんまアスタルニアっぽくなくねぇ？」

「フォーマルな格好に合わせやすいものを、と用意させていただきましたが……」

「そうですね、そのほうが良いと思います」

アスタルニアでよく見かける魔力布、模様や刺繍が敷き詰められたものとは違う。

落ち着いた色の無地、その一部に模様が織り込まれているスカーフが何枚か。どの布地にも艶があり、クァトも興味深そうに手を伸ばして恐る恐る触れてみている。

「こちらは群島に生息するドレススパイダーの糸を使用しております。手触りと独特の光沢で、知る人ぞ知るといった希少な生地ですね」

「どれも子爵に似合いそうですね」

「存在が派手だからなァ、こんくらいが良いかも」

子爵、という単語に店員の笑みが一瞬消えたのは本人のみが知る。

「この模様にも、何か意味があるんですか？」

「ええ。魔力布のようにはいきませんが、まじないとしての意味があります。例えばこちらは、望むものを得られるという模様で」

「これじゃん」

「これですね」

「？」

レイ。またの名を〝迷宮道具コレクター（仮）〟。

魅力的な迷宮品の収集に努める彼にこれ以上に相応しい模様もないだろう。デザインもよく彼に似合うものだったのでリゼルは購入を即決した。


仕立屋にて、玄関まで案内されたうえに腰を折って見送られながら次の店へ。

まじまじと一連の流れを見ていたクァトの買い物感は果たして無事だろうかとイレヴンは思ったが、まぁどうでも良いかと流した。信者達の元で雑用をしていたなら普通に買い物経験もあるだろう。従順すぎて間違った情報更新がなされそうではあるが。

「次、どこ？」

「筆記具が売っている雑貨屋に、と思ってます」

「ジャッジの爺さんと行ったとこ？」

「そこです」

イレヴンに案内されたのは、黄に塗られた煉瓦が眩しい雑貨屋。

以前リゼルがインサイに「何でも買ってやる」と言われて、教え子宛に使う便箋《びんせん》を買ってもらった店だ。非売品の高級紙だったがインサイの人脈と交渉力で何とかなった。

入店すれば、どうやらその時に同席していた店員なのだろう。若い女店員が目を瞠り、すかさず店の奥へとダッシュして初老の男を引き連れてきた。店長だ。

「おや、あの時の」

「こんにちは」

「どうも、どうも。お久しぶりです」

朗らかに挨拶を交わしながら歩み寄ってくる彼は、どうやらそのまま接客を担当してくれるらしい。店長自ら、というのはインサイの存在を思えば当然か。

「何をお探しで？」

「ペーパーナイフとペンを」

「では、ペーパーナイフから参りましょうか」

人当たりの良い店長の後に続いて店内を歩く。

雑貨屋は仕立屋よりも人入りが多かった。周りの店で働いている面々や、王宮に勤めているだろう官人。航海日誌でも書くのだろうか、いかにも船長といった体の客までいる。

「それ誰に？」

「スタッド君とシャドウ伯爵です」

「伯爵？」

「偉い人、ですよ」

分かりやすさを優先した所為で、やや自画自賛のようになってしまった。

だがお陰でクァトもしっかり理解できたのだろう。納得したように頷いている。

「スタッド君、使ってたペーパーナイフが折れちゃったみたいで」

「おや、珍しい」

「そうなんです」

紙を相手にするペーパーナイフが折れることなど滅多にない。

よほど使い込んだのかと感心している店長にリゼルも同意を返した。

「酔っぱらった冒険者に同僚が斬りかかられた時、剣を弾いて喉に突き立てたら折れたみたいで」

「下ッ手くそ」

「折れる、悪い」

「お前それどの立場で言ってんの？　ペーパーナイフ？」

スタッドの技量を思えばペーパーナイフといえど簡単に折れるとは思えない。

相手の武器がよほど良いものだったか、それこそ金属が疲労していたか。本当に珍しいことだと頷くリゼルに店長は何も聞かなかったことにした。

彼とて様々な客を相手に戦ってきた商人の一人だ。スルー技術は高い。

「こちらがペーパーナイフです。並べてあるもので全てなので、気に入っていただけるものがあれば良いんですが」

そして案内された商品棚には何種類ものペーパーナイフ。

実用性、というよりは装飾にもこだわったものが多い。日頃から目に入るものなのだから、見る度に少し嬉しくなる見目のほうが良いのだろう。

とはいえスタッドなので過剰《かじょう》な装飾は好きではなさそうだ。

「使う方の利き手はご存知ですか？」

「右手を使うことが多いですけど、両利きみたいで」

「なら両刃にしましょう。こちらは金属工房の新鋭が手掛けたもので」

店長と話し合うリゼルの後ろで、クァトも目についたペーパーナイフを手にとってみた。なだらかな曲線を描く刃、そこに指を押し当てようが擦りつけようが皮膚の一枚も切れない。それ自体が初見の彼は話し合うリゼルをじっと眺めた後、くるくると指先で器用にペーパーナイフを回しているイレヴンを見た。

「これ、紙、切れる？」

「は？」

「なまくら」

「謎の上から目線ウケんだけど」

イレヴンは回していたペーパーナイフを握り、そして近くに置かれていた紙を手に取った。ペンの試し書き用だろう。縁の荒いそれをクァトに持たせると、手にしていたペーパーナイフを一閃。クァトの手に摘まれていた紙の下半分が大きく揺れながら雑貨屋の床に落ちた。

「てめぇより切れんじゃねぇの」

「俺のが、切れる！」

せせら笑うイレヴンに反論しているクァト、その光景を店長は確かに目撃した。

使い方が違う。その突っ込みは、あまりにも卓越《たくえつ》した技術を目の当たりにした衝撃に何処かへ吹っ飛んでいった。同じく目撃しただろう他の客など、手にしていた紙束を盛大にぶちまけている。

「これはどんなものですか？」

「ええ、それも人気のものでして」

何も気にしないリゼルに、店長は何も見なかったことにして答えた。

「ナイフ部分は先程も説明した新鋭職人が手掛けています。持ち手はウッドで空明樹《くうめいじゅ》、その両端を挟んだ装飾にはアスタルニア紋様が象られています」

「空明樹？」

「ええ、月に近い湖の底に生える樹のことで」

空明。水に映った月。そして隠し事ができないこと。

水底のガラス玉のような瞳を持ち、そして素直な彼にはぴったりではないかとリゼルは微笑んだ。

「じゃあ、これに……あ、イレヴン」

「ん？」

「これ、どうですか？」

ふいに呼ばれたイレヴンがリゼルの手元を覗き込む。

「その新鋭？　とかのやつは全体的に良さげッスよ」

「大剣も弾けそうですか？」

「弾けはしねぇけど、上手くやりゃ逸らすくらいはヨユー」

ペーパーナイフに戦闘的な性能を求める客を店長は初めて見た。

彼は購入を決定したリゼルからにこやかにペーパーナイフを受け取る。別に不快な思いは欠片もないし、何ならある種の感動すらあるが、色々と衝撃的すぎて追いついていない。そんな心情をおくびにも出さない店長はプロだった。

「後はペンですね」

「暗いほうの美中年かァ、いらねぇって言われんじゃねぇの？」

「言われないように、付加価値のあるペンにしましょう」

リゼル達は隣のペン売り場を眺める。

商業国の領主が求める付加価値。入手ルートが限られ、希少であるもの。それをいかにも普段使いにしていると見せつけ、己の商人としての格を高めるもの。

だが、わざとらしく見せびらかしてはいけない。そしてシャドウに似合うものでなければならない。ふむ、とリゼルは思案してプロの意見を求めた。

「アスタルニアらしくてシンプル。色は黒だけど彩りがあって、何より書き味が良いペンを見たいんですが」

「では、こちらでしょうか」

店長はすぐに一本のペンを差し出した。

全体は黒、ペン先は見慣れない象牙色。アスタルニアらしさ、という点は一見分からないが。

「ペン先は魚の魔物の骨を加工したもので、金属よりもほんの僅かなしなりがあります。気持ちの良い書き味を保証しますよ」

「白だと凄ぇ汚れんじゃん」

「いいえ、トレントの樹液による保護剤のお陰で色移りはありませんよ。まぁ、何回も使えば少しずつ汚れてはきますが」

「そこはどんなペン先でも同じですしね」

「ええ、そればかりはどうにも」

困ったように苦笑する店長に、リゼルも分かっていると頷いた。

ペン先は消耗品だ。普通のものより汚れやすい、というのでなければ十分だろう。

「持ち手の色はランプブラック、月下花《げっかばな》の種油から作られたものです。光の角度によっては美しい青みが浮き出てきます」

「あ、本当ですね」

手にしたペンをゆっくりと揺らしてみる。光を反射した箇所に深い蒼《あお》が滲んだ。

イレヴンが商品のペンを手にして試し書きの紙に向かい、何やら真剣な顔で落書きしている横でリゼルはペンの購入を決める。いつもどおりラッピングにもこだわり、どうせジャッジの手袋を受け取りにくるのだからと明日までに用意してもらえれば良い旨も告げた。

「ではまた明日、お待ちしております」

「宜しくお願いします」

一段落ついたところで、ふいにペンを放ったイレヴンが飽きたように告げる。

「リーダー俺ハラ減った」

「あ、お昼もまだでしたね。食べにいきましょうか」

「行く」

店を出ようと歩きながら三人は会話を交わす。

「その後でインサイさん達のお土産も探しましょう」

「食いもんとかで良いんじゃねぇの？」

「腐りますよ」

「？　空間魔法、ある」

「これは場所の節約になるだけで、時間経過は止めてくれないんです」

その姿を、なんか空間魔法とか聞こえたなと思いながら女店員は見送った。

何やら疲れたように奥へと引っ込んでいく店長を見送り、先程まで別の客の対応をしていた彼女はリゼル達が立っていた棚へと歩いていく。乱れた商品配列を整頓しよう、ついでに何を買ったのかも気になる、そんな好奇心のままに鼻歌交じりに棚へと向き合った時だ。

「いやうっっっっっっま!!」

目に入った落書きの鎧王鮫《オリハルコンシャーク》に思わず叫んだ。

その後もリゼルは心を込めて土産を選び続け、見事全員分を揃えたのだった。

尚その時にはまだ、ナハスによって果てしなく微妙な使い途のない土産を手渡されるとは思ってもいない。

記憶に根ざした奇跡的な邂逅（リゼル編）

馬車の窓から山紫水明《さんしすいめい》の眺めに酔う。

風光明媚《ふうこうめいび》とは彼《か》の山のことを言うのだろう。鮮やかに萌える緑はいずれの季節も絶えず、その威容を露《つゆ》いささかも陰らせようとはしない。

父に連れられて王都へ向かう最中、あるいは王都から領地へと帰る途中、リゼルは必ず馬車の窓からその山を見る。教え子の血筋に刻まれた魔術が洗練されてからは、その機会も少なくなってしまったが。

惹かれて仕方がない理由を、幼い頃に父に聞いたことがあった。

『美しい原風景ではあるけれど、お前が惹かれているのは違うものかな』

『ちがうもの？』

『そう。あの山の上には竜が住んでいるんだよ』

馬車の向かいで目元を緩めた父の姿を今も覚えている。

古代から生きる竜。本で読んでもらったことがあったが、それが幻想ではなく実在するのだと知ったのはその時だったように思う。

それ以降、竜に関するあらゆる文献を読み込んだが、相対する機会は一度もなかった。

リゼルは本日の授業の終了を告げる。

少年から青年に変わり始めている教え子は、椅子の上でしなやかに伸びた両手足をだらりと投げ出した。行儀は悪いが人前ではそういった姿を晒さない、ならばリゼルが特に苦言を呈《てい》することもなかった。

「ん」

「喜んで、殿下」

教え子が指でソファを指す。

座れという指示。授業が済んだ後はそこで暫くの雑談を交わすのが常であった。

頷けば、教え子が背凭れに手をつきながら立ち上がる。ソファへと向かう背に続きながらふと、その身長が自身とすでに然して変わらないことに気付いた。

国王である彼の父も立派な体格の持ち主だ。教え子の成長もいまだ止まる様子を見せず、これはすぐに抜かされてしまうだろうと苦笑を零す。嬉しいやら悲しいやら、だ。

「そういやさ」

「はい」

勢いをつけてソファに沈んだ教え子の後、向かい側に腰かける。

許可を待たなくて良いと言われたのはいつのことだったか。畏《かしこ》まるなと言われると困ってしまうが、いちいち指示を出すのが面倒だと言われてしまえば反論などできはしない。

「古代竜の話出ただろ」

「ええ」

それは今日の授業の合間に挟んだ竜の話。

国土の内にある山の一つ。その頂上にある湖には古代竜が住んでおり、その身から一欠片にじむ魔力が山全体を覆いつくしているのだと確かに口にした。溢れた魔力が恵みをもたらし、麓《ふもと》に住む人々はそれを自分達が暮らすのに必要な分だけ享受《きょうじゅ》して暮らしているのだとも。

「それ、搾取《さくしゅ》とは違ぇの？」

それは純粋な疑問なのだろう。

恵みを得る人々への批難ではない。強大な存在に対してどういう立場であるべきなのか、環境に等しい相手をどこまで尊重するべきなのか。定義づけることが難しいそれに対しての解答が欲しいのだ。

月の色をした瞳がひたりと己を見据えている。

「そうですね……」

リゼル自身の中にも明確な答えが存在しない問いだ。

難しいとは思うが、自分なりの答えを出す為の手助けができればと口を開く。

「これを〝搾取ではない〟と明言できるのは件《くだん》の竜だけ、という前提でお話しますね」

「ん」

「あくまで一個人の私感になりますが」

「良い」

教え子も正答のない問いだとは分かっているのだろう。

両膝に両肘を引っ掛け、どんな意見だろうが受け入れるとばかりに微かに身を乗り出した。授業中に竜の話題を出した時も乗り気で聞いていたので、竜自体に興味を惹かれているのかもしれない。

「魔力は常に循環しているでしょう。私達が知らず呼吸や食事で取り込んでいる魔力も、留まることも消えることもなく世界に返っていく。もしかしたらその魔力を、他の何かが生きる糧にしているかもしれません」

「それを搾取だっつうのは傲慢？」

「いえ、件の竜がいてこその豊穣というのは確かなので。ただ」

物語に語られた竜。そして心惹かれて仕方のない風光を想う。

確かにこれは私感でしかなかった。仕える相手に伝えるには、あまりに恣意的《しいてき》であるかもしれない。今更ながらにそう思う。

恥じ入りながら苦笑を零し、誤魔化しても意味はないと心のままにそれを口にした。

「人の営みに左右される存在であってほしくないと、そんな身勝手な考えが私にはあって」

教え子が弾かれたように笑う。

彼はリゼルが一般論を口にするよりも感情論を述べたほうが喜ぶのだ。リゼルとしては自身がそれを口にする事をあまり望ましいとは思わないのだが、それが余計に珍しさという点で喜ばれるのかもしれない。

「自然ですらねぇ超自然？」

「ロマンチストなので」

「ふぅん、初耳」

「でしょう？」

戯れるように笑い合う。

大して役に立つ意見は呈せなかったかと思ったが、教え子は何かを思案するようにソファの背凭れに仰け反っていた。張り出した喉仏が呼吸をする毎に上下している。

彼の兄が王位継承権を返上したことで、次代の王位は彼のものとなった。

けれど教え子は変わらない。変わる必要がないのだ。たとえ王族でなくとも彼は己のものだと定めたものを惜しまず慈しみ、それらを守ろうと外敵を排除しつづける。

王族であるから、守るべき対象が国民であるというだけのこと。王位を継がずともやることは変わらず、王位を継げばやれることが増える。それだけのことだ。

「リズ」

「はい」

ふいに名を呼ばれ、口元を緩めて言葉を待つ。

仰け反っていた頭を起こした彼は何かしらの結論を出せたのだろう。窓から差し込む光に僅かばかり黄色味を帯びた星色の髪、それを編んだ三つ編みを頬に滑らせながらあっさりと告げた。

「会ってみねぇと分かんねぇわ。行くぞ」

思わず笑みを零してしまった。

環境に等しい相手に対して「会う」のだと平然と告げる教え子が誇らしい。

だからこそ懸念《けねん》もあるのだが。古代竜という絶対的な存在に影響を与えうる者がいるとすれば、贔屓目に見ずとも目の前の彼なのだろうという確信がある。

「あちらが会いたがらないかもしれませんよ」

「そりゃ光栄」

その言葉を最大級の賞賛だと受け取ったのだろう、彼はソファに肘を乗せながら笑った。笑みは不敵だが他意はない。自信に満ちている教え子も、決して己を過信している訳ではなかった。

「なら麓に跳んで様子見るか」

「分かりました」

「立ち入り禁止とかねぇんだろ」

「はい。麓に住む方々が軽く管理しているくらいかと」

管理といっても山に手を加えたりはしない。

密猟者などによって山が荒らされるのを防いでいる程度のようだ。自然の恵みを享受する彼らは、自然が摂理のままに失われそうになっても無理に留めようとはしないだろう。

在るがままのものに感謝する。何代にも亘《わた》ってそうして暮らしてきた人々だ。

「じゃあそいつらに声かけんぞ。予定は？」

「殿下は一時間後に。私は二時間後に軍部で約束が」

「軍？」

「ご機嫌伺いです」

マメなことでと教え子が肩を竦める。

一応は父からの書類を渡すという建前はあるが、人に届けさせても問題ないものをリゼルが行くのだからご機嫌伺いであることに変わりはない。ようは公爵である父による「うちの息子をよろしくね」という挨拶だ。

爵位《しゃくい》を継ぐだけで百戦錬磨の重鎮達から相応の扱いを受けられる筈もなく、地盤固めは欠かせない。軍部に行く前にもちょうど登城《とじょう》しているらしい伯父《おじ》、つまり財務のトップの元へと寄ろうと思っていたが、そちらは約束をしている訳でもないので問題ないだろう。

「まぁ帰ってこれんだろ」

「分かりました」

リゼルは立ち上がり、扉の前で待機していた使用人へと出かける旨を伝える。

第二王子が止めても止まらないのは周知の事実。彼女はしとやかに微笑み、いつの間にか手にしていた地図をそっと手渡してくれた。慣れた対応だった。

リゼルは礼を告げ、ソファで待つ教え子の前に地図を広げる。

「あー、この村か」

「行ったことありますか？」

「ねぇ。けど最近、地図で飛ぶ練習してんだよ」

この国の王族だけが使える転移魔術。

視界に入る範囲、あるいは行ったことのある場所ならば瞬きの間に移動することができる。一度の行使にも莫大な魔力を必要とするのだが、それが彼に対して何らかの支障をきたすことはない。

練習も捗《はかど》ることだろうと、リゼルは微笑んで立ち上がった教え子の隣に立った。

「どっちだ、あっちか、距離は？」

「二十キロくらいですね」

「おし」

教え子の手がリゼルの腕を掴む。

何の予兆もないまま視界に入っていたあらゆるものが変化した。脳がそれを処理しきれずに目が眩《くら》み、リゼルは一歩も動いていないというのに階段の最後の一段を踏み外したようにたたらを踏む。

「慣れねぇなぁ」

「目、瞑っておくべきでした」

揶揄うように笑いながら、教え子が掴んでいた腕を引いて支えてくれた。

苦笑しながらも姿勢を正し、そして周囲を見渡してみる。街道、草原、森というありふれた風景。村の姿は何処にもない。

長距離移動はどうしても少しのズレが大きく影響してしまう。精密な移動となると色々と面倒くさいので、教え子はざっくり跳んでから目的地まで何度か転移を繰り返すことが多い。

そして二度ほど跳んだ頃に、二人は村へと到着した。


「お山ですか。どうぞどうぞ、登っていただいて構いませんよ。お山は私達のものでも、竜様のものでもないでしょう。それくらいでは竜様も怒りませんとも」

村に到着して最初に見つけた村人が穏やかにそう告げる。

家の柵《さく》に腰かけてパイプを燻《くゆ》らす翁だ。彼は初めこそ見慣れぬ格好のリゼル達に目を丸くしていたが、竜に会いたいと伝えれば嬉しそうに白濁《はくだく》した片目を細めていた。

お気をつけてと見送られ、山の入り口へと歩く。

見上げた山は特別大きなものではないだろう。しかし遠目に眺めるのとは確かに違う。煌めく緑が、剝き出しの幹が、踏みしめる大地の全てが生命力に溢れていた。

「古代竜、ね」

無意識の内に感嘆の息を零したリゼルの隣で、教え子が琥珀《こはく》の宝石色をした瞳を細める。

見つめる先は山の頂上。強大な力を持つ者でしか分からない何かがあるのだろう。

無言で腕を摑んでくる彼にリゼルは問うようなことはしない。何も言わず目を瞑り、逡巡するように瞼を震わせ、そしてゆっくりと開いた。

「……」

歩を進める教え子の背。その向こうにある、透き通った淡い瑠璃色《るりいろ》。

リゼルは無意識に力が入りかけた肩を、吐息を零すことで緩める。仕えるべき王の背に続いて足を踏み出し、湖の縁へと歩み寄った。

覗き込んだ先には、水底で揺蕩うように眠る白妙《しろたえ》の竜。

物語の竜よりも細身の体を丸め、己の尾に顎を預けるように目を閉じている。酷くゆっくりとした呼吸に上下する体、その表面を覆う鱗が水の中に差し込んだ光を反射して輝いていた。

不思議と凪いだ水面が吹く風に波紋《はもん》を起こす。小さな魚の群れが竜の上を通り過ぎる度、その体に無数の影を落としていた。

「すっげぇな」

ふいに零された声に隣を見る。

教え子は立ったまま竜を見下ろし、無邪気に目を輝かせていた。その威容に呑まれるでもなく、畏敬の念を抱くでもなく、憧れている英雄に出会えた子供のように純粋な感動を抱いていた。

ああ、そういうところが、と。リゼルは目元を緩めながら何も言わずに竜を眺める。

「良いな」

「え？」

「魚」

しかし聞こえた言葉に、反射的にそちらへ視線を戻した。

もしやと口にする暇などなかった。彼の体はすでに湖へと傾いていた。

その体が振り返る。伸ばされた手がリゼルの腕を摑んだ。弧を描いた唇が開かれる。

「リズも」

「殿下、待」

瑠璃色に飛び込んだ。

高い水音。体の周りを泡が舞う。泡音が鼓膜を震わせた。

痛みを忘れて目を瞬かせていれば、教え子がしてやったりと此方を見上げている。背を底へと向けて沈んでいく彼を引き上げようと咄嗟に手を伸ばせば、そうはさせないとばかりに手首をとられた。

こぽり、と彼の唇から零れた泡がリゼルの頬を撫でていく。

そして彼は隣を過ぎ去った魚を追うように湖の底へと水を蹴った。リゼルも手を引かれるままについて行く。肩越しに振り返った水面には、瑠璃に染まった空と雲が薄っすらと透けていた。

「(何か、ちょっと)」

湖はそれほど深くはない。

沈めばすぐに竜の巨体を目の当たりにする。その体が呼吸に身じろぐ度、規則的に水を吸いこんでは吐き出す渦潮《うずしお》のような音を聞く度、近付くごとに腹の底にぞわりとした何かを感じた。

水中という自由にはならない空間で、抗いがたい生き物を前にした本能なのかもしれない。耳のすぐ奥で鼓動の音がする。自分のものだろう。

そして二人は竜の眼前で沈むのを止めた。鼻先に下ろした足先が水流に押されるのを感じて、顔を見合わせてから少しだけ浮上する。

己の体よりも大きな頭。よく見れば苔むしている鱗もある。泡沫《うたかた》に似た唸り声が時折零されているのは、もしかしたら寝言かいびきなのかもしれない。

神秘の顕現のような存在だった。

「…………」

教え子が宙を歩くかのように竜へと寄り添おうとする。

その手が伸ばされるのを見て、殿下、と零した声が水中で涙声のように震えた。

止めようとした訳ではなかった。たとえ目の前の強大な存在の怒りを買おうと、それが彼の選んだ結末であるのなら受け入れられる。それこそ、竜の怒りが国を滅ぼそうとも。

淡い呼びかけに碧《みどり》の映る月色が向けられる。水面下で揺ぐ光が滲んだ瞳は美しかった。

憧れと歓喜を宿した瞳が安心させるように弧を描き、竜へと戻される。白妙の鱗に決して靴が触れないよう、静かに彼の掌が竜の口吻《こうふん》を撫でた。


それが呼び水になったのかは分からない。

全て、理解しきれない一瞬のことであった。

静かに開かれた竜の両目。虹彩《こうさい》が重なり合い、幻月《げんげつ》に似た瞳がリゼル達を捉えた。

驚きを通り越し、ただ見惚れていたリゼルの前で竜が頭を起こす。握られたままの手首を引いて、咄嗟に教え子と竜の間に体を割り込ませた時だ。

鱗に覆われた鼻先が、その巨体からは想像もつかない優しさでリゼルの腹に触れた。そっと押されたかと思えば、後ろにいた教え子ごと水面へと持ち上げられる。

そして湖の上へ。体中から水面へ落ちる滴の音、そして山の葉擦《はず》れの音が弾けた。

あっという間の出来事だった。

「え、と、殿下?」

「ふ、ハハッ、おう、ッハハハハ」

下半身は未だ水の中、しかし水面を滑るように岸へと運ばれている。

無事を確認した相手は何故か爆笑していて、リゼルもこれはどうなっているのかと水中にある幻月を宿した瞳を見つめるしかなかった。

魚が泳ぐよりも緩やかに運ばれた岸辺に、掬《すく》い上げるように持ち上げられる。そしてこれまでのひたすらに優しい扱いから一転、ぺいっと地面へと転がされた。

いや、相手の本来の力を思えばそれも十分に優しかったのかもしれないが。

伸びあがるように鼻先だけ水面へと出していた竜が、再び水底へと帰っていく。そのまま再び眠りにつく姿を、二人は片や笑いに震えながら、片や目を瞬かせながら眺めていた。

「ははっ、何だこれ、すっげぇ、ハハハハッ！」

「カラーリングが似ている殿下を仔竜だと思った、とか」

「ぶっ、くくく、俺やっべぇな、ッははは」

大人しくしていなさい、と諫められたのか。

全身びしょ濡れで地面に転がる教え子に、これは城に戻ったら怒られそうだなと眉尻を落としてリゼルは微笑んだ。頬に貼りつく髪を耳にかけ、そしてふと思い至る。

汚れもそうだが、草だの何だのにまみれた衣服の洗濯も非常に厄介だとランドリーメイドが話していたことがあった。一体何処でどう遊べばそんなに汚れるのかと、息子のあまりの元気の良さに手を焼いているという笑い話だ。

もしかしたら、それと同じなのかもしれない。

「、ふふ」

「リズ？」

「もう一つ、これかもしれないっていうのが」

「何だよ」

ようやく笑いが引いてきたのだろう。仰向けに寝転がったまま、大きく息を吐いて呼吸を整える教え子を、リゼルは湖を覗き込んでいた体勢のまま見下ろした。

「目を覚ましたら何かがひらひら浮いていたから、掬って外に出しただけなのかも」

「ゴミ扱いじゃねぇか」

水の中で揺れる異物は、そっと掬い上げないと逃げていってしまう。

そういうことなのかもしれないと告げれば、教え子の爆笑が一気にぶり返した。リゼルは息も絶え絶えに抱腹絶倒《ほうふくぜっとう》している彼の背中を撫でてやりながら、すでにこちらに一切の関心を抱かずに寝ている竜を眺める。

想像したよりもずっと荘厳で、予想したよりも遥かに美しく、まるで一つの世界をその身に閉じ込めたかのように理解できる範疇を超えた存在。いくらそれについての知識を集めようと、一瞬の邂逅にすら及ばない最たるもの。

「連れてきてくれて有難うございます。殿下」

「おー」

目尻を緩めたリゼルの笑みが普段より少し幼く見えたことを、彼の王だけが知っている。

その後、一応とばかりに麓の村に顔を出せば、あら大変だと村人らがタオルを手に集まってくれた。差し出された着替えを有難く借り、濡れそぼった衣服を手に城へと戻った二人は、証拠隠滅《いんめつ》のしようもないので予想どおりに小言を貰うこととなる。

あとがき

竜は恐ろしければ恐ろしいほど恰好良い派の皆様。

私もです。ぜひとも熱い握手を交わしたい所存。私の文章力では全くもってその魅力を書きる事ができない悔しさに枕を濡らす日々です。こういう時に一番文章力のなさを嘆きます。リゼル達ではあんまり嘆かない。

竜はロマンですよね。もちろん可愛いのも良いですが、私の好みとしてはもうとにかく強さ！大きい速い強い飛べるのフルコンボ！　そんな生物が存在して良いのかいや存在しているという口マン！　もうどうやっても人では敵わない存在であってほしい！

しかし竜殺しというのもまたロマン。絶対的強者を相手にどうやれば勝ち筋を見つけられるかという試行錯誤《しこうさくご》、正面切って戦ってこれほどテンション上がる相手もいないだろう相手、倒せた時の果てしない達成感もまた竜の魅力。そうして生まれたのが古代竜と、まだそれに至らない若い竜でした。

同士の心を少しでも震わせる事ができたなら幸い、そんな岬です。お世話になっております。

今巻ではリゼル達がアスタルニア生活に一区切りをつけ、王都に帰還しました。

キャラクター紹介では最後まで宿主はフキダシでしたね。自己主張が激しい所為で顔を出す機会が多いですが、奴はポジション的には「王都の女将さん」と同じというだけなので、不憫《ふびん》にしたいとかはそういった理由はまったくございません。

とはいえ私個人の基準なので、宿主好きさんには非常に申し訳なく……いえ今のところ頂いたお言葉の中では皆さん爆笑していただいているんですが。宿主好きさん強すぎる。

そんな彼らとの別れはありましたが、王都では懐かしい顔との再会が待っています。何事もないリゼルの休暇を、王都国民と一緒に楽しんでいただければ幸いです。


今巻もまた、たくさん方のお力を借りて皆様へと書籍をお届けする事ができました。

小うるさい私にお付き合いくださるさんど先生。いつかの口絵では「リゼルにしては可愛すぎない⁉」という訳の分からない指摘にも完璧に応えてくださいました。そろそろ異世界召喚されてエンタメチートをフル活用して地下ダンジョンを某ランド化して莫大な富を築く頃だなと密かに思っている編集様。神様チートが必要ない選ばれし方に編集をしていただける幸福にいつも感謝しています。そして書籍どころかグッズまで作ってくださるTOブックス様。

そして、本書を手に取ってくださった皆様へ。いつも有難うございます！

二〇二〇年十二月　岬

穏やか貴族の休暇のすすめ。11

2021年　1月1日　第1刷発行
2024年10月1日　第2刷発行

著　者　岬

編集協力　株式会社MARCOT
発行者　本田武市

発行所　TOブックス
〒150-0002
東京都渋谷区渋谷三丁目1番1号　PMO渋谷Ⅱ　11階
TEL 0120-933-772（営業フリーダイヤル）
FAX 050-3156-0508

印刷・製本　中央精版印刷株式会社

ISBN978-4-86699-091-0